二見文庫

誓いのキスを待ちわびて

リンゼイ・サンズ／水野涼子＝訳

The Chase

by

Lynsay Sands

Published by arrangement with Avon,
an imprint of HarperCollins Publishers
through Japan UNI Agency, Inc., Tokyo

誓いのキスを待ちわびて

登　場　人　物　紹　介

ショーナ・ダンバー	領主の娘
ブレイク・シャーウェル	シャーウェル伯爵の息子
イルフレッド・ダンバー	ショーナのいとこ。アリスターの妹
アリスター・ダンバー	ショーナのいとこ。イルフレッドの兄
アンガス・ダンバー	ショーナの父親
シャーウェル伯爵	ブレイクの父親
ダンカン・ダンバー	ショーナの兄
レディ・イリアナ	ダンカンの妻
レディ・ワイルドウッド	イリアナの母親
ロルフ・ケンウィック	男爵。国王の使者
レディ・ヘレン	ショーナと修道院で出会った女性
ジャンナ	女中

プロローグ

　ショーナは爽快な笑い声をあげながら、ダンバー城の門を駆け抜けて庭へ入った。玄関の階段の前で馬を止め、地面に飛びおりると、遅れて来るいとこたちに向かって、勝ち誇ったように微笑《ほほえ》んだ。

「いい気になってるみたいだな」アリスターが馬からおりつつ言った。「その笑顔が見たくて、きみに勝たせたんだ。思ったとおりだ」

「勝たせた？」ショーナはむっとした。「冗談じゃないわ！　わたしは正々堂々と勝ったのよ、アリスター・ダンバー！」

「わかったよ」アリスターが急いで言った。

　彼の澄ました笑みにいらだち、ショーナは目を細めてにらんだ。それがアリスターの狙いなのだ。わざといらつかせようとしている。彼の思うつぼだ。

　うなり声をあげ、気取った足取りで追い越そうとしたアリスターの背中に飛びかかった。格子縞《ブレード》の布のズボンをはいていてよかった。両脚で腰を挟み、片腕を肩から胸にまわして、もう一方の手でブロンド頭のてっぺんを叩《たた》いた。

ショーナは上背があるので、そこらの男ならひっくり返るだろうが、アリスターは同族でさらに背が高く、雄牛のような体格をしている。面白がって含み笑いをしながら、彼女が滑り落ちないよう脚をつかみ、馬からおりて近づいてくる妹を見た。

「あなたたちはいいコンビね」イルフレッドが楽しそうに言った。「でも、笑顔を見るために勝たせたって言い分は通用しないわ、アリー。シャーウェルから逃げる方法を思いついてから、ショーナはずっと笑っているんだから」

「そうよ。おあいにくさま！」ショーナはアリスターの長い髪を引っ張った。

「髪を引っ張るなんて」アリスターが鼻を鳴らし、ショーナを揺する。「まさに女のやり口だな」そのとき、城壁の向こうから叫び声が聞こえて、そちらに目をやった。

ショーナは彼の視線をたどり、荷馬車と少なくとも二十名の騎手がゆっくりと庭に入ってくるのを見て目を見開いた。

先頭に父がいた。兄が若妻のイリアナを前に乗せている。ふたりは無蓋馬車に足並みを合わせていた。荷馬車から頭がひとつ突きでているのがかろうじて見て取れる。

「何かあったの？」イルフレッドがきいた。

ショーナはアリスターの腕を叩いて手を離させてから、脚をおろした。地面におり立つと、彼の横に並んで騎手たちを眺めた。「知らない。みんなが出かけたことも知らなかった」

「どこへ行っていたのかしら」イルフレッドがつぶやいた。

ショーナは首を横に振った。「遠くまで行っていたはずはないわ。わたしたちが出かけたのはずいぶん前で、そのときはみんな城にいたんだから」

「レディ・ワイルドウッドをお迎えに行っていらっしゃったんです」息を切らしながら階段を駆けおりてきた女中が言った。名前はたしかジャンナ。イリアナが新しく村から雇った女性だ。

「レディ・ワイルドウッド？」

「レディ・イリアナのお母上です」ジャンナが心配そうな表情で説明する。「無理やり結婚させられたグリーンウェルドからお逃げになったそうです。でも、ご病気になられたか何かで、ダンバーの境界にたどりついたところで倒れてしまわれて。お運びする荷馬車を用意してほしいと、召使いがここに来たんです。レディ・イリアナとダンカン様は、アンガス卿《きょう》と二十人の家臣と一緒にすぐに向かわれました」

ショーナはうなずいたあと、馬を止めた一団のほうを向いて無言で見守った。兄のダンカンがイリアナを地面におろした。イリアナが駆けだして荷馬車の後部へまわる。ダンカンがあとを追い、荷馬車に乗りこむと、身をかがめてずっしりとした反物のようなものを拾いあげた。だが、馬車からおりてこちらに向かって歩いてくると、それは反物ではなく女性だとわかった。といっても、女性であることを示すものは、兄の腕に垂れかかる白髪まじりの長い巻き毛だけだ。叩きつぶされた顔からは判別できない。

本来、レディ・ワイルドウッドが美しい娘と少しでも似ていたとしても、いまはその面影は見られない。顔はあざだらけでむくんでいて、唇が裂け、鼻はひどく腫れあがっているので折れているに違いない。ダンカンがそっと歩くたびに縮みあがってうめき声をもらすので、体も似たような状態なのだろう。荷馬車での移動はひどくつらかったはずだ。

ショーナはレディ・ワイルドウッドのぼろぼろの顔から目をそらして、兄の表情を見た。そのとたん、何もきけなくなった。激怒している。ショーナは好奇心に駆られ、ダンカンのあとについて階段をあがろうとした父、アンガスの腕をつかんで引きとめた。そして、一瞬の間を置いてから静かに尋ねた。「ジャンナから聞いたけど、イリアナのお母様なの？」

「ああ」父の声は鋭く、ダンカンと同様の怒りが表れていた。

「何があったの？」

「グリーンウェルドの仕業だ」アンガスが嫌悪もあらわに言う。「あのイングランド人がレディ・ワイルドウッドに手をあげた。彼女は命からがら逃げてきたのだ」

「はるばるここまで？」ショーナは驚いた。ここより近いイングランドにも、逃げこめる場所はあったはずだ。

「イリアナがうちの嫁になったのだから、わしらは親族だ。レディ・ワイルドウッドは、ここに来ればろくでなしの夫から守ってもらえると、グリーンウェルドが連れ戻しに来ても、わしらは引き渡したりしないとわかっていたのだ」アンガスは険しい顔でそう言うと、遅れて階段をあがり、城のなかへ入っていった。扉が閉まると、中庭はしんと静まり返った。

「今日出発すればよかったのに」アリスターが小声で言うのを聞いて、ショーナは閉ざされた扉から目をそらした。

「そうね」イルフレッドが同意する。「みんなイリアナのお母様に気を取られているから、わたしたちがいなくなってもしばらく気づかないかも」

ショーナはうなずいたあと、かぶりを振った。「いいえ。計画どおりに進めるわ。

明日出発しましょう。それでも気づかれないと思う。何日かは、グリーンウェルドがレディ・ワイルドウッドにした仕打ちに、みんないきりたつでしょうから」

「まったく」アリスターが閉じた扉をにらんだあと、首を横に振った。「いまいましいイングランド人だ。女性に手をあげるなんて卑劣なやつめ」燃えるようなまなざしをショーナに向ける。「もしシャーウェルが――」

「そんなことにはならないわ」ショーナはきっぱりとさえぎった。

「そうよ」突然暗くなった兄の気持ちを明るくしようと、イルフレッドがアリスターを軽く突いた。「ショーナはそもそもそんな立場には置かれない。そのための計画でしょう？」

「ええ」ショーナは作り笑いを浮かべた。「彼は来るのが遅すぎた。ここでのんびり待つつもりはないわ」

アリスターがいらだちを募らせた。「どうしようもない愚か者だ。ようやくきみを迎えに来て、自分がぐずぐずしていたせいで何を失ったかに気づけば、必死できみに求愛するだろう」

「そうよね」ショーナは訓練場へ向かって歩き始め、皮肉を込めて言った。「スコットランドの女戦士《アマゾン》。イングランド人ならお嫁さんに欲しがるでしょうね」

アリスターがショーナの腕をつかんで振り向かせた。怒った険しい顔をしている。

「シャーウェルは遅くても六年前に、きみと結婚すべきだった。もしきみに会いに来る気を起こしていたら、すぐに結婚しただろう。これほど美しい女性だと知っていたら」

ショーナはかすかにかぶりを振ったあと、顔をそむけようとしたが、アリスターがその顎をつかんで無理やり視線を合わせた。「きみはきれいだ、ショーナ。シャーウェルに無視されて、きみがものすごく傷ついていることをおれは知ってる。やつはきみを迎えに来ないことで、きみの誇りを傷つけた。迎えに来ないのは、自分に何か問題があるからだときみは思っていたんだろ。おれはずっときみを見てきた。きみが苦しんでいるのを」

ショーナは苦しみと恥ずかしさに耐えきれず、うつむいた。ショーナは子どもの頃にシャーウェルと婚約させせられた。アリスターの言うとおり、シャーウェルはとっくの昔に迎えに来るべきだった。それなのに、いっこうに現れず、年を追うごとにショーナの屈辱は増していった。だが、ショーナはそれをおくびにも出さず、気にしていないふりをした。そもそも、結婚なんていいものじゃない。自由が制限されてしまう。いまはショーナもイルフレッドもズボンをはいて走りまわっているけれど、ドレスを着なければならなくなるだろう。中庭で剣や弓の練習をすることも、男にまじって戦うことも許されないに違いない。そう言って、結婚というものを否定していた。だが、アリスターは——きっとイルフレッドも——だまされなかった。彼らは気づいていたのだ。シャーウェルにないがしろにされ、ショーナは苦しみや疑念をひそかに抱えていた。動揺していた。シャーウェルはショーナの噂《うわさ》を耳にしたのかもしれない。遠くからこっそり彼女を見て、いやだと思ったから迎えに来ないのかもしれないと。

平気なふりをしていたが、内心はつらく、屈辱や不安でいっぱいだった。そして、ようやく彼が迎えに来ると聞かされた……国王に命じられたから。苦しみや屈辱は怒りに変化した。彼は国王に命じられたから結婚しようとしているの？　冗談じゃない！　ショーナは自分を求めていない男性、国王の命令によって強制されなければならない相手と結婚したくなかった。

そんな人を、どこかの忠実な愚か者よろしくじっと待っているなんて、まっぴらごめんだわ。

ショーナは息を深く吸いこみ、しばらくしてからゆっくりと吐きだすと、作り笑いを浮かべた。「苦しんだかもしれないけど、もう過ぎたことだわ。それに、彼がようやく迎えに来たときに、わたしはここにいないのよ。イルフレッドと明日の朝一番に出発するの」

アリスターが険しい顔をしたまま動かないので、ショーナは片方の眉をつりあげてにやりと笑った。「本当に一緒に来ないの？」

彼の気持ちを明るくするのは無理かもしれない。だが、アリスターはゆっくりと彼女の腕を放し、緊張を解こうと努めた。かすかに微笑みさえした。

「女子修道院に？　やれやれ」アリスターが皮肉っぽく言い、首を横に振った。「大勢の女性のなかに男ひとりというのはそそられるが、そのために尼僧服を着るのはごめんだ」ショーナとイルフレッドが噴きだすと、彼もにっこりしたあと、ふたたびかぶりを振った。「きみと離れるのはつらいけど、おれはここにいないと」

「まさか」ショーナはからかった。「静かになってほっとするんじゃない？」

「いや」アリスターは真面目くさって言った。「きみがいないと寂しくなる。絶対に」

アリスターに肩を抱かれ、ショーナは微笑んだ。彼がもう一方の腕をイルフレッドの肩にまわしてこう言ったときは、にっこり笑った。「でも、おまえはいなくなっても全然寂しくないぞ」

「そうね。わたしも寂しくないわ、お兄様」イルフレッドが冷たく言った。

「さて」アリスターがふたりをうながして訓練場に向かって歩きだした。「お互いに助けあって、厄介事に巻きこまれないようにするんだぞ」

「修道院でどんな厄介事に巻きこまれるというの？」ショーナは面白がってきいた。

「あなたのほうが心配よ。わたしたちがそばにいないと、退屈してとんでもない厄介事を引き起こしかねないわ」

1

「見た目はどう？」

ロルフはその質問を無視した。丘の頂上に達し、ダンバー城が見えてくると、ほっとため息をついた。これでくだらない仕事もようやく終わりだ。このときを待ち望んでいた。国王に忠誠を尽くしながらも、リチャード二世は気が触れてしまったのではないかと思い始めている。ケンウィックシャー男爵ロルフ・ケンウィックは、キューピッドではない。それなのに、すでにふた組の結婚を取り持ち、いまも三組目の世話をする役目を押しつけられている。宮廷に戻ったら、四組目が待っているに違いない。宮廷に戻ればの話だが。戻らなかったとしても、国王にとっては当然の報いだ。その気のない花婿を追いかけて結婚を取り持つよりもはるかにましな時間の過ごし方はたくさんある。この花婿が乗り気でないのは明らかだ。

ブレイクに国王の使者を送り、ダンバーへ向かうよう命じればよかったのだろう。

そのほうが簡単だった。そうしていれば、少なくともブレイクの文句を延々と聞かされ、彼の寄り道にいらいらさせられることはなかった。婚約者の美しさや性格について何度も質問されることも、その両方に嘘で答える必要に迫られることもなかっただろうに。

ロルフは顔をしかめ、片手をあげて、後方にずらりと二列に並んでいる騎兵たちに合図した。すかさず、城壁の番兵によく見えるように、王の旗がより高く掲げられた。

「見た目はどう?」地平線上の城に不安げに視線を走らせながら、ブレイクが質問を繰り返した。

ロルフはようやく横を向き、隣にいるブロンドの強い戦士をじっと見た。シャーウェル伯爵の跡取りであるブレイク・シャーウェルは、国内有数の裕福な貴族だ。宮廷では女性たちに〝天使〟と呼ばれている。ぴったりの愛称だ。彼は天使のような容姿に恵まれている。あどけないケルビムではなく、美しく凛々《りり》しい戦士の天使だ。目は空のように青く、鼻筋が通り、顔立ちは鋭く、ブロンドのつややかな長い巻き毛が肩にかかっている。身長は百八十五センチ近くあり、肩幅が広く筋肉質で、腰は引き締まっていて、脚は長く、長年馬に乗っているおかげで鍛えられている。その美貌にはロルフも目を見張る。あいにく、ブレイクはシロップのごとく甘い舌にも恵まれている。バラの花びらからしたたる雨のしずくのように口から甘い言葉があふれでるため、その才能を女性との交際に生かしている。同時代に生きていたら聖アグネスをも陥落させただろうと言われ、それが男には〝悪魔の申し子〟と呼ばれるゆえんだ。ブレイクの魅力に屈した妻を持つ者は数知れない。

「見た目はどう？」

繰り返される質問に、ロルフの思考が断ち切られた。ブレイクにきつい言葉を返そうと口を開いたところで、すぐうしろにいる大男の表情が目に留まった。

その巨人の名前はリトル・ジョージ。ブレイクの友人でもある騎士で、旅の供をしている。水と火のごとく正反対なふたりは、実に奇妙な組み合わせだ。ブレイクはブロンドでリトル・ジョージはブルネット。ブレイクはハンサムだが、リトル・ジョージはブルドッグに似ている。とはいえ、容貌に恵まれない分を、力で補っている。並外れて図体《ずうたい》が大きく、身長は二百十センチほどあり、肩幅も優に一メートルを超える。生真面目な男だ。口数が少なく実直で、ほとんど感情を表に出さない。だから、目をぐるりとまわし、二重顎を震わせているいまの顔がことさら面白く感じられた。彼も、何度も同じ質問をするブレイクに我慢できなくなってきたらしい。

ロルフは忍耐力をいくらか取り戻し、ブレイクに視線を移した。「エバーハート城を出発してから、その質問に少なくとも三十回は答えたぞ、ブレイク」

「またきいてるんだ」ブレイクが険しい顔で言った。

反対側からいらだたしげな舌打ちが聞こえてきて、ロルフは司教のほうを向いた。

国王は最近、この引退した老司教を引っ張りだして、ふた組の結婚式を執り行わせた。ブレイク・シャーウェルとショーナ・ダンバーの結婚が、この三カ月で三組目になる。無事執り行われればの話だが。ロルフは確信が持てなかった。はじめから問題だらけだった。

婚約が決まったのは二十年も前のことなのに、誰もこの結婚を実現させる気がないように見える。

ショーナの兄であるダンカンは、ブレイクにけじめをつけさせるよう国王に頼みはしたが、婚約が解消され、妹が別の男と結婚することを望んでいたのは明らかだ。父親のアンガス・ダンバーは、何日もロルフを避け続けたあと、彼にくたくたになるまでしゃべらせたあげく、ようやく結婚を認めた。ロルフはただちに花婿の父親であるシャーウェル伯爵に使者を送り、結婚が決まり、婚礼に出席する必要があることを伝えたあと、ブレイクを迎えに行った。使者を行かせてもよかったのだが、ダンバー家から解放されたかったのだ。

あの気難しい一族と親戚になるブレイクに、同情する気持ちもあった――少なくとも、旅が始まった頃は。だが、ブレイクが思いつく限りの口実を使って旅を遅らせ、一週間の道中、婚約者の外見や知性や性格についてしつこく質問を繰り返したせいで、ロルフはうんざりしてしまった。一刻も早く仕事を終わらせておさらばしたい。

「どうなんだ?」ブレイクが嚙《か》みつくように言い、質問の答えを催促した。

ロルフは辛抱強くため息をついたあとで答えた。「前も――旅を始めてから少なくとも五十回は言ったが、背が高い」

「どのくらい?」

「ぼくより二センチくらい低い」

「それから?」

「レディ・ショーナはスタイルがよく、つややかな長い黒髪と大きな青い目、貴族らしいまっすぐな鼻の持ち主で、頰骨が高く、肌は染みひとつない。実に魅力的だ……」言葉がつかえた。あたたかい歓迎は期待しないほうがいいと、そろそろ警告しておくべきだろうか。

「しかし、が続くんだろ?」ブレイクがそう言ったので、ロルフは物思いから覚めた。

「ああ」警告するならいましかない。

「しかし、なんだ?」ブレイクが疑わしそうに目をすがめてうながす。

「少々粗削りだ」

「粗削り?」ブレイクが不安そうにきき返した。「粗削りな女性とはどういう意味だ?」

「その――……」ロルフは助けを求めて司教を見た。

ウィカム司教は、優しい緑の目の上のふさふさした白い眉毛を上下に動かしながら少し考えたあと、身を乗りだしてロルフの向こう側にいる花婿をのぞきこんだ。「レディ・ショーナは幼い頃に母親と死に別れ、父親と兄の手で育てられた。多少女性らしさに欠けているかもしれない」遠まわしに言った。

ブレイクはだまされなかった。司教は控えめに表現する達人だ。多少女性らしさに欠けていると司教が言うなら、彼女は野蛮人に違いない。非難するような目でロルフを見た。「そんな話は聞いてないぞ、ケンウィック!」

「ああ」ロルフはしぶしぶ認めた。「たしかに言わなかった。言ってもきみをいらだたせるだけだと思ったから」

「まったく!」ブレイクはダンバー城をにらみつけた。寒々しい敵地に見える。盛大な歓迎は待ち受けていなかったが、そもそも期待していなかった。向こうもブレイクと同じくらいこの結婚を望んでいないのだ。

「まあ、まんざら捨てたものではないぞ」司教がなだめた。「ショーナは少々がさつかもしれないが、きみの友人のアマリに似ている。まさに彼の女性版という感じだ」

アマリ・ド・アネフォードは、子どもの頃一緒に従者をしていたときからのブレイクの親友だ。馬が合い、最近アマリが結婚して公爵に出世し、戦争事業を廃業せざるを得なくなるまでは、共同事業者でもあった。ウィカム司教はよかれと思ってアマリを引き合いに出したのだが、それは間違いだった。

「なんてことだ」ブレイクはぞっとしてつぶやいた。花嫁のベールを持ちあげ、背を高くし、髪を黒くした親友にキスをする場面が脳裏に浮かび、馬から転げ落ちそうになった。

その映像を頭から追いだし、大笑いしているリトル・ジョージをにらんだ——似たような場面を想像したに違いない。だが、笑い声はやまず、ブレイクはみじめな気分でうなだれた。方向転換し、イングランドに引き返したくてたまらないが、それはできない。ふたりのいまいましい婚約は、ブレイクが十歳、レディ・ショーナが四歳のときに取り決められた。しかし、ブレイクの父親であるシャーウェル伯爵は、契約書のインクが乾かないうちにそれを後悔した。かつての親友だったダンバーと仲違《なかたが》いしたのだ。およそ二十年前、婚約が成立した二週間後からずっと口もきいていない。ふたりとも契約のことなど忘れてしまいたかったものの、自分から破棄して財産や持参金を手放す気にもなれなかった。そのせいで、国王が望めば契約の履行を命じる可能性があった。あいにく、国王はそれを望んだ。

ブレイクはイングランドに引き返すことはできない。彼の未来は定められた。明日の正午には既婚者になっている。

人生とは試練で、人がなけなしの自由を享受できる期間は短い。ダンバー城の中庭に入る門をこれから通過するところだと気づき、ブレイクは力を振り絞って背筋を伸ばした。彼らの前では、強く自信があるようにふるまいたかった。自尊心がそうさせた。

顔をあげ、城壁からこちらを無言でじっと見ている番兵たちの視線を受けとめた。だが、彼らが大声で会話を始めるや、ブレイクは無表情を保つことが難しくなった。

「どっちの男だと思う？」番兵のひとりがきいた。

「ブロンドのちっちゃい弱そうなほうに違いない」年かさの兵士が答えた。「父親にそっくりだ」

兵士たちはしばし口を閉じ、ブレイクをさらにじっくり観察した。また別の誰かが言う。「残念だな。黒い立派なほうなら見込みはあるかもしれないが、ちっちゃいほうは一日も持たないな」

「半日も持たないだろうよ！」

「何を賭ける？」

賭けが始まった時点で、ブレイクの表情は険しくなった。屈辱感でいっぱいだった。〝ちっちゃい〟などと呼ばれたのは生まれて初めてだ。普通の男に比べればかなり大きいのだが、いまはリトル・ジョージが隣にいるので小さく見えるのだろう。とはいえ、ロルフと同じくらいだし、決して小さくはない。それに、平均より背の高い女性だろうと、自分が女ひとりも操縦できないと思われていることも気に食わなかった。ロルフと司教を見やると、ふたりとも気まずそうな顔をしていて、ブレイクの視線を避けた。一方、リトル・ジョージは心配そうだった。兵士たちのせいで動揺しているようだ。

ブレイクは心を乱されるつもりはなかった。さらに背筋を伸ばすと、城の玄関の階段のほうへ馬を導いた。彼を出迎えるために階段で待っているはずの花嫁がいない。さらなる侮辱だ。実に失礼なことだと、彼女に会ったときに必ず言ってやろう。中庭にいる者たちが仕事をしているふりをするのをやめて、ブレイクたちの周りに集まってきたときもそう思った。注目の的になるだけでも落ち着かないのに、冷笑を浴びせられ、あからさまに笑われるのは耐え難かった。

城の大きな扉の片方がきしみながら開いたときは、ほっとした。階段の上に現れた少年が振り返って何か叫んだあと、駆けおりてきた。

「ありがとう」ブレイクは馬からおりると、手綱を取った少年に微笑みかけた。だが、少年の哀れんでいるとも面白がっているともつかない表情を見て、笑みを引っこめた。

少年はロルフと司教とリトル・ジョージの手綱も取ると、馬を連れていった。

ブレイクはもぞもぞ身じろぎしながら、ロルフに向かって片方の眉をつりあげた。ロルフは肩をすくめただけで、振り返って護衛兵たちに指示を出したものの、その顔に一瞬不安がよぎったのを、ブレイクは見逃さなかった。

ブレイクはしかめっ面で、階段の上の閉じられた両開きの扉を見上げた。刻々と面会のときが近づいている。その前に心を落ち着かせ、度胸を据えようとした。たかが女性ひとりと対面するだけなのに、緊張している。

ブレイクは首を横に振った。何も心配する必要はない。ブレイクは女性に悪い印象を持たれることがない。女性から見て大きな魅力があるらしい。婚約者が彼を見たとたんに夢中になったとしても驚かない。ブレイクと結婚できる幸運に心から感謝し、ふたりは結婚する。それで用はすむ。彼を出迎えなかったことを何度も謝罪するだろう。ブレイクは天使だから、優しく許す。そして、ふたりは結婚する。それで用はすむ

から、ブレイクは家に帰る。契約に花嫁を連れていかなければならないという条項はない。彼女を放置しておける家を見つけるまで、ここに置いていってたまに訪問するつもりだった。

ブレイクは強い自信を取り戻し、心配そうなリトル・ジョージに微笑みかけてから、階段を軽やかに駆けあがった。扉をさっと押し開けると、彼より足取りが重く、いくぶん自信なさげな仲間たちを城のなかへと導いた。大広間の架脚式テーブルに着いている男たちが目に留まり、足取りを緩めた。むさぼるように食事をし、大声で下品なことを言って笑っている。ダンバー領主の家臣は、城壁を守り、中庭で仕事をしていた百人ほどの男たちだけではなかったようだ。少なくともそれと同じくらいの人数が、城内で食事休憩をとっていた。「こんな小さな城にしては大所帯だな」

彼らをざっと見まわし、結婚して人生をともにすることになっている女性を探したものの、見当たらなかった。ひとりかふたりの召使いを除けば、大広間にいるのは男ばかりだ。たいした問題ではないと、ブレイクは自分に言い聞かせた。すぐに会えるだろう。

上座へ向かって歩いていくと、家臣たちがつつきあってブレイクを指さし、徐々に注目が集まってきた。

彼らの無礼な態度は無視して部屋の中央へ行き、アンガス・ダンバー領主と思《おぼ》しき白髪まじりの男の前に立った。室内が静まり返った。全員の視線が注がれてもなお、アンガスは顔をあげなかった。ブレイクが不愉快な気分になってきた頃、ロルフが隣に来て咳《せき》払いした。

「戻ってまいりました、ダンバー卿」

アンガス・ダンバーは長年の疲れや心労がたたって猫背になった老人だ。灰色の髪はごわごわしていて、毛先があちこちを向いている。鶏の腿肉を時間をかけて食べ終えたあと、骨を背後に放った。そして、顔をあげると、話しかけてきた男ではなく、ブレイクをじっと見た。その瞬間、ブレイクは第一印象を改めた。年寄りではない。心労で疲れ果ててなどいない。髪に白いものがまじってはいるが、ブレイクに向けられた鋭いまなざしは、生気と知性にあふれていた。

アンガスは一瞬、驚いた表情を浮かべたあと、口を引き結んでふんぞり返った。

「そうか」物憂げに言う。「幸か不幸か、ようやく来る気になったのだな。父親に似ている」

訛りが強く、ブレイクは苦労して聞き取ったあと、曖昧にうなずいた。

「しかし、遅すぎた」アンガスは明らかにうれしそうに告げた。「時は過ぎゆき、娘は鶏小屋《ケイヴィー》から逃げだした。おまえはすばやく行動《リンキン》するだろう」

「ケイヴィー？　リンキンって？」ブレイクは眉間にしわを寄せているロルフにきいた。

「孵化《ふか》期間が過ぎて娘が鶏小屋《とりごや》から逃げだしたから、きみも急いで追いかけるだろうとおっしゃったんだ」ロルフが説明したあと、怒りをにじませながら領主に尋ねた。

「鶏小屋から逃げだしたとはどういうことですか？　彼女はどこへ行ったんですか？」

アンガスは肩をすくめた。「あの子は言わなかった」

「行き先をきかなかったんですか？」

アンガスがかぶりを振った。「二週間前の夜、レディ・ワイルドウッドがここに来た翌日――」

「レディ・ワイルドウッドがここにいらっしゃるのですか？」ロルフは驚きをあらわにした。「われわれが宮廷までお送りするので、それまでお待ちいただく予定だったのですが」

「まあ、そうだが、ずいぶんのんびりしていたな？　一週間以上前に戻ってくるはずだったろ」

ロルフがブレイクをにらんでつぶやいた。「やむを得ず遅れたのです」

「おまえたちが〝やむを得ず遅れた〟あいだに、レディ・ワイルドウッドは命からがら逃げてきたのだ」

「レディ・マーガレット・ワイルドウッドのことですか？」ブレイクは割りこんで尋ね、アンガスがうなずいたので驚いた。宮廷でワイルドウッド卿とその妻に何度か会ったことがある。王妃の存命中は、宮廷でレディ・ワイルドウッドの姿がよく見かけられた。見聞きしたことからすると、夫妻は二十年ほど幸せな結婚生活を送ったようだ。ワイルドウッドが存命中に妻に暴力を振るったとは考えられないし、いまはもう死んでいるのだからそんなことは起こり得ない。数カ月前にアイルランドで逝去したと聞いている。「ワイルドウッド卿は亡くなった」考えを口に出した。「いったい誰がレディ・ワイルドウッドを脅かすというのだ？」

ロルフは眉をひそめ、どう話そうかと思案したあと、ため息をついた。「グリーンウェルドを知ってるか？」

ブレイクはうなずいた。ワイルドウッドの隣人だ。貪欲で不道徳な男で、あまり好かれていない。

「レディ・ワイルドウッドと無理やり結婚したんだ」ロルフが言う。「ご令嬢のレディ・イリアナと引き離し、彼女を人質にしてレディ・ワイルドウッドを操り、結婚に抗議できないようにした」

ブレイクはあ然とした。「そんなことをしたらただではすまないとわかっていたんだよな？」

「ところが、ばれなかったんだ。レディ・ワイルドウッドが忠実な召使いに国王陛下への手紙を託すまでは。それを読んで彼女の窮状を知った陛下は、ただちにレディ・イリアナとアンガス卿のご子息であるダンカンとの結婚を手配なさった」ロルフが領主に向かってうなずいた。「そうすることで、グリーンウェルドの魔の手から逃れさせた。陛下はいまも、グリーンウェルドが強制した結婚を無効にしようと努めていらっしゃる」

「レディ・ワイルドウッドが暴力を振るわれたのは、それが原因に違いない」アンガスが険しい顔で言った。「グリーンウェルドはワイルドウッドの領地をあきらめるくらいなら、彼女の死を望むだろう」

「ええ」ロルフがうなずいた。「そうでしょうね。気配を察したのかもしれません」思案してから、アンガスを見た。「レディ・ワイルドウッドは保護を求めてここに来られたんですね？　どうして宮廷へ向かわれなかったのですか？　陛下がお守りしたでしょうに」

アンガスが肩をすくめる。「さあな。女中とその息子を連れて逃げてきたんだが、途中で熱を出して倒れた。ここに来てからずっと休んでいて、まだ話をしていないのだ」

「そうですか」ロルフがこわばった表情でつぶやいた。「大丈夫なんですか？」

アンガスが唇を引き結んだ。「生きている。かろうじて。もう少しで殺されるところだった。だから、彼女はおまえたちが助けに来る前に、親族であるわしらのところへ保護を求めて逃げてきたのだ」

ロルフは司教と視線を交わしたあと、アンガスにきいた。「彼女がここにいらっしゃることを、使者を送って陛下にお知らせになりましたか？」

「いや。おまえたちが来るのを待っていたのだ。一度にお耳に入れたほうがいいと思ってな。回復次第、レディ・ワイルドウッドをおまえたちが宮廷まで送っていくことを、陛下はお望みになるかもしれない」

ロルフがうなずいた。「賢明なご判断です、アンガス・ダンバー」

アンガスが唇をゆがめた。「おまえは如才ないな。だから、陛下はこのような退屈な仕事をおまえに任せるのだろう」

「ふむ」雑用を押しつけられて明らかに不満を抱いているロルフは、ブレイクを見据えた。「そろそろ本題に入ろう」

アンガスが顔をしかめた。「ああ。さて……問題が発生した。先ほども話したように、ショーナはレディ・ワイルドウッドが来たことによって生じた混乱に乗じたのだ。彼女が到着した翌日、わしと家臣たちは酒を飲んだ。あの子はわしが酔っ払うのを待って、ニフトになったら鶏小屋から逃げだした」

「なんですって?」ブレイクは困惑といらだちを覚え、きき返した。

ロルフが説明する。「彼女はレディ・ワイルドウッドが到着した翌日に逃げだした――」

「それはわかった」ブレイクはぴしゃりとさえぎった。「ニフトってなんだ?」

「夜という意味だ。アンガス領主と家臣たちは酒を飲んで酔っ払っていて、レディ・ショーナは夜になったら――」

「鶏小屋から逃げだしたんだろ。それはもう聞いた」ブレイクは満足げに彼をじろじろ見ているアンガスをにらみつけた。言葉の達人を自負している。その才能を存分に駆使し、あらゆる場面で思いどおりにしてきた。話の内容が理解できないというのはいらだつことこのうえなく、アンガスはそれを承知で楽しんでいるのではないかといぶかしんだ。「つまり、あなた方は契約を破棄し、持参金をあきらめるということですね？」

アンガスが弾かれたように背筋を伸ばした。「悪魔が角の代わりに花を生やしたらな！」吐き捨てるように言ったあと、急に穏やかになって微笑んだ。「わしが思うに、花嫁を迎えに来る義務を怠ったのだから、没収されるのはおまえのほうだ」

「しかし、こうして迎えに来ました」ブレイクは冷やかな笑みを浮かべた。

「あの子はもう二十四だ」アンガスが怒鳴る。「十年前に来るべきだったな」

ブレイクが反論しようと口を開いたとき、ロルフが彼の腕に触れて止め、すらすらと言った。「その話はもうすんだはずです、アンガス領主。逆戻りしています。あなたはここで婚礼を執り行うことに同意なさった。それで、ブレイク卿は契約を履行するためにやってきたのです」眉根を寄せる。「どうしてそのような態度を取られるのでしょう。ぼくが出発した時点で、あなたは結婚に同意なさっていた。ダンカンもです。反対していたのはレディ・ショーナだけだったのに、いまはあなたも反対なさっているようにお見受けします」

アンガスは肩をすくめた。笑いをこらえているかのように、しわの寄った顔が引きっている。「ああ、たしかにわしは同意した。しかし、簡単に結婚させてやると言った覚えはない。シャーウェルは少しばかり長く待たせすぎた。ダンバー氏族に対する侮辱だ」

同意のざわめきが広がった。ロルフはため息をついた。どうやら領主は契約を履行するにしても、その助けをするつもりはないようだ。「お気持ちはわかりますが、あいにくブレイク卿の言うとおりです。レディ・ショーナが結婚から逃げるのを手助けすれば、あなたは契約を破棄したことになり、持参金を放棄したと見なされ——」

アンガスがいとわしげに手を振ってさえぎった。「脅すでない。わしもあの子を早く結婚させたいのだ。遅すぎるくらいだ」ブレイクをにらむ。「それに、孫が欲しい。たとえイングランド人の血が半分まじっていようとな」そこでビールをぐいっと飲み、ジョッキを叩きつけるように置いた。「娘はセント・シミアンに逃げこんだ」

「セント・シミアン？」

「ここから馬で二日走ったところにある女子修道院だ」アンガスはうれしそうに説明した。「そこに保護を求めて、受け入れられた。あの子があそこにいる限り、わしも絶対に会えない」

「なんてことだ」ロルフは鋭い声で言ったあと、目を細めて領主をにらんだ。「居場所は知らないとおっしゃいましたよね」

「あの子は教えてくれなかったと言ったのだ」アンガスは穏やかに訂正した。「娘がいなくなったと気づいたとき、急いで家臣にあとを追わせた。それで、セント・シミアン修道院にたどりついたのだが、娘を連れだすことはできなかった。男はなかに入れないからな」

「わかってます」ロルフがいらだたしげに言った。

アンガスはブレイクに視線を戻すと、その表情と態度にかすかな安堵の色を見て取り、目をすがめた。「さて、居場所がわかったのだから、何をぐずぐずしている？　さっさと連れ戻せ。そろそろ退屈してるだろうから、ひょっとしたら出てくるかもしれんぞ」

ブレイクはロルフをちらりと見た。自由を束縛するものから抜けだせたのかもしれないと思ったのに、ロルフの表情と、将来の義父の言葉からすると、思い違いだったらしい。彼らはブレイクが婚約者を修道院から連れだして結婚することを望んでいる。ブレイクにしてみれば自分の墓穴を掘れと言われているようなものだが、ほかに選択肢はないようだ。

ため息をつき、司教とロルフを連れて玄関へ向かったものの、扉の前で立ちどまると、ふたりを先に行かせたあと、アンガスのもとへ戻った。「修道院は馬で一日の距離にあるとおっしゃいましたね？」

「ああ。二日だ」

「そこまでの地域はあなたと友好関係にあるのですか？」

アンガスが驚いて眉をあげた。「ああ。だが、イングランド王に友好的とは限らない」うれしそうにつけ加えた。「だから、旗はあんまり振らないほうがいいぞ」

ブレイクはうなずいた。うすうすわかっていた。連れ戻しに行く途中でブレイクが死に、結婚できなかった場合にブレイクの父親が渡すことになっている土地が手に入れば、領主とその娘は大喜びするだろう。「それなら、あなたのプレードをください」

ブレイクは獲物を狙うような笑みを浮かべた。

アンガスは驚いて目をしばたたいたあと、眉をひそめた。「なぜだ？」

「これから通る地域があなたと友好関係にあるのなら、ダンバー氏族のプレードを身につければ、ぼくたちがあなたの保護を受けて旅している印になります」

部屋がしんと静まり返り、困惑の気配さえ感じられた。そのあと、テーブルに着いている男たちがひそひそ話を始め、それが途方に暮れている領主の左側にいる男まで伝わった。その男が耳元でささやいたとたんに、領主は晴れやかな表情になった。何を言われたかは知らないが、おおいに気に入ったようだ。みんなと一緒にのけぞって大笑いした。

笑いながら立ちあがると、手首をさっと動かして引っ張り、プレードを脱いだ。太腿の中央まで届く長いシャツだけを着た姿で、色鮮やかなプレードをテーブルの上に放った。

アンガスがようやく笑いやんだ。ブレイクはそのプレードをつかむと、布から立ちのぼる悪臭に顔をしかめた。そして、背を向けて歩み去ろうとした。

「待て！」

ブレイクは立ちどまって振り返った。「なんですか？」

「わしをこんな格好で置き去りにするつもりか？」アンガスがしかめっ面で尋ねた。

ブレイクはにらんだ。「何をご所望ですか？」

「その上着とズボンだ」

ブレイクはうろたえ、金色の上着とズボンを見おろした。どちらも新品だ。上等の新しい服で婚約者に好印象を与えたかったのだ。「おろしたての上着です」訴えるように言う。「まだ数週間しか着ていません」

アンガスが肩をすくめた。「公正な取引だ」一同がふたたび大笑いした。

ブレイクはため息をつき、彼に従ってテーブルに着いていたリトル・ジョージにプレードを渡したあと、しぶしぶ服を脱ぎ始めた。

「第一印象より大きいな」上着とチュニックを脱いで上半身裸になったブレイクを見て、家臣のひとりが意見を述べた。

ブレイクはその男をちらりと見て、ブレイクを父親にそっくりだと言った年かさの兵士だと気づいた。城壁にいた男たちの何人かが、あとから城に入ってきていたのだ。

「ふむ」アンガスはブレイクから服を受け取り、それをいったん家臣に渡すと、すばやくシャツを脱いだ。その汚れたシャツを未来の義理の息子に放ったあと、チュニックを受け取って着た。

ブレイクはそのシャツのにおいに、もう少しでうめき声をもらしそうになった。身につけてから一度も洗っていないに違いない。三年くらい前から。背筋を伸ばしてシャツを着たあと、ズボンと長靴下を脱ぎ始めた。

「少々きついが、問題ない」

ブレイクはチュニックの上に上着を羽織ったアンガスをちらりと見た。そして、彼の言うとおりなので驚いた。未来の義父は、ブレイクと寸法が同じようだ。

「見とれてないでズボンをよこせ。尻が凍えそうだ」

アンガスから目を離し、残りの服を脱いだ。それをアンガスに渡したあと、リトル・ジョージからプレードを受け取って腰に巻き始めた。

「いったい何をやっているのだ?」

視線をあげると、驚がくと嫌悪の表情を浮かべたアンガスの顔が見えた。

「プレードはそんなふうに着るものじゃない、ばか者! わしのプレードに対する侮辱だ」アンガスは上着を着終えると、手を伸ばしてプレードの片端をつかんだ。そして、引っ張ってブレイクから奪い取ると、床に落としてひざまずき、折り目をつけた。

ブレイクはその様子を食い入るように見て、アンガスの手早さに目を見張り、自分で再現できるだろうかと考えた。無理そうだし、もしできたとしてもずっと時間がかかるだろう。

「よし!」アンガスが背筋を伸ばしてブレイクを見上げた。「この上に横たわれ」

「横たわる?」ブレイクはとまどった。

「そうだ」

ブレイクは口をぽかんと開けた。「ご冗談ですよね?」

「さっさと横たわれ!」アンガスがいらだたしげに怒鳴った。

ブレイクはぶつぶつ言いながら、折り目をつけたプレードの上に横たわった。アンガスがすかさずプレードを引っ張り始めた。そして、ほんの一秒かそこらで立ちあがると、ブレイクにも立つよううながし、着付けを終えた。

「できたぞ」アンガスは出来栄えをじっと眺めたあと、首を横に振った。「やはりわしのほうが似合うな」そう言うと、周囲から同意の声があがった。「おまえはスコットランド人に変装したイングランド人に見える。しかし……」肩をすくめ、自分が着ている真新しい服を見おろす。「おまえの服はわしによく似合ってると思わんか？」両腕を広げ、くるりとまわってみせた。「レディ・イリアナの母君、レディ・ワイルドウッドも感心するのではないか？」

称賛の声がわき起こり、アンガスがみじめな顔をしたブレイクをまじまじと見た。

「くよくよするでない、イングランド人。ほかにやることがあるだろ。花嫁を連れ戻しに行け」アンガスがにこやかに笑うと、険しさがいくらか薄れた。「できるものなら」

含み笑いが聞こえ、ブレイクは体をこわばらせ、顔を真っ赤にした。嘲笑されるのには慣れていないし、気に入らないが、どうしようもない。くるりと背を向け、リトル・ジョージを従えて扉へ向かった。

アンガスは唇を引き結び、ブレイクの背中を見送った。ブレイクが城の外に出ると、席に戻ってビールをぐいっと飲んだあと、家臣たちを見まわした。そして、指折りの戦士で、最も信頼できるギャビンに目を留め、呼び寄せた。

「なんでしょうか、領主様」

「ふたり連れて、シャーウェルたちを追いかけろ。あいつはばかだから、死んでしまうかもしれない。そんなことになったら、愚かなイングランド人の父親とイングランド王に責められる。迷わずにたどりつけるよう気をつけてやれ」

2

「もう耐えられません！　絶対に！」セント・シミアン修道院のレディ・エリザベス・ワーレイ院長はいらだたしげに怒鳴り、上等のオークの机のクッション付きの椅子にどさりと腰かけた。

シスター・ブランチは不安に駆られ、唇を噛んだ。そして、羊皮紙を一枚取って院長の顔をあおぎながら、なだめる言葉を探した。エリザベスの短気はいつものことで、かっとなると軽率な行動を取りかねない。できるなら落ち着かせるのが一番だ。

「耐えるのです、院長、耐えねばなりません」ブランチはようやく言ったあと、希望を持ってつけ加えた。「神がわたしたちをお試しになっているのです。神はわたしたちが耐えられる試練しかお与えになりません」

「たわ言だわ！」エリザベスは手を振ってはねつけた。彼女は生粋のイングランド人だ。二十年以上前、おぞましいイングランド人貴族との結婚を回避するために修道女になった。あいにく、女子修道院は結婚という選択肢に不満がある女性たちに人気の避難所で、当時イングランドにエリザベスが満足できる地位はほとんど残っていなかった。それで結局、野蛮なスコットランドの真ん中にある修道院のイングランド人院長に落ち着いた。イングランドの修道院でただの修道女になるよりはよかった——少なくとも、当時はそう思った。いまは思わない。ここの野蛮人たちの訛りは、上靴に入りこんだ砂のごとく神経に障る。彼らの粗野なふるまいや言葉に心底嫌気が差していた。二十年間この地で暮らした結果、保護を求めてきたスコットランド人を扱うのに必要とされる忍耐は残っていなかった。これが神の意志だとはまったく思わない。

「ショーナ・ダンバーをここに遣わしたのは、神ではありません」エリザベスは片手を机に叩きつけた。「悪魔よ！」

ブランチは目を見開いた。不安が募る。「まさか、違います！」

「そうよ」院長がきっぱりとうなずいた。「彼女は悪魔の申し子よ。わたしたちの善良さをもてあそび、誘惑に陥れるために送りこまれたの」

「誘惑ですか？」ブランチは疑わしげにきき返した。

「ええ。十戒を破らせるために」

「どの戒律を？」

「汝《なんじ》、殺すなかれ」

ブランチは目を丸くし、口をあんぐりと開けた。「まさか！　そんなことをおっしゃってはいけません！」

「本当のことよ」不安と恐怖の表情を浮かべたブランチに、院長はぞっとするような笑みを向けた。「喜んで殺《あや》めるわ」

「院長！」

「とにかく……」エリザベスがため息をつく。「あの子のイングランド人が一刻も早く追いかけてきて、罪深い考えから救いだしてくれることを願いましょう」机のなかに手を入れ、ウイスキーの革袋を取りだしてつぶやいた。「わたしが実行に移す前に」

院長が酒を飲むのを見て、ブランチは眉をひそめた。「レディ・ショーナは進んで婚約者のもとへは戻らないでしょう。だから、ここにいるのです」

「そうね、でも彼に連れだしてもらうわ」

「連れだす？　どうやって？　ここは女子修道院です。男子禁制です」

院長はウイスキーをあおったあと、革袋の蓋を閉めてから、そっけなく言った。

「男性はしょっちゅう禁じられていることをするわ」

「そうですけれど、門は金属でできていて、常にかんぬきがかけられています。それに、壁も――壁を破ることはできない――」

「あなたがかんぬきを外せばいいわ」

「ええ？　なんですって？」ブランチは言葉につかえた。

「彼らがやってくるのが見えたら、かんぬきを外しなさい」

「わたしがですか？　でも――」ブランチは途方に暮れ、院長をじっと見つめた。耳を疑っている。「院長はレディ・ショーナを保護すると約束なさいました。彼女はお金を――」

「あれでは足りないわ。初日に彼女が壊したものを弁償すれば、それでおしまいよ」

「大げさですよ、院長」ブランチはすぐさま反論した。「レディ・ショーナが最初にひとつかふたつ物をひっくり返したのは事実ですけれど、それは通り過ぎる際に彼女の剣がぶつかってしまったせいです。院長が剣を取りあげてからは、ほとんど何も壊していません」

「ほとんど何もですって？　シスター・メレディスの足があんなことになったというのに？」

メレディスの不幸を思い出して、ブランチは顔をしかめた。「気の毒でしたが、レディ・ショーナはシスター・メレディスを傷つけるつもりはありませんでした。あれは事故だったんです」

「レディ・ショーナの手にかかると、何もかも事故になるのね」

残念ながら、そのとおりだ。レディ・ショーナは格別に事故を起こしやすいようだから、ブランチは別の角度から話すことにした。「彼女は善良な心を持っています。ただ、並外れて背が高く、それを持て余していて、男手だけで育てられたから、女性ばかりの環境に慣れていないだけのことです」

「神に誓って言うけれど、あなたは毒ヘビにも優しい言葉をかけて、たっぷり同情を示すでしょうね」エリザベスはつぶやき、ブランチをにらんだ。「指示どおりにするのよ。イングランド人が近づいてくるのが見えたら、庭にいる人たちを追いだして。みんなが屋内に入ってから、門のかんぬきを外すのよ」

「でも――」

「〝でも〟は聞きたくありません、シスター・ブランチ！　命令には従いなさい。さもないと、面目を失ってイングランドに帰ることになりますよ」

ブランチは黙りこんだ。彼女もまたイングランド人だが、望まない結婚を回避するためではなく、神のお召しで修道女になった。取るに足りない男爵の娘で、神に仕える場所を選べなかったのだ。スコットランドに遣わされたのは、そこで必要とされていたからだ。彼女は神とスコットランドの人々に精一杯尽くしてきた。院長と違って、スコットランド人のことを威勢がよく勇敢な人々だと思っている。修道女の友人を大勢作ったが、その多くがスコットランド人だ。面目を失ってイングランドの家族のもとへ帰りたくはない。とはいえ、レディ・ショーナを裏切りたくもなかった。がさつなところがあって不器用だけれど、彼女のことが好きになっていた。ブランチに言わせれば、ショーナ・ダンバーは気骨と自尊心のある称賛すべき人物だ。さらに、自然のままの魅力やユーモアを解する心を持っている。

彼女を裏切らずに命令を実行する方法があるはずだ。

「聞こえる？」

イルフレッドが立ちどまって頭を傾けた。「誰かが泣いてる」

「ええ」ショーナはすすり泣く声がするほうへ歩いていき、礼拝堂の扉にたどりついた。立ち入るのを一瞬ためらったものの、胸が張り裂けるような声に気づかなかったふりはできない。ため息をついて、扉を開けた。

礼拝堂は修道女と助修女が集まって朝課や讃課を行う場所で、ショーナもこの二週間、律儀に勤めていた。祈りを捧《ささ》げる五時間のあいだ、この巨大な洞窟のような部屋を照らすものは、祭壇と側壁沿いに並ぶ蠟燭《ろうそく》だけだ。普通の部屋なら昼間のように明るくなるほど大量の蠟燭が使われているが、ここではぼんやりとした光にしかならない。

それはたぶんいいことだ。ショーナは壁から目をそらした。初めて礼拝堂に入ったとき、薄明かりのなか、壁のタペストリーを見てしまったときからずっとそうしている。ざっと見ただけで、明るいところで眺めたくなるようなものではないとわかった。すべて宗教に関するもので、イエス・キリストや聖人たちが描かれている。あいにく、彼らの人生の恐ろしい一面、はっきり言えば死にまつわるものだ。キリストの磔刑《たっけい》、聖バルバラの斬首、聖ウルスラと一万一千人の処女の大虐殺、車輪で拷問を受ける聖カタリナ。

修道女たちは、祈りを捧げるとき以外は、タペストリー作りに従事している。いまは石を投げつけられる聖ステファノを制作中だ。聖女の恐ろしい殉教をだいたい作り終えたので、男性に取りかかるらしい。

自分には関係ないことだ、とショーナは思った。そして、祭壇の前でひざまずく女性をようやく見つけて、目を見開いた。院長に罰せられて泣いている修道女だろうと思いきや、それは現在、ショーナとイルフレッドのほかにひとりだけいる修道院に逃げこんできた女性、レディ・ヘレンだった。イングランド人で、昨夜やってきたばかりだ。彼女に関する話は、ほとんど聞いていない。保護を求めた理由を誰も教えてくれなかったが、たちの悪い支配的な夫がいるとか、そういうことだろう。望まない結婚を回避するだけなら、スコットランドの真ん中まではるばる逃げてきたりせずに、イングランドの修道院に駆けこんだはずだ。

背中をつつかれ、戸口で立ちどまっていたことに気づいた。背後にいるイルフレッドが、しびれを切らしたのだ。ショーナは礼拝堂のなかに足を踏み入れると、身廊を歩いてひざまずいている女性に近づいていった。

「どうやって彼女を修道院から連れだすつもりだ？」

ブレイクはのん気に肩をすくめた。「ぼくを見た瞬間に出てくるだろう」

「そうかな？」ロルフはいぶかしげにきき返した。

「間違いない」

「そうか」ロルフはしばし考えた。「それなら、そもそもどうして修道院に逃げこんだんだ？」

「ぼくを見たことがなくて、ぼくがどんな見た目か知らなかったからだ」

「なるほど」ロルフはうなずいた。「じゃあ、きみの美貌を見たとたんに――」

「熟れたプラムのごとく地面に倒れて、ぼくの足元にひれ伏すだろうな」

「当然だ」ロルフは面白がって同意した。

「女性はみなぼくの外見を気に入る」

「そう聞いてる」

「まったく、呪いだよ」

「そうか。同情するよ」ロルフはそっけなく返したあと、こう続けた。「ひとつだけ心配なことがある」

「なんだ？」

「いったいどうやってきみの美貌で参らせるんだ？　彼女は修道院の壁の内側にいて、ぼくたちは外側にいる。なかに入るのを許される男は聖職者だけだ」

ブレイクは顔をしかめた。「まだわからない。ダンバー城を出発してからずっと考えていたんだが――」肩をすくめたあと、ロルフを横目で見た。「とにかく、それはぼくの問題じゃない。手はずを整えるのはきみの役目だ。ぼくはただ、ダンバー城へ向かうよう強制執行をかけられただけだ」

ロルフが笑みを浮かべた。「強制執行？」

「似たようなものだ」

「アマリも道中はそんなふうに思っていただろうが」ロルフが肩をすくめた。「エマと結婚して、いまはすごく幸せそうだ」

親友のアマリ・ド・アネフォードと小柄な妻エマリーヌに、名残惜しそうに別れを告げられたときのことを思い出して、ブレイクは微笑んだ。「ああ、たしかに幸せそうだ。エマは不器量に違いないと、アマリは思っていたんだぞ。知ってたか？」

「いや」

「そうなんだ。最初の夫は家に帰って義務を果たすのがいやで自殺したんだと言っていた」

「本当か？」

ロルフがいらだった声を出した。ブレイクはちらりと横目で見て、ロルフの口がへの字に結ばれているのに気づき、彼がエマのいとこであることを思い出した。「もちろん、エマに会う前の話だ。実際に見て美人だとわかって、ほっとしていたよ。だがそれは、アマリとエマの話だ。レディ・ショーナはまるで別物だ」

ロルフが目をぐるりとまわす。「まだ会ったこともないくせに」

ブレイクは肩をすくめた。「彼女はスコットランド人だ。しかも、ダンバー氏族だ」

きっぱりと言った。「それだけでわかる」

ロルフが好奇心に駆られたまなざしをブレイクに向けた。「父君とアンガス・ダンバーが仲違いした原因はなんなんだ？　昔は兄弟のように親しかったと聞いているが」

ブレイクはしばらく黙りこんだあとで答えた。「わからない。父上は絶対にその話をしないんだ。だが、相当いやなことがあったに違いない。ぼくが覚えている限りずっと、父上はアンガス・ダンバーの悪口ばかり言っていたから」

「そうか」ロルフは通り道の木々を見つめ、好奇心を振り払った。「きみの花嫁を修道院から連れ戻す話だが、ウィカム司教が助けてくださるかもしれないぞ」

「なんの話だ？」自分の名前が出されたことに気づいた司教が、馬を駆りたててふたりのあいだに割りこむと、なんの話だとばかりに彼らを順に見た。

「レディ・ショーナを修道院から連れだす方法について話しあっていたのです。司教様にお力を貸していただけないかと思いまして」

「ふむ」ウィカム司教が考えこんだ。それから、ふさふさした白い眉毛をあげ、苦笑いを浮かべると、顔のしわが上に引っ張られた。

「たしかにわたしは聖職者だから、門のなかに入ることを許されるだろう。レディ・

ショーナと話をすることもできると思う。だが、わたしにできることはそれだけだ」

司教がいましめた。「彼女を無理やり連れだすことはできない」

「わかりました。ありがとうございます、司教様」ブレイクはそう言ったあと、結局、結婚を免れられるかもしれないと考えた。そうなったら、スコットランド娘に感謝しなければならない。ボンボンか織物一反くらい送ってもいい。

「着いたぞ」

木立を抜けたとき、ロルフの声が聞こえて、ブレイクは視線をあげた。五十メートルほど先に石壁に囲まれた修道院が見える。ブレイクは緊張しながら、馬を追いたてた。あと五分で、嫁をもらうか、もらい損ねてこれからも幸福な男でいられるかが決まる。運命が決定する。

門にたどりつくと、ブレイクは馬からおりて、すばやく呼び鈴の前へ行った。紐《ひも》を引こうとしたとき、扉と壁のあいだの隙間が目に留まった。怪訝《けげん》に思いながら、手を伸ばして木の扉を押してみた。すると、扉はきしみながらも数センチ開いた。ブレイクはうなじの毛が逆立つのを感じ、ぴたりと動きを止めた。これはおかしい。険しい表情を浮かべ、剣に手を伸ばした。「扉にかんぬきがかかっていない」

「なんだって？」ロルフが馬からおりて近づいてきた。

「まさか」司教が首を横に振る。「きみの勘違いだろう、ブレイク。門には常にかんぬきがかけられている。保護を求める者が大勢いるから――」ロルフがそっと押すと扉がさらに開いたのを見て、司教は絶句した。驚いて目を丸くし、不満げにつぶやく。「やれやれ、不用心だな」

ブレイクは扉をすっかり押し開けた。花やハーブの生えた人けのない庭を見まわしたあと、その向こうの建物に視線を向けた。「そうですね。危険です」

「なんてことだ！」司教はあわてて馬からおりると、ふたりのもとへ行って扉の向こうを見た。

「どういうことだと思う？」ロルフがきいた。三人は花咲く青々とした庭をじっと見つめた。

「庭に誰もいない。いつものことですか？」ブレイクは振り向いて尋ねた。司教は首を伸ばしてのぞきこみながら、かぶりを振った。

「いや、この時間は召使いか助修女が手入れをしているはずだ。セント・シミアン修道院の院長をしているレディ・エリザベス・ワーレイはかなり口うるさい人だから――」

「あれを見ろ」ロルフが司教の言葉をさえぎって言った。「かごが散乱している。作業の途中で突然立ち去ったかのようだ」

「気になりますね」リトル・ジョージの低い声が聞こえた。そのときブレイクは、同行者が全員馬からおりて周りに集まってきていて、普段は絶対に見る機会のない神聖な場所をのぞきこもうとしているのに気づいた。

「おお、大変だ、大変だ、大変だ」司教は首を横に振り、心配そうに眉尻をさげた。

「何かがおかしい。絶対に」

「大勢が保護を求めてここに来るとおっしゃいましたよね。まさか誰かが押し入って——」ロルフはその先の言葉をのみこんだ。

ブレイクは心を決めて門のなかに足を踏み入れた。スコットランド娘が彼との結婚から逃げだすのはかまわないが、だからといって誰かが彼女を奪ったり傷つけたりするのを傍観できる性格ではなかった。

ヘレンの警戒するような表情に、ショーナは少し驚いた。彼女は赤毛で肌は青白く、うっすらそばかすが散っている。泣いたせいで顔がまだらに赤くなり、近づいてくるふたりを怪しみ、しかめっ面で見ていた。ショーナは彼女の前で立ちどまると、気まずくて目をそらした。背を向けて出ていきたいけれど、それはできない。そういう優しいところが彼女の弱点だ。昔から、父や兄に克服するよう言われ続けている。ショーナは傷ついた動物や人を放っておけない。苦痛の叫び声を無視できない。胸も張り裂けんばかりに泣いていたイングランド人女性を置き去りにできるはずがなかった。

「レディ・ヘレンね。わたしはレディ・ショーナよ」ショーナは挨拶抜きでそう言った。

「レディ・ショーナ？　ああ、あなたのことはブランチから聞いているわ」ヘレンはほっとした顔をして立ちあがった。そして、ショーナが自分より三十センチは背が高いのに気づいて驚きの表情を浮かべた。「二週間前からここにいるのよね？」

「ええ。イングランドの犬と結婚したくなくて」ショーナは退屈を装って言った。

ヘレンはあ然としたあと、噴きだした。「わたしはスコットランドのブタとの結婚から逃げようとしているのよ」

「そうなの？」ショーナはにっこり笑った。「それなら、どうしてイングランドの修道院へ行かなかったの？」

ヘレンが顔をしかめた。「逃げたとき、スコットランドにいたのよ。一番近くにある避難所を探したの」

「そういうこと」ショーナはうなずいた。「じゃあ、もう大丈夫よ。ここなら安全だから」

「そうね」ヘレンはそう言ったものの、疑わしそうな表情をしていた。

隣でイルフレッドが身じろぎしてようやく、ショーナは彼女の存在を思い出し、無作法な自分を苦々しく思った。「これは失礼したわ。こちらはいとこのイルフレッドよ。ついてくると言って聞かなかったの。わたしが厄介事に巻きこまれたときに守るために」

ヘレンがイルフレッドをじっと見た。ショーナはヘレンの目に映るいとこの姿を想像した。イルフレッドはブロンドで、髪の色も身長もショーナと対極にあり、ヘレンよりも背が低いくらいだ。そんないとこがショーナを〝守る〟ためについてきたと聞いたら、戦っているときのイルフレッドを見たことがなければ奇妙に思うだろう。しかし、彼女は獰猛《どうもう》な戦士なのだ。

「イルフレッドは残忍な女の子なのよ」ショーナは説明しなければならない気がした。「それに、すばしこいの。見せてあげたら？」

イルフレッドはうなずくと、背を向けて何歩か歩いたあと、突然、うしろ宙返りを続けて三回した。最後に体をひねり、ヘレンのほうを向いて着地すると、短剣を抜いて彼女の喉元に突きつけた。

「まあ」ヘレンは息をのんだ。

ショーナとイルフレッドは笑い声をあげた。イルフレッドが短剣を鹿革のブーツにしまった。

「わたしにも教えてくれる？」ヘレンがきく。

イルフレッドは肩をすくめた。「一見すごそうだけど、実戦ではあまり役に立たないのよ。射手が相手なら、わたしが短剣を突きつける前に、回転している途中で射止められていたでしょう」

「あら、それなら結構よ」ヘレンが肩を落としたのを見て、ショーナはイルフレッドと視線を交わした。

「でも、何かもっと役に立つことを教えてあげられるかも」イルフレッドが言った。

ヘレンはたちまち勢いづいた。「本当に？　教えてくれるの？」

「ええ」

「ああ、すばらしいわ。そうしたら、キャメロンが追ってきても、身を守ることができる」

ショーナは目を見開いた。「キャメロン？　ロロ卿のこと？」

ヘレンが顔をしかめた。「そうよ」

ショーナは思案してから言った。「彼の悪い噂を聞いたことがないわ。わたしが結婚することになっていた相手は、とんでもなくいやなやつだけど」

「誰？」ヘレンは好奇心に駆られて尋ねた。

「シャーウェルよ」

「ブレイク・シャーウェル卿？」

「そう。知ってるの？」

「ええ。というか、会ったことはないけれど、噂は聞いているわ。天使と呼ばれているのよ。とても美男子で、魅力的なんですって。天使の容貌と悪魔の舌を持っていて、聖アグネスをも口説き落とせただろうと言われているわ」ヘレンが眉根を寄せた。

「どうして彼と結婚したくないの？」

「イングランド人だからよ」ヘレンがぎょっとしたので、ショーナは詫《わ》びるように微笑んだ。「それだけじゃないわ。ろくでなしだから」

「まあ」ヘレンがためらいがちにきいた。「彼に会ったことはあるの？」

「いいえ。でも、父が彼の父親を知っていたの。昔は友人だった。だから縁談がまとまったのだけれど、そのあと伯爵が本性を表して、ろくでなしで……」ショーナは肩をすくめた。

「シャーウェル伯爵はいったい何をなさったの？」

ショーナは唇を引き結んだ。「よく知らないけど、きっと何かとても無礼なふるまいをしたんだわ。だって、それ以来、父は伯爵を憎んでいて、ことあるごとに悪口を言うのだから」ヘレンが眉根を寄せたまま何か言いたそうにしているので、ショーナはもぞもぞしながら話題を変えた。「どうしてロロ卿から逃げているの？　何も悪い噂はないのに」

「ええ」ヘレンの顔が曇った。「そうでしょうね。彼は本性をうまく隠しているの。わたしの父までだまして、結婚の承諾を得たけれど、キャメロン城へ向かう途中で、彼が家臣と話しているのを聞いてしまったの。野宿するためにテントを張ったところだったから、わたしは眠っていると思ったんでしょうね。彼のお城に到着したあと、できるだけ早く結婚生活を終わらせる方法について話しあっていたのよ。別の女性と結婚するために」

ショーナは眉をあげた。「終わらせるつもりなのに、どうして結婚するの？」

「わたしの持参金が目当てなの。父は裕福で、気前よく大金を用意したから」

「でも、結婚生活を終わらせたら、持参金を手元に置いておくことはできないわ」

「わたしが死んだせいで結婚生活が終わるのなら、できるわ」

「まさか！」ショーナは口をぽかんと開けた。「そんなことするわけないわ！」

「するのよ」ヘレンは険しい顔でうなずいた。

「彼がそう言ったの？」

ヘレンはふたたびうなずいた。「どうするのが一番いいか話しあっていたの。わたしの首の骨を折ったあと、階段から投げおろして転落事故に見せかけるか、森のなかで落馬したことにするかで迷っていたわ」

「なんて卑劣な！」ショーナはいとこのほうを向いた。「信じられる、イルフレッド？」

イルフレッドは首を横に振った。「眠っていなくてよかったわね」

「本当に」ショーナは同意した。「それで、あなたはどうしたの？」

「そのときは何もしなかった。眠っているふりをし続けたわ。あの人たちの計画を知ってしまったことがばれないように」

「そうね」

「でも、隙を狙ってふたりで逃げだしたの」

「ふたりで？」

「女中を連れていたのよ」

「いまは？」

「父に知らせるために、家に帰したわ。キャメロンの計画を知ったら、すぐに助けに来てくれるはず」

「でも、家に着く前に捕まるかもしれないわ」

ヘレンは一瞬、顔に不安をよぎらせたものの、かぶりを振った。「それはないわ。逃げる前に、馬を全部放してきたから」

ショーナとイルフレッドは視線を交わした。イルフレッドが眉をつりあげる。「どうしてそんなことができたの？　あなたたちが荷造りして、馬を放して逃げるあいだ、スコットランド人がぼんやり見ているはずがないわ」

「それは」ヘレンがためらいがちに言った。「わたしを引きとめられるならそうしたでしょうけど、女中のマッジは薬草にとても詳しいの。わたしを殺す計画を聞いた翌朝、マッジに事情を話して逃げなければならないと言ったら、その夜、彼女は夕食を作って、睡眠薬をまぜたの。そして、キャメロンたちが深い眠りについているあいだに、荷造りをして、馬を放して逃げだしたのよ。マッジをひとりで家に帰して、わたしはもう一頭馬を引きながらここに来た。ふたりで旅をしていると思わせるために。

キャメロンたちがわたしのあとを追えるようにしたの。すぐにわかるはずよ。だから、マッジはきっと家に戻って、父に知らせてくれるわ」

「あなたのあとを追えるよう、わざと痕跡を残してきたの？」

ヘレンがうなずいた。「マッジと一緒に行っていたら、家にたどりつく前に追いつかれたかもしれない。計画を知っていることがばれたからには、キャメロンたちは二度と逃げられないようにしたでしょうし、その場で殺されていた可能性が高いわ」

「それはわかるけど、何もわざわざ痕跡を残す必要はなかったんじゃない？」

「マッジが無事に家にたどりつけるよう、わたしのあとを追ってほしかったのよ」ヘレンが憂いを帯びた口調で言う。「そうすれば、すべてうまくいくと思ってた。ここなら安全だと。でもいまは、あまり自信がないわ」

ヘレンの唇がかすかに震えている。ふたたび泣きだすのではないかと思って、ショーナはあわてて言った。「もちろん、ここにいれば安全よ。ロロ・キャメロンのような殺人鬼だって、神聖な場所を襲ったりはしないでしょう。万一そんなことをしたとしても、彼は入れない。お父様が来るまで、あなたは安全よ。わたしと同じように」それでもまだ、ヘレンが不安そうな顔をしているので、彼女の気を紛らす方法を考えた。「約束したわよね。時間があるなら、イルフレッドとわたしが身を守る方法をいくつか教えてあげるわよ」

「いいの？　すばらしいわ。危ない目に遭うまで、自分にそのすべがないことに気づかなかったの。あの夜、横になってキャメロンの計画を聞きながら、剣を扱えればいいのにと心から思ったわ。そうしたら、起きあがって、その場で彼を刺せたのに」

「それなら、外へ行きましょう。庭のほうが広いから」ショーナは先頭を切って礼拝堂の扉を引き開けた。そして、廊下へ出た瞬間、ぴたりと足を止めて引き返した。自然と剣の入っていない鞘《さや》に手を伸ばしていた。

「どうしたの？」そっと扉を閉め、振り返って部屋を見まわしたショーナに、ヘレンが不安げにきいた。

「来て」ショーナは険しい顔をしてヘレンの腕をつかむと、薄暗い部屋の左側へ連れていった。イルフレッドは何もきかずについてくるとわかっていた。

「どうしたの？」ヘレンは覚束《おぼつか》ない足取りで歩いている。「何が見えたの？」

「廊下に男がいた」ショーナは一枚目のタペストリーの前で立ちどまると、ヘレンの腕を放し、その巨大な装飾物を壁から引き離した。ショーナの思惑を察知したイルフレッドは、ショーナの前に移動し、磔《はりつけ》にされたキリストの図案の裏に滑りこんだ。ショーナはヘレンを見つめた。

「入って」ヘレンが躊躇すると、ショーナはふたたび彼女の腕をつかんでうながした。

「イルフレッドが反対側からあなたを守るから。わたしはこっち側を守る」

「でも、どうしてわたしを守る必要があるの?」ヘレンが振り返ってきいた。「キャメロンがいたの?」

ショーナは首を横に振った。「誰だかわからなかったけど、プレードを身につけていた。ここに保護を求めてきたのはわたしたちふたりだけで、わたしを探しているのはイングランド人だから……」そこで言葉を切り、肩をすくめた。

それ以上の説明は必要なかった。ヘレンは恐怖の表情を浮かべ、タペストリーの裏側の奥へ進み、ショーナの大きな体が入るだけの空間を残した。

「どうやって入ってきたんだと思う?」タペストリーに覆われると、ヘレンがきいた。

布がふくらんでいるので、よく見たら隠れているのがばれるだろうが、そうならないことをショーナは期待していた。部屋は薄暗いし、むごたらしいタペストリーが飾られているから、誰かが調べに来てもざっと見るだけで立ち去るだろう。剣を持っていないうえに、敵が何人いるかわからないので、対決するのは避けたい。ショーナが見たのはひとりだけだが、廊下の突き当たりに横向きに立っていて、誰かに話しかけていた。その相手が複数いる可能性もある。

「なんの前触れもなかった。叫び声も悲鳴も聞こえなかったわ。だから——」ヘレンが半狂乱になってしゃべりだしたので、ショーナはその口を片手でふさいだ。

「身を守るすべその一」ささやき声で言う。「隠れているときは静かにする。そうしなければ、隠れる意味がない。わかった？」暗がりでヘレンがうなずくのを感じると、手を離した。そのあと、礼拝堂の扉が開いたので体をこわばらせた。

タペストリーの裏は暗く息苦しくて、空気はかびくさく埃《ほこり》っぽかった。ショーナは足音に耳を澄ましたが、タペストリーの裏の埃と同じくらい厚い静寂に包まれていた。

止めていた息を吐きだし、ふたたび吸いこんだあと、あわてて片手で口と鼻を覆った。埃を吸いこんでしまい、くしゃみが出そうになったのだ。心のなかで悪態をつきながら、唇を噛み、鼻をつまんでくしゃみを止めるか、せめて遅らせようとした。額から汗が噴きだした頃、ようやく扉がそっと閉まる音がした。ショーナはたちまち大きなくしゃみをしたあと、タペストリーの裏から出ると、片手で顔をあおいで肌についた埃を払った。イルフレッドとヘレンもあとから出てきた。

「もう！　殺されるところだったわ」

「危なかったわね」イルフレッドがそっと扉へ近づいていき、耳を押し当てた。何も聞こえなかったらしく、扉を少しだけ開け、片目で外をのぞいた。「誰もいないわ」

小声で言い、扉を閉めた。

ショーナはうなずき、戻ってくるよう手招きした。

「これからどうするの？」ヘレンが尋ねた。

ショーナは一瞬の沈黙のあと、眉根を寄せた。「自分の部屋に戻るわ」

「なんのために？」ヘレンは、うなずいたイルフレッドに視線を移した。

「剣よ」ショーナは顔をしかめた。「院長に取りあげられたの。イルフレッドも」

「でも、それなら――」

イルフレッドが肩をすくめた。「取り返したのよ。院長が酔いつぶれて眠っているあいだに」

「酔いつぶれて？　まさか！　院長はお酒をお飲みになるの？」

「ええ」ショーナはその点はまったく気にならなかった。「最強の戦士みたいにあおるのよ」

「そうなの」イルフレッドがにやりと笑った。

ふたりの口調に称賛がにじみでていたので、ヘレンは首を横に振った。

「じゃあ、行きましょう」ショーナはイルフレッドのあとについて扉へ向かった。途中で立ちどまり、振り返ってヘレンを見る。「あなたはここで待っていて。戻ってくるから」

「いやよ」ヘレンはきっぱりとかぶりを振った。「あなたたちといると、キャメロンの計画を知ってから初めて心強く思えるの。一緒に行きたいわ」

ショーナは唇を引き結び、少し考えてからうなずいた。「わかったわ、一緒に行きましょう」扉のところで待っていたイルフレッドに合図する。イルフレッドは木の扉に耳を押し当てたあと、眉をひそめてさっと振り向いた。

「誰か来る」

ショーナは威勢よく悪態をつきながら、ヘレンの腕をつかんで急いでタペストリーのほうへ戻った。イルフレッドを先に行かせ、ヘレンを押しこんだあと、自分もすばやく隠れたちょうどそのとき、扉が開いた。

3

ショーナは壁に体を押しつけ、剣を携えていないときにこんなことになった運命を呪った。息を止め、タペストリーの向こう側で起きていることに耳を澄まそうとしたが、自らの鼓動の音しか聞こえない。静寂が永遠に続くかと思われ、口を開いて慎重に息を吸いこんだ。先ほど鼻から呼吸した際にどうなったか、よく覚えていた。

数分経《た》っても物音がしないので、扉を開けた人物はなかをのぞいただけで行ってしまったのだろうと、ショーナは考えた。そして、タペストリーを引きのけて出ようとしたとき、ガタンという音が聞こえた。誰かが座席に足をぶつけたのだ。隠れ場所を見破られてしまっただろうか？

「レディ・ショーナ？」

タペストリーの向こう側から小声で呼びかけられ、ショーナは体をこわばらせたが、声の主がわかったので、タペストリーを引きのけた。

「シスター・ブランチ！」室内を見まわしてほかに誰もいないのを確認してから、ブランチの手を引いてタペストリーの裏に引きずりこんだ。「何をしているの？　修道院のなかに男がいたのよ」

「知ってるわ」ブランチがため息をついた。「あなたに警告しようと思って、三十分近く探していたのよ。例のイングランド人が来たの」

ショーナはタペストリーの裏の暗がりで、目をしばたたいた。「違うわ。あれはスコットランド人よ」

「いいえ。丘の頂上にいたところが見えたの。イングランド人だったわ。王の旗を持っていたから。間違いないわ」

「プレードをつけるイングランド人がいる？」ショーナがそう尋ねると、ブランチが驚いたのが暗がりでもわかった。

「プレード？」

「ええ、わたしが見た男が身につけていたの」

「プレードを？　まさか」ブランチが勢いよくかぶりを振り、埃が舞いあがった。

「きっと見間違えたのよ」

「三メートルも離れていないところに立っていたの。膝がむきだしになっていた。修道院に侵入したのはスコットランド人よ。だから、レディ・ヘレンをかくまっているの。キャメロンが来たのよ。レディ・ヘレンをここから出さないと。キャメロンに捕まったらどうなるか知っているでしょう」

長く深い沈黙が流れた。そのあと、ブランチが行動に移り、すばやくタペストリーの裏から出た。ショーナはあとに続くと、唐突に修道服を脱ぎ始めたブランチを、驚きの目で見守った。

「何をする気？」ショーナは尋ねた。

「わたしが扉のかんぬきを外したの」ブランチが恐ろしい事実を口にした。「エリザベス院長の命令で。院長はイングランド人にあなたを連れ帰ってほしかったの。あのクリスタルのことでまだご立腹なのよ。シスター・メレディスの件でも」

ショーナは悪態をついた。ここに来た初日に、院長の机の上にあったクリスタルのデカンタを叩き落としてしまったのだ。机の横にあるテーブルにのっていたグラスにぶつからないよう鞘をうしろに傾けたら、デカンタに当たってしまった。シスター・メレディスの件とは、ショーナが祭壇の前にひざまずいて祈りを捧げているときに、彼女が通りかかってショーナの足――ほかの誰の足よりも突きでていた――につまずき、転んで足首の骨を折ってしまったのだ。

「本当にごめんなさい」ブランチが苦悩に苛《さいな》まれているのは明らかだった。「あなたの婚約者が到着するのを待って、庭から人を追い払い、みんなを聖堂に集めて、門のかんぬきを外すよう命じられたの。拒むことはできなかった。面目を失ってイングランドに帰ることになると脅されたから。それで、せめてあなたに警告しようと思って、ずっと探していたのよ」タペストリーの裏から出てきた、青ざめた顔をしたヘレンに視線を移す。「イングランド人だと思ったの」ヘレンの恐怖を見て取ると、罪悪感で顔を赤くし、哀れな声で言った。それから感情を振り払い、修道服をヘレンの手に押しつけた。

「これを着なさい」

ブランチの威厳に満ちた口調を聞いて、ショーナは驚いた。ヘレンがそれに従ってすぐさま自分の服を脱ぎだしたのも当然だ。

「服を交換するの。そのあと、ここから抜けだす秘密の通路を教えるわ」ブランチはヘレンの着替えを手伝いながら説明した。「敵に出くわしたとしても、修道服を着ていれば身を守れるかもしれない。男性は修道女には目もくれないもの。うまくだませるかも」

ショーナは着替えを続けるふたりから目を離し、扉の前へ行き、廊下で物音がしないか耳を澄ました。イルフレッドがついてきた。不意にショーナは、身につけている長いドレスとプレードを見おろして、顔をしかめた。これでは厄介事に巻きこまれたとき、機敏に動けない。そして、厄介事が起こるのは間違いない。

手招きして、扉の前にイルフレッドを立たせた。それから、プレードを外し、その下に着ていた白い簡素なシュミーズに、短剣で切り込みを入れた。ウエストの数センチ下をぐるりと引き裂くと、裾が足元にふわりと落ちた。短くなったシュミーズをドレスとプレードの下にはいていたプレードのズボンに押しこむ。ショーナとイルフレッドはいつも家にいるときは、ズボンと短いチュニック姿で走りまわっている。院長や修道女たちにショックを与えないために、ここではドレスを着ているのだ。だがいまは、修道女の気持ちを慮《おもんぱか》る余裕はない。実用性のほうが大事だ。戦ったり走ったりするときは、長いドレスよりズボンのほうがはるかに楽だ。

最後に、端切れを使って手早く長い黒髪を結ぶと、イルフレッドと交代した。ショーナが見張りをするあいだ、イルフレッドが同様に身支度を整えた。

「みんないったいどこにいるんだ？」

ロルフがつぶやいた質問に、ブレイクは肩をすくめた。庭、玄関、廊下、これまでのぞいたどの部屋にも人けはなかった。墓のように静かで活気がない。実に不気味だった。

誰もいない脇廊下で立ちどまり、後方にいるロルフとリトル・ジョージ、司教、そして二十名の兵士たちを振り返った。みな好奇心と不安の入りまじった顔をして、神聖な女子修道院の内部をじろじろ見まわしている。気持ちはわかる。こんな機会は二度とないだろう。

首を横に振りながらため息をついたあと、主廊下のほうを見つめた。

「どうした？」ロルフが来た道を振り返って尋ねた。

「廊下の突き当たりにいたとき、礼拝堂の扉が閉まるのを絶対に見た」

「でも、なかをのぞいただろ。誰もいなかった」

「それはそうだが」ブレイクは主廊下を見つめ続けた。もう一度確かめるべきだと直感が訴えている。戦士は直感に頼ることを早くに学ぶ。数歩引き返して立ちどまり、兵士たちに廊下に人がいないか調べるよう命じたあと、ふたたび歩きだした。ロルフとリトル・ジョージ、司教もすぐうしろをついてきた。

廊下をのぞいていたショーナは、イルフレッドにつつかれて振り返った。イルフレッドは身支度をすませ、邪魔なスカートはなくなっていた。ブランチとヘレンも服を交換し終えて、近づいてきた。

「その格好」ショーナたちの変身した姿を見て、ヘレンが驚いた。「ずいぶん印象が違うわね……ズボンをはいていると」

ショーナは微笑み、扉をそっと閉めると、ヘレンとブランチをじっくり観察した。彼女たちもずいぶん印象が違う。服を交換しただけで、ふたりともすっかり変わった。修道服で髪から体まで全身を覆い隠したヘレンは、この世のものとは思えないほど美しい。普段の格好でも魅力的だったが、それが純真無垢《じゅんしんむく》な美しさに変化した。一方、ブランチは目も当てられない状態だった。いつもは穏やかな顔が緊張でこわばっていて、剃髪《ていはつ》した頭はむきだしだと異様に見える。

ショーナは周囲を見まわしたあと、部屋の前方へ歩いていき、蠟燭が置いてあるテーブルにかけられた真っ白のクロスをつかみ取った。

「何をしているの？」蠟燭が倒れて床に落ち、ブランチがあわててやってきた。

「あなたたちが一緒にいたら、服を交換したことがすぐにばれてしまう」ショーナは言った。「あなたの髪を覆わないと」

「ああ」ブランチが頭を隠すように手をやると、ショーナはその手を払いのけてクロスをかけた。そして、顎の下で結んだあと、出来栄えを見て眉根を寄せた。あいにくおしゃれや流行の知識を持ちあわせていない。ぶつぶつ言いながらあれこれいじっていると、ヘレンがショーナを押しのけてあとを引き受けてくれたのでほっとした。ヘレンが作業を終えると、ショーナはブランチをしげしげと見たあと、満足してうなずいた。

「行きましょう。わたしたちの部屋から剣を取ってきたら、あなたが言っていた秘密の通路から出るのよ」

「あなたたちの部屋から？」ブランチがとまどい、ショーナを見つめた。「でも、エリザベス院長に取りあげられたでしょう？」

「取り返したのよ。逃げるときに必要だわ」

「だめ、危険よ」ブランチが反対した。

「身を守る武器もない状態で送りだしたい？」

ブランチは唇を嚙み、浮かない顔で周囲を見まわしたあと、ため息をついた。「それなら、わたしが取ってくるわ」

ショーナはかぶりを振った。「わたしたちのために危険を冒させるわけにはいかないわ」

「あなたたちが危険にさらされているのは、わたしのせいなのよ」ブランチが反論する。「それに、向こうもまさか、神の花嫁を傷つけようとはしないでしょう」

ショーナはかすかに微笑んだ。「でもいまのあなたは、とてもじゃないけれど修道女には見えないわよ」

ブランチははっとして、着ている服を見おろした。「ああ、そうね。でも、追いつめられたときは、これを取ればいいわ」頭のクロスを指さした。「そうすれば、わたしが修道女だとわかるでしょう」

ショーナが反論しようと口を開くと、ブランチは首を横に振った。「これ以上議論するつもりはないわ。わたしが行く」

「それなら、わたしも一緒に行くわ」扉へ向かうブランチを、ヘレンが急いで追いかけた。

「だめよ！」ブランチが振り返って制した。「あなたは危ないわ」

「この格好ならわたしだと気づかれないわ」ヘレンが言う。「たぶんあなたよりわたしが行くほうが安全よ。それに、ひとりで剣を運べないでしょう。スカートの下に隠さなければならないでしょうから、二本は無理だわ」

反論の余地がない。ブランチがしぶしぶうなずくのを見て、ショーナはおかしくて唇を震わせた。

ブランチとヘレンに剣のありかを教え、迅速かつ静かに行動するよう注意したあと、扉に近づいた。耳を澄まして足音が聞こえないのを確認してから、扉を開けてふたりを外に出し、廊下の突き当たりの角を曲がるまで見送った。ふたたび扉を閉めようとしたとき、廊下の反対側から音が聞こえて、ぱっと振り返った。先ほど見かけたブロンドのスコットランド人がいる。ヘレンとブランチが角を曲がったと同時に、反対側の角を曲がってきたのだ。ふたりには気づかなかったと思うけれど、ショーナは間違いなく姿を見られた。

不運を呪いながら扉をバタンと閉めると、振り返ってイルフレッドに警告した。

ブレイクは問題の廊下に足を踏み入れると、驚いて立ちどまった。先ほど通ったときと同様に廊下には誰もいないが、礼拝堂の扉から長髪のスコットランド人が身を乗りだし、こちらに背を向けて向こうを見つめている。ブレイクはつられて廊下の反対側に視線を向け、男の顔を見るチャンスを逃した。突然、扉が乱暴に閉められ、ブレイクの存在に気づいたのだとわかった。

ブレイクは悪態をつきながら剣を抜くと、扉に向かって突進した。ロルフも隣にやってきた。

かんぬきがかかっていると予想して扉の取っ手に手を伸ばしたら、難なく開いたので驚いた。ブレイクは剣を構えながら部屋に飛びこんだ。ロルフもあとに続いた。

ふたりはぼう然と室内を見まわした。先ほどと同様に、部屋には人けがないように見えた。

「誰もいない」ロルフが眉間にしわを寄せた。「何を見たんだ?」

「戸口にスコットランド人が立っていた。ぼくに気づいて、急いで扉を閉めたんだ」

「そうか」ロルフがふたたび部屋を見まわした。「しかし、ここにはいない」

ブレイクは扉に最も近い座席のそばで足を止め、そこに置いてあった二枚のプレードのうち一枚を手に取った。「ああ。だが、幻覚ではなかった」

司教がプレードを見て眉根を寄せた。「それなら、どこへ行ったのだ?」

ブレイクはプレードを投げだした。「ここに秘密の通路が存在する可能性はありますか?」

司教は顔をしかめ、壁にかかったタペストリーに視線を移した。「わからない。むろん、タペストリーの裏に秘密の通路が隠されていたり――」

突然、司教が言葉を切ったので、ブレイクは片方の眉をつりあげた。司教の驚いた視線をたどって、キリストの磔刑図をまじまじと見ると、司教の目を引いたものがわかった。この部屋にあるタペストリーはみな高さが天井から床まである。だが、司教が見つめているタペストリーだけはふくらんだ部分があって、床から数センチ浮いていた。そして、その下からふた組のブーツがのぞいている。

ブレイクは剣を構え、ロルフと司教に合図してから、タペストリーに近づいていった。三十センチほど手前で立ちどまり、ふたりが来たあとで言った。「そこから出てこい」

ショーナは小声で悪態をついた。この隠れ場所は念入りに調べられたらばれてしまうとわかっていたものの、扉を閉めたあと、別の場所を探す時間がなかったのだ。イルフレッドと険しい視線を交わしたあと、脇に寄って半分姿を現し、初めて彼らを――彼をじっくり見た。あいにく目の前に立っている男に目を奪われ、ほかのふたりには気づかなかった。誰でも彼に引きつけられるだろう。

キャメロンに会ったことはないけれど、この男がそうなのだとしたら、実に容姿に恵まれた男だ。先ほども気づいたように髪はブロンドだが、そんな言葉では言い足りない。兄のダンカンの黒髪より少し短い、肩にかかった金色の波打つ髪が、蠟燭の光を受けて反射している。天使しか持ち得ない、輝くばかりに美しい金糸のような髪だ。顔立ちもすばらしく、大きな紺碧《こんぺき》の目の持ち主で、まばたきすると長い金色のまつげが頬をかすめる。鼻筋の通ったまっすぐな鼻、引きしまった厚い唇。金色の短いひげ。これほどすてきな男は見たことがなかった。頭に光輪を備え、背中から羽が生えていたとしても驚かないけれど、天使はこれほど見事な肉体は持っていないだろう。少なくとも、いままで目にした天使像はそうだった。絵画やタペストリーに描かれる天使は、骨細で痩せている。目の前の男はまるで違う。百八十三センチのショーナよりも長身で、肩幅は二倍あり、上腕は彼女の太腿くらい――いいえ、それよりも太い。短いプレードの下からのぞく脚も形よくたくましかった。

ショーナは吐息をもらした。一夜をともにできるなら死んでもいい。そう思ったあとで、ヘレンを殺そうとした男であることを思い出した。

タペストリーの端からこちらをのぞいている人間を見つめ、ブレイクは眉根を寄せた。礼拝堂は薄暗く、そのスコットランド人は片腕と片目しか表に出していないが、それだけで兵士ではないことがわかる。引きしまっているとはいえ、たくましさに欠けている。剣を振りかざそうともしない。相手が戦うよりも隠れることを選んだ時点で、気づくべきだった。沈黙が続き、男がそのまま動こうとしないので、ブレイクはいらいらと身じろぎした。

「出てこいと言ったんだ」脅すような体勢を取って怒鳴った。スコットランド人ははっとしたあと、背後を見た。

ショーナは混乱した。タペストリーの裏にいたときは男の声がくぐもって聞こえ、アクセントに気づかなかったが、いまわかった。この男はスコットランド人ではなく、イングランド人だ。うろたえて、イルフレッドのほうを振り返った。

イルフレッドも少し驚いた様子で、肩をすくめた。

ショーナは男に視線を戻し、話しかけようとしたが思いとどまった。彼はイングランドで育ったのかもしれない。めずらしいことではない。イングランドの裕福な親戚の家や宮廷で育てられるスコットランド人の跡取りは大勢いる。思考を止めると、ふたたび振り返ってイルフレッドに合図し、タペストリーの裏側をつかんで持ちあげた。ショーナが表に出ると同時に、彼女の意図を読み取ったイルフレッドが片手をあげ、タペストリーの反対側から抜けだした。

姿を現すよう、ブレイクがふたたび命じようとした矢先、彼が出てきた。いや、彼女だ。淡い青の瞳、明らかに女性らしい容貌を、ブレイクはぼう然と見つめた。タペストリーの反対側が動いたのでそちらに目をやると、小柄な女が出てきた。ブロンドの姿のよい美人だ。背の高い女に視線を戻そうとしたそのとき、背後でロルフが息をのむ音がした。

振り返ってロルフの驚いた顔を見たあと、急いで前を向いたが、手遅れだった。ふたりの女はタペストリーをつかんで引っ張りながら出てきたのだ。重い布が壁から引きはがされ、ブレイクたちの上に落ちてくる。ブレイクはどうにか脇へ寄ったものの、よけきれず、布が肩にかかってひっくり返った。

タペストリーが壁からはがれて男たちめがけて落ち始めるやいなや、ショーナはイルフレッドに大声で呼びかけ、扉へ向かって駆けだした。だが、イルフレッドの怒った叫び声が聞こえ、くるりと振り返ると、タペストリーに倒されなかった男がいたのを知ってがく然とした。司教の数歩うしろで後方を守っていた山のように大きな巨人は、埃っぽい古びたタペストリーの襲撃を免れたのだ。そして、彼を追い越そうとしたイルフレッドの腰に背後から腕をまわして持ちあげた。爪で引っかかれ、思いきり蹴られても、何も感じない様子だった。イルフレッドが捕まった。

ショーナは悪態をつき、周囲を見まわして、いとこを助ける役に立ちそうなものを探した。何も見つからずあきらめたとき、ふたたび叫び声が聞こえた。今度は警告の声で、ブレードを身につけた男がタペストリーの下から抜けだして、ショーリのほうへ向かっているところだった。

ショーナが座席を持ちあげて男に投げつけたと同時に扉が開き、ヘレンとブランチが飛びこんできた。興奮と勝利に顔を輝かせていたのが、室内の混乱に気づいたとたんにうろたえた。ショーナは説明は抜きにして彼女たちが差しだした二本の剣を受け取ると、部屋から出るよう命じてから、振り返ってブレードをまとった男と向きあった。

二本の剣を向けられ、ブレイクは足取りを緩めた。まずは驚いた。女が剣を容易に構えていることから、平均的な剣よりも短く、軽そうだと気づいた。彼女と、リトル・ジョージを困らせている女が特別にあつらえたものに違いない。

「待て」ブレイクは察知した。礼拝堂にいるスコットランド人は、修道院に侵入した男だと思いこんでいたが、実際はロルフが説明したブレイクの婚約者の容姿に一致する女だった。この女こそ、ほかでもないショーナ・ダンバーだ。そうとしか考えられない。淡い青の瞳、青みがかったつややかな黒髪。すらりとした肢体。ついに婚約者と対面したのだ。ズボン姿の婚約者と。

「きみに危害を加えるつもりはない」彼女の注意を引くと、続けて言った。

「わたしもよ」黒髪の女は優しい口調で言ったあと、片方の剣を振りあげて襲いかかってきた。

その獰猛さに不意をつかれ、最初は攻撃をかわすので精一杯だった。黒髪の女が位置を変えるよう仕向けているのに気づいたときには、すでに彼女はリトル・ジョージと彼女の友人が揉《も》みあっている場所に近づいていた。なすすべはなく、ついに彼女が距離を詰め、右足を蹴りあげた。その足がリトル・ジョージの左足に命中するのを見て、ブレイクは顔をしかめた。

リトル・ジョージがうめいて女を放し、床に倒れながら反射的に手を伸ばした。小柄な女は押しつぶされないようさっと身をかわしたあと、立ちあがってすばやく黒髪の女のそばへ行くと、短いほうの剣に手を伸ばした。

「そこで何をしているの？」

礼拝堂の扉の前でかがんでいたブランチとヘレンは、うしろめたそうに背筋を伸ばした。ショーナの命令を聞き入れたものの、完全に従ったわけではなかった。礼拝堂の外には出たが、ふたりともその場を離れる気にはなれなかったのだ。扉を少しだけ開けたままにし、ショーナとイルフレッドと、ブレードを身につけた男の対戦を、廊下から見守っていた。そして、声をかけられたので振り向くと、院長が尼僧服のスカートをなびかせながらこちらに歩いてくるところだった。

「院長！」ブランチはがく然としてエリザベスを見つめたあと、うしろめたそうに扉を見やってから、背筋を伸ばした。「スコットランド人が修道院に侵入しました。このなかでレディ・ショーナとレディ・イルフレッドが撃退しています」

「なんですって！」院長は非難のまなざしをブランチに向けた。「あなたがここに入れることになっていたのは、スコットランド人ではなくてイングランド人よ。ああ、ブランチ、いったい何をしたの？」

「それは」ヘレンが皮肉っぽい口調で答えた。「あなたの命令に従って門扉を開け、保護を求めてきた女性を襲いに来た男を、神聖な場所に入れただけです」

エリザベスは体をこわばらせ、責めるようにブランチをにらんだ。ぎくしゃくした足取りで扉に近づいてさっと開けると、修道院の中心で起こっている戦闘を見渡した。

リトル・ジョージが立ち直り、剣を持った女性二名に立ち向かうブレイクに加勢するところだった。

「何をしているの？　ここは神の家ですよ！　争いごとなんて、酒場じゃないんですからね！」

金切り声を聞いて、ショーナはぴたりと動きを止めた。ほかの三人も同様だった。ショーナは攻撃の構えを崩さない男たちのほうを向いたまま、軽蔑の視線を院長に投げかけた。「悪魔に門戸を開けば、悪魔が入ってくる」噛みつくように言う。「扉のかんぬきを外すよう命じたのはあなたよ。レディ・ヘレンを殺そうとしている婚約者が入ってきて、わたしたちが彼女を守ろうとしているからって、いまさら非難しないで」

院長は武器を持っている男たちに鋭い視線を向け、ブロンドの小さいほうの男のスコットランドの服装と、大男のイングランドの服装をすばやく見て取った。また、ショーナの発言を聞いて、男たちが困惑した顔をしているのにも気づいた。「彼らがキャメロンだと、どうしてわかるの？　ひとりはイングランド人の格好をしているのに」

ショーナは大男を見やり、イングランドの服装をしていることに初めて気づいた。戦いのさなかは見落としていた。

「でも、もうひとりはプレードを身につけているわ」ショーナはそう指摘したあと、戸口に立っている独善的な女を鼻で笑った。

「あなたが正しい可能性もある。でも、スコットランド人の格好をしたイングランド人がいるなんて、神や、託された人々をないがしろにする修道院長がいるなんて、思ってもみなかった。オオカミに進んで投げ与えるなんて」

エリザベスは真っ赤になったが、ショーナの背後に視線を移すと、突然青ざめた。彼女の反応を不思議に思ったショーナが振り返ると、タペストリーの下からほかの男たちが這《は》いでてきて、服のしわを伸ばしているところだった。ショーナは目を見開いた。司教とロルフだ。司教は彼女が初めて見る表情をしていた。嫌悪と怒りの入りまじったまなざしで、エリザベスをじっと見ている。

「司教様——」院長が消え入りそうな声で言いかけると、司教にさえぎられた。

「話はすべて聞かせてもらった。いまいましいタペストリーの下から抜けだそうと悪戦苦闘しているあいだに。嘘を並べたてて罪を重ねるのはよしなさい」

「でも……」

「誰も彼もが入れるように、門のかんぬきを外したのだな？」

「違います！」院長は叫び、機知を取り戻して自己弁護を始めた。「門のかんぬきを外したのは、シスター・ブランチです」

「あなたの命令でね」ショーナは言った。罪を他人になすりつけようとするのを見過ごせなかった。剣を鞘におさめると、司教のほうを向いた。「シスター・ブランチはかんぬきを外したくはなかったけれど、命令に逆らうことはできませんでした。言われたとおりにしなければ、面目を失ってイングランドへ帰ることになるとレディ・エリザベスに脅されて、しかたなくやったのです。命令を実行したあと、すぐにわたしたちに警告しに来てくれました」

司教はうなずいて理解を示した。「シスター・ブランチは何も心配することはない。面目を失ってイングランドへ帰ることになるのは、彼女ではない」

その言葉の真意は明白だった。エリザベスははっと息をのむと、あわてて司教の前にひざまずいた。

その見苦しい行為にショーナは顔をしかめたあと、ロルフに視線を移し、それからふたりの男を見つめた。ふたりとも剣を鞘におさめていたものの、依然として警戒している。ブレードを身につけている男の正体は明らかだった。ショーナの婚約者。ロルフと旅をしている人は、ほかにいない。それに、ヘレンが説明した人相に一致する。ブロンドで天使のごとき美貌の持ち主。それ以上だった。人類の好見本。すばらしい膝にふたたび目を留めたあと、そんなふうに思う自分を苦々しく感じた。彼こそ長年ショーナをほったらかしにし、彼女との結婚に興味がないことを隠そうともしなかった男なのだ。国王に命じられてようやく迎えに来た男。しかもイングランド人。おまけにシャーウェル。そんな男はいらない。

それに、たとえショーナがそのすべてに目をつぶることができたとしても、シャーウェルは彼女のことを妻としての資質に著しく欠けていると見なすに違いない。その端整な容貌をひと目見ればわかる。神々しく非の打ちどころがない彼は、神々しく非の打ちどころのない女性に慣れているはずだ。ショーナは自分のことをよくわかっていた。背が高すぎるし、細すぎるし、ふるまいも頭の中身も普通より女らしくない。レディのなんたるかも知らないし、本物の女だと胸を張って言うことさえできない。ずっと男だらけの環境で生きてきたせいだ。イルフレッドもいたけれど、彼女も女性らしい上品さに欠けている。

そうよ。わたしを妻にしたがるはずがない……ショーナは彼がそう口にするのを聞きたくなかった。女性らしさには欠けていても、自尊心は人一倍強い。ぐずぐずと彼の拒絶の言葉を待つつもりはなかった。イルフレッドについてくるよう合図すると、男たちに背を向けて扉へ向かい、途中で自分のブレードを拾いあげた。イルフレッドのブレードを放って渡してからふたたび歩きだしたが、二の腕をつかまれて立ちどまった。

「どこへ行くつもりだ？」

4

ショーナは自分の腕をつかんだ手をさっとにらんだ。触れられた瞬間、それが誰の手かわかった。イングランドのきびきびしたアクセントのなめらかな声を聞く前に。

「放して。痛い目に遭いたくないなら」彼がすぐに手を離したので、ショーナは満足して唇をつりあげた。だが、彼の顔に恐怖の色はなく、半ば驚き、半ば面白がっている様子だった。

「お許しください、マイ・レディ。自己紹介もまだなのに失礼しました。ブレイク・シャーウェル卿と申します。以後お見知りおきを」彼はそう言ったあと、ふたたびからかうように慇懃《いんぎん》無礼《ぶれい》にお辞儀をされ、ひどくいらだった。

ショーナは身じろぎし、表情を曇らせたあと、甘ったるい作り笑いを浮かべた。

「存じあげないわ、閣下」ようやく言った。「わたしに関係あるの？」

ブレイクは驚いて目をしばたたいた。少し自信を失ったようだ。「なんだって？

婚約者の名前を知らないのか？」

ショーナは目を見開いた。「冗談よね？　わたしの婚約者はとっくの昔に死んだの。わたしの計算では、少なくとも十年前に」

ブレイクは目に見えて狼狽《ろうばい》した。「死んだ？　いったい誰がそんなことを言ったんだ？」

「別に誰も。わたしがそう考えたのよ。だって、迎えに来なかったんだもの……わ、わ、わたしが年頃になった十年前に」

ブレイクは彼女の言葉に赤面するくらいの品位は持ちあわせていたものの、すぐさま立て直して笑みを浮かべた。「あいにくきみの推理は間違っていた。ぼくは遅れたかもしれないが、こうして生きている」

「いいえ、間違っているのはあなたよ」ショーナは言い返した。「わたしの婚約者は死んだの。わたしのなかでは」容赦なく言うと、背を向けて扉から出た。

ブレイクはあっけに取られ、ショーナの背中を見送った。これまで女性にこんな物言いをされたことも、彼に背を向けて歩み去られたこともない。なんてことだ！　背を向けるどころか、吐息をもらしてうっとりするのが常だというのに。ブレイクは途方に暮れた。ただちに戻ってこいと彼女に命令したい気持ちもある。相手は婚約者で、もうすぐ結婚してブレイクの支配下に入るのだから、その権利は充分にある。一方、とにかく彼女と結婚したくないという分別も働いた。このまま放っておいて、彼女がまたどこかの修道院に隠れて結婚を拒んでくれたほうが都合がいい。そうしたら、自由になれる。

ところが、なぜか突然、自由になりたいと思わなくなった。少なくとも、こんな形では。結婚に乗り気でないのはブレイクのほうのはずだった。だが、国王を怒らせたくないし、契約を破棄して肥沃な土地を手放す気にもなれない。一方、将来の花嫁はそういった心配はしていないように見える。婚約者の土地を手に入れられなくてもかまわないらしい。ありえない。ぼくは天使だ。遅くなったにせよ、迎えに来たことをありがたく思うべきだ。このぼくを目の前にして拒むなんて、いったい何様のつもりだ？　いまいましいダンバー様だ。

「ふられたみたいだな」ショーナが扉を叩きつけるように閉めて礼拝堂を出ると、背後にいるロルフがつぶやいた。

「ふられただと？」ブレイクはかっとし、振り返った。「まったく！　彼女は……野蛮人だ。ズボンをはいてたぞ！　それに、剣を振りかざして襲いかかってきた！」目を細めてロルフをにらむ。「彼女が戦いの訓練を受けていることは知っていたのか？」

ロルフが気まずそうに身じろぎした。「ハイランドでは役に立つんだ。あそこは――」

「彼女はアマゾンだ！」ブレイクはさえぎった。「やれやれ、ぼくと同じくらい背が高かったぞ」

「ああ、彫像のようにすらりとしている――」ロルフがなだめようとすると、ふたたびさえぎられた。

「そのうえ、扉のように平らだ。胸がない。それに、なんでズボンなんかはいてるんだ？　最初に見たとき、男だと思ったんだ」ブレイクは眉根を寄せ、かぶりを振りながら、たったいま思ったことを口にした。「ここまでわざわざ追いかけてきてやったことに感謝するべきなのに、ぼくをこけにして置き去りにするなんて、いったい何様のつもりだ？」

ロルフはため息をつき、首を横に振ったあと、レディ・エリザベスをどうするのか気になって、司教のもとへ戻った。

「レディ・ヘレン、お願いだからそんなに興奮しないで」ショーナは口調をやわらげようとしたものの、いらだちが表れているのではないかと心配した。激しい感情は苦手なのに、ヘレンはいままさにそれをあらわにしている。泣きじゃくることこそこらえているとはいえ、涙はとめどなく頬を伝い、疲労と恐怖を静かに訴えていた。最悪なのは、彼女を責められないことだ。彼女はただ、逃げて身を隠し、捕まるかもしれない恐怖に何日間も耐えてきただけだ。父親が助けに来るまでの安全な避難所を見つけたと思いきや、それは間違いだったと思い知らされたのだ。

「キャメロンはわたしを見つけるわ。いつか必ず。ここにいれば安全だと思って、手がかりまで残してきたんだし。でも、安全じゃなかった。彼はレディ・エリザベスに招き入れられて、わたしを無理やり連れ去るのよ。わたしは殺される」

ショーナは眉根を寄せ、修道院に来て以来寝泊まりしている狭い部屋をそわそわ歩きまわった。全員そろっている――イルフレッド、ヘレン、浮かない顔をしたブランチ。ショーナとイルフレッドは、廊下で彼女たちに出くわし、ここに連れてきたのだ。

「司教様のお話を聞いていなかったの？　レディ・エリザベスを追放するとおっしゃったも同然だったわ。誰かを修道院に招き入れられるような立場ではなくなるでしょう」

「いまはそうおっしゃっているけど。レディ・エリザベスは頭が切れるのよ。ここに来たときの最初の面談でわかったわ。こんな不名誉を避けるためなら、なんでも約束するはず。司教様が断れないような申し出をしたとしたら？　司教様は考え直して、レディ・エリザベスを院長のまま残すかもしれない。そうしたら、院長はいずれわたしにも愛想をつかして、キャメロンをなかに入れるかも。さっき廊下で会ったとき、怒らせてしまったと思うの。とても失礼なことを言ったから。キャメロンが来たら、喜んでわたしを引き渡すに違いないわ」

ショーナは眉間のしわを深くし、かぶりを振った。「司教様は追放なさるわ。立派なお方だし、レディ・エリザベスは司教様を説得する材料なんて持っていない」

「あなたがいるじゃない」ヘレンはそう言うと、体をこわばらせたショーナに険しい顔でうなずいた。「あなたの婚約者たちは、あなたを連れ戻すためにここへ来た。本来なら敷居をまたぐことも許されないけれど、いまさらどうしようもない。レディ・エリザベスはあなたが連れだされるのを見逃す代わりに、ここに残ることを許されるかもしれないわ」

ショーナはブランチに鋭い視線を向けた。ブランチの心配そうな顔を見て、ひどく不安になった。「ウィカム司教は善良なお方よ。誠実で優しくて……いい方なの」なおざりに締めくくると、首を横に振った。「わたしを連れ去るような卑しいまねをなさるはずがないわ」

「でも、結婚式を執り行うよう国王陛下の命令を受けているのよ」イルフレッドが口を挟んだ。「それに、おじ様は婚姻契約を結んだ。別にあなたを殺すために連れ去るわけじゃない。だから、良心のとがめはやわらぐかも」

ショーナは悪態をついて顔をそむけると、窓の外をぼんやりと見ながら頭を働かせようとした。ほかの三人は無言で待っていた。ショーナが突然振り返ったとき、ぎくりとしなかったのはイルフレッドだけだった。

「ヘレン、自分の部屋へ行って荷物をまとめて」

「どうして？」ヘレンが期待を込めて尋ねた。

「すぐにここを出るわよ」

「でも、あなたの婚約者と仲間たちが――」

「レディ・エリザベスの問題でしばらく手一杯でしょう。その隙に逃げられる。イルフレッドとわたしはあなたを家まで無事に送り届けたあと、どこかほかの避難所を探すわ」ショーナは緩やかに垂れた尼僧服に目を走らせた。「旅の途中でキャメロンに出くわすかもしれないから、そのままの格好でいたほうがいいわ。その服でだませるかも」ブランチに視線を移す。「一緒に来たければ来てもいいわよ。もしレディ・エリザベスが残ることになったら、あなたはいづらくなるでしょうから」

ブランチはためらったあと、かぶりを振った。「いいえ。わたしは残るわ。でも、あなたたちに協力する。厨房《ちゅうぼう》から食料を取ってくるわ」

「わたしたちは厩舎《きゅうしゃ》にいるわ」部屋からそっと出ていくブランチに、ショーナは言った。ブランチはちらりと振り返ってうなずいた。

ショーナはヘレンとイルフレッドのほうを向いた。「イルフレッドはヘレンの荷造りを手伝って。わたしは厩舎へ行って馬に鞍《くら》をつけるわ」しゃべりながら扉へ向かったが、ヘレンの言葉に足を止めた。

「荷物はないの」ショーナが驚いてまじまじと見つめると、ヘレンは小さく肩をすくめた。「速く走れるように、全部女中に預けてきたのよ」

ショーナは信じられず、眉を上下に動かした。イルフレッド以外のショーナの周りにいる女性はみな、旅に出るときは旅行鞄《かばん》を少なくともふたつか三つは持っていく。

「何も持ってこなかったの？」

ヘレンがふたたび肩をすくめた。「袋がひとつあるけれど、ゆうべ厩舎に置いてきたの。服も何も持ってきていないわ」

「信じられない」ショーナは驚くばかりだった。「でもよかった、分別のある人で。

風のように速く走れるわ。行きましょう」

「あなたたちも荷物を持ってきてないの？」そっと廊下へ出ながら、ヘレンが声を潜めてきいた。

「いつも身につけているものだけ」背後にいるイルフレッドが小声で答えた。「プレードと剣。旅に必要なのはそれだけよ」

「そう」ヘレンがそんなはずはないとばかりにつぶやき、三人は忍び足で廊下を歩いた。


「まだ終わらないのか？」

ブレイクにそうきかれたロルフは顔をあげ、ため息をつきながら首を横に振った。

「司教様は修道女全員の話を聞いてから院長の処分を決めるべきだとお考えだ」

「修道女全員だと？」ブレイクはぎょっとした。「決断を下す前に、この神聖な場所にいる修道女ひとり残らず全員と面談するということか？」

「公平な審理をせずに罰するようなことはなさらないんだ」

ブレイクは顔をしかめた。心がざわつき、ふたたびうろうろ歩き始める。ここから出たかった。初めて女子修道院に入ったが、意外にも楽しめない。ブレイクは女性が

──どんなタイプの女性も好きだ。なかには例外もあるが。いらだたしいショーナ・ダンバーの姿が脳裏に浮かんだ。それでも、彼のような男にとって、百人を超える女性が住んでいる建物など、夢のような場所だ──少なくとも、そう思っていた。だが、それは思い違いだったようだ。これほど居心地の悪い場所を、ほかに知らない。ここにいる女性たちはみな敬虔《けいけん》で清らかだから、ヒツジの群れのなかに解き放たれたオオカミになった気がする。良心を持つオオカミだ。

驚きだ。ブレイクはため息をついた。女性のこととなると、良心はほとんどない。向こうがその気なら、たいてい断る理由はないので悦《よろこ》びを与えた。どうせ彼が応じなくても、ほかの誰かが楽しむだけだ。だがいまは、周りにいる女性たちを見るのも怖いくらいだった。何しろ、彼女たちは神の花嫁だ。人間の妻を寝取るのとはわけが違う。

ショーナはイルフレッドとヘレンを連れて、どうにか気づかれずに厩舎へたどりついた。みんなで馬の準備をし、作業が完了した頃にブランチが食料の入った袋を持ってやってきた。

「できる限り持ってきたわ。厨房に誰もいなかったから、思ったよりたくさん取ってくることができたの」

ショーナは眉をあげ、袋を受け取った。「そうなの？　厨房にはいつも誰かいるのに」

「めずらしいことね」ブランチは同意した。「司教様が修道女と召使いと助修女全員に話を聞いているからよ。院長の素行を調査なさっているの。本当に追放なさるかもしれないわ」

ショーナはイルフレッドと視線を交わしたあと、ため息をついた。「運に任せることはできないわ」

「ええ」イルフレッドが同意し、自分の馬とヘレンの馬を引いて馬房から出した。ショーナは自分の馬の鞍に食料の袋を引っかけた。

馬を引いて厩舎から出る三人についてきたブランチが、心配そうな顔で言った。「本当に気をつけてね。いつどこでキャメロンに出くわすかわからないんだから」

「大丈夫よ」ショーナは安心させるように微笑み、馬にまたがった。ヘレンがブランチに駆け寄って抱きしめた。

「いろいろありがとう、シスター」

ブランチは浮かない顔で抱きしめ返したあと、うしろにさがった。ほかのふたりも馬に乗った。

「あなたたちがいなくなったことをみんなに気づかれないよう頑張ってみるわ」

「ありがとう。でも、無理しないでね。ヘレンを無事に送り届けたら連絡するわ」

馬を追いたてて門を通り抜け、木立のほうへ駆けていく三人を、ブランチは見送った。

ヘレンの服を着て、剃髪した頭に白いクロスを巻いたみじめな格好だ。彼女たちが森のなかに姿を消すのを見届けてから、自らの運命を知るために悲しい気持ちで引き返した。今日じゅうにブランチかエリザベスのどちらかが追放される。いずれにせよ、喜べなかった。優しい心の持ち主であるブランチは、たとえ自分たちを粗末に扱う尊大なエリザベスでも、恥辱を受けると思うと憂鬱だった。自分が故郷に帰ったほうがましかもしれない。ブランチは家族に愛されているので、いまの状況に深い理解を示してもらえるだろうが、エリザベスのほうはどうかわからない。ああいう心の冷たい人になったのには、なんらかの原因があるに違いない。

そのとき、体の大きな男性とぶつかって、思考が途切れた。驚いて見上げ、目の前の戦士にぽかんと見とれたあと、あわててうしろにさがった。「閣下」

「きみがレディ・ヘレンだね」ブランチが目を見開くと、ロルフはかすかに微笑んだ。

ブランチは目を丸くして彼を見つめた。ヘレンの服を着ているから、勘違いされたのだ。

「えへん」司教が咳払いをし、ブランチはロルフのほかにも人がいたことに気づいた。「シスター・ブランチを探しているのだ。どこにいるか知っているかね?」

ブランチはずらりと並んだ男性たちをすばやく見まわした。司教、ロルフ、ブレイク、リトル・ジョージと呼ばれている大男、そのほか十数名の男たちが返事を待っている。人生のほとんどを女子修道院で過ごしてきたブランチは、大勢の男性に注目されることに慣れていない。緊張してごくりと唾をのみこみ、顔が赤くなるのを感じながら力なく首を横に振ったあと、さらにあとずさりした。

ロルフがわずかに目をすがめた。「きみはどこから来たんだ?」

ブランチは思わず不安な表情を浮かべた。それを見たロルフは眉根を寄せ、彼女の背後に目をやり、まず門を見たあと、その近くにある厩舎に視線を移した。そして、何も言わずに彼女を追い越して厩舎へ向かった。

ブランチは唇を噛み、厩舎へ入っていく彼をつらい思いで見守った。

ブレイクも興味を持って見つめたあと、話し始めた司教に目をやった。

「シスター・ブランチに急ぎの用件があるのだ。レディ・エリザベスや修道女たちの話を聞いた結果、レディ・エリザベスが辞職するのが最善かもしれないという結論に達した。彼女はここを離れる準備をしている。新しい院長が見つかるまで、シスター・ブランチにレディ・エリザベスの後任を務めてもらいたい。そのまま引き継いでくれてもかまわない。彼女なら充分に務まると、ほかの修道女たちが言っていた」

ブランチは驚きに包まれ、ロルフのことを忘れてしまった。「本当ですか？」息を弾ませながら尋ねた。

「ああ」司教が眉間にかすかにしわを寄せ、庭をさっと見まわした。「本人に伝えて、直接話してみたいのだが」

「まあ、もちろんですわ――」背後で叫び声がして、ブランチの言葉はさえぎられた。ロルフが厩舎へ行っていたことを思い出し、ぱっと振り返ると、彼がこちらへ向かって駆けてきた。

「逃げられたようだ」ロルフがブランチの横で立ちどまると、険しい顔で男性たちに告げた。

「誰に？」司教が驚いて尋ねた。

「レディ・ショーナとイルフレッドです。厩舎にいた馬が二頭いなくなっていました。三頭かもしれません」

一同の視線がブランチに集まり、彼女はつかみかけた院長の地位が手から滑り落ちていくのを感じた。一瞬、野心と正義感が心のなかでせめぎあった。それから胸を張り、険しい顔で彼らと向きあい、良心に従った。保護を求めて裏切られた女性たちのために嘘をつく。「いなくなったのはわたしの馬です。近くの領主に売ったのです。いまちょうど受け取りに来て帰ったところです」

「きみは嘘が下手だな、レディ・ヘレン」ロルフが優しく言った。「わざわざ嘘をついたということが、真実と同じくらい多くを語っている」ブレイクに視線を戻して、にっこり笑った。「どうやらきみの不実な婚約者に修道院を出るよう説得する必要はなくなったみたいだ。彼女はふたたび鶏小屋から逃げだした」

ブレイクはむっとした顔をし、ぶつぶつ言いながら門のほうへ歩いていった。リトル・ジョージと残りの人々がついていく。

ブランチが彼らを引きとめる方法を必死に考えていると、司教が突然門の前で立ちどまって振り返り、困ったような表情で言った。「レディ・ヘレン、シスター・ブランチを探して先ほどの話を伝えてくれないか。ほかの解決策が見つかるまで修道院を運営してくれたらありがたいと。万事問題なしと確信でき次第戻ってくる」

司教が背を向け、ほかの人々のあとを追った。ブランチのぼう然とした頭に、司教の言葉が徐々に沁《し》みこんでいく。門が閉まる音が聞こえてようやく、彼らが三人の女性を探しに行くことを思い出した。小さく息をのみ、門に駆け寄って引き開ける。手遅れだった。一行はすでに馬に乗って走りだしていた。だが、その向かった方向を見て、ブランチは呼びとめるのをやめた。彼らはショーナたちとは違う道を進んでいる。不安は消え去り、安堵の笑みをゆっくり浮かべると、そっとなかへと戻って門を閉めた。

「神様、感謝します」そうつぶやきながら、かんぬきをかけた。「本当にすばらしい、情け深いお方です」

「どこへ向かっているの？」ヘレンは何時間も前からずっとそうききたかったけれど、ショーナと彼女のいとこは万事心得ているはずだと自分に言い聞かせて我慢していた。だが、とうとう直感を無視し続けることができなくなった。あらゆるものが、ヘレンの家がある南ではなく、東へ向かっていることを示しているように思える。ショーナの返事はヘレンを落胆させた。

「いまのところは東よ」

「東？　でも、わたしの家はイングランドにあるのよ。南に」

「わかってるわ。でも、キャメロンもあなたがそっちへ行くと思うでしょう」ショーナは穏やかに説明した。

「だけど、東に何があるの？」ヘレンはようやく尋ねた。

「ダンディー」

ヘレンは眉をあげた。「ダンディーには何があるの？」

「何もないわ」

「何も？」ヘレンはぽかんとショーナを見つめた。「何もないなら、どうしてそこへ——」

ショーナはため息をついて馬を止めると、ヘレンのほうを向いた。「わたしたちはふた組の集団に追いかけられているわよね？」

「そうとは限らないんじゃない？」ヘレンはつぶやくように言った。「キャメロンには追われていないかもしれないし、ブレイク卿はまだ修道院にいるかも」

「ブレイクがまだ修道院にいるとは思えない。たとえシスター・ブランチがごまかしてくれるとしても、厩舎のなかを見ればわたしたちが逃げたことはわかってしまうわ」

ようやく理解して目を見開くヘレンに、ショーナは続けて言った。「キャメロンがいま追ってきているかどうかはわからないけれど、あなたを探しているのはたしかよ」教師のような口調を使う。「修道院にたどりついてあなたが逃げたと知ったら、南へ、イングランドへまっすぐ向かったと思うでしょう。巣穴を探すキツネのように最短ルートを通って。ブレイクも、あなたが苦境に陥っていて、わたしたちがあなたを家まで送るつもりだということをシスター・ブランチから聞いたら、同じように考えるでしょう。あなたのことをききだせなかったら、わたしは父のお城のある西か、助けてくれそうな親戚がいて、別の――レディ・エリザベスのいない修道院のある北へ向かったと思うはず。ふたりとも、わたしたちが東へ向かうとは思わないでしょうから、東へ向かって、それから海岸沿いに南へ進んでイングランドへ行くのよ」

ヘレンはぱっと笑顔になった。「頭がいいのね」

ショーナはかすかに微笑むと、ふたたび馬を駆りたてた。

「何か見えるか？」

辺りを見渡していたリトル・ジョージは、ブレイクの目を見て首を横に振った。

「なんてことだ」ブレイクは顔をしかめ、鞍に沈みこんだ。「さっぱりわからない。もう何キロも走り続けているのに。とっくに追いつくか、少なくとも痕跡くらい見つ

へ向かったと思うか？」ブレイクが期待を込めて見やると、ロルフはふたたび眉根を寄せた。「別の修道院

「北のほうにもうひとつ修道院がある」みんなが黙りこむと、司教が言った。

「ほかにどこへ行くというんだ？」ブレイクはつぶやいた。

「こっちへ向かったわけではなかったのかもしれない」ロルフが眉根を寄せた。

かってもいい頃だ」

「家に帰るより可能性は高い」

「東へ向かったんだ！」

叫び声がして、一行がいっせいに振り返ると、そこに馬に乗ったスコットランド人がいた。近づいてくる音が聞こえなかったことに驚いた兵士たちは猛然と剣を抜き、その男と向かいあった。ロルフに命じられ、静止したものの、剣は握りしめたままだ。ロルフは馬を追いたてて彼らのあいだを通り、その砂色の髪をしたスコットランド人の前へ行った。

男は何本もの剣を向けられてもまったく動じず、面白がっているような表情で穏やかにロルフの目を見ながら、数メートル離れたところで馬を止めた。

「いったい何者だ？」

「ギャビンだ。ショーナ様に追いつく前にシャーウェルが死んでしまうなんてことにならないよう気をつけてやれと、ダンバー卿に送りだされた」その言葉の裏にある侮辱が充分に伝わるのを待ってから、にっこり笑って告げた。「あんたたちは間違った道を進んでいる。お嬢様とほかのふたりは、修道院を出たあと東へ向かった」

ブレイクがいらいらと身じろぎするのに気づき、ロルフは同情した。彼も少し腹が立ったものの、どうにかそれを顔に出さずに尋ねた。「ほかのふたり？」

ギャビンがうなずいた。「イルフレッドと修道女が同行している。東へ向かった。追いかけようとしたが、おれが面倒を見ることになってるのはシャーウェルだと思い出して、修道院に引き返した。だがそのときには、あんたたちは出発したあとで、馬がいなくなっていた。南へ向かったと修道院で聞いてそっちへ行ったんだが、しばらく経ってあんたたちはいないことに気づいて、また引き返して道を調べた。あんたたちはダンバー城へ向かったとすぐにわかったから、急いで追いかけた。あんたたちは間違った方向へ進んでいる」

「われわれが南へ向かったと、誰から聞いたんだ？」ブレイクがロルフの隣に馬を進めてきいた。

ギャビンは肩をすくめた。「レディだ。誰かは知らないが、修道女の格好はしていなかった」

「レディ・ヘレンだな。彼女たちを守るために嘘をついたんだろう」ロルフはため息をついたあと、思案してから続けた。「どうしてレディ・ショーナは東へ向かったんだ？」

ギャビンがふたたび肩をすくめる。「そっちへ行くとは誰も思わないからだろう。頭が切れるんだ」

ブレイクとロルフは視線を交わした。

「こいつの話を信じるか？」ブレイクは尋ねた。

ロルフが肩をすくめた。「嘘をつく理由はないだろう」

「そうだな」

「それに、彼女はこっちへ向かったのではないと、ぼくたちも思っていた」

「ああ」

「東へ向かってみるしかないようだ」

「そうだな」ブレイクはため息をつき、自分はどうして家に戻らないのだろうと考えた。その権利はあるはずだ。花婿が花嫁と結婚するために、国じゅうを追いかけまわす必要はない。しかし、国王に弁解するのも気が進まない。東へ行くしかない。馬を駆りたて、ロルフと司教のあとについてギャビンのほうへ向かった。

「キャメロンかしら？」

そうきいたイルフレッドに、ショーナは鋭い視線を向けた。あとをつけられていることに、いとこも気づいていたのだ。ショーナは修道院を出たときから、気配を感じている。キャメロンに違いないと思い、彼がしばらく追いかけたあと、ヘレンの服装だけでなく、南ではなく東へ向かっていることに気づいて修道院に引き返してくれることを願っていた。ところが、一日じゅう、日が暮れてもつけてきた。

「さあ」ショーナはため息をついた。「もしそうだとしたら、ヘレンの変装にだまされなかったということね」

イルフレッドが同意のうなり声をあげたとき、ヘレンが疲れた様子で馬を追いたて、ふたりのあいだに割って入った。

「そろそろ休む？」ヘレンが期待を込めて尋ねた。「ずっと馬に乗っていて、体が痛くなってしまったわ」

ショーナは黙って思案した。永遠に走り続けることはできない。馬はすでに疲れを見せているし、酷使したくはない。とはいえ、あとをつけているのがキャメロンだとしたら、ショーナたちが馬を止めたときに姿を現すだろう。少なくとも、彼らは不意をつくことはできない。それどころか、不意をつくのはショーナとイルフレッドのほうだ。女三人が戦いを仕かけてくるとは思わないだろう。

「そうね。少し先に草地があるわ。そこで休みましょう」ショーナはそう言ったあと、イルフレッドをちらりと見た。「準備して」

困惑しているヘレンを無視して、ショーナとイルフレッドは重々しくうなずきあった。

「すてき」しばらくして馬からおりると、ヘレンが狭い草地を見まわしてつぶやいた。

「最高だわ」ショーナも周囲を見渡し、満足して同意した。片側は岩壁で、反対側は川が流れている。つまり、敵は二方からしか攻められない。さらに一方を馬でふさげば、防御しやすい。馬を危険にさらすのは気が進まないが、キャメロンが何人引き連れているか、ショーナたちがどれほど危険な状態にあるかわからない。

「今夜はここで寝ましょう」ショーナは馬の背から食料の入った袋を取り外して、ヘレンに渡した。ヘレンはうなずくと、ショーナが指示した場所へ行って袋の中身を探った。ショーナとイルフレッドは馬の世話をし、すばやく逃げる必要に迫られたときのために鞍はつけたままにして、敵の進入を防ぐ三枚目の障壁にした。それから三人は、敵の気配を察知できるよう耳をそばだて、目を光らせながら川で手を洗い、腰をおろして食事をした。

食べ終えると、すぐに横になって眠った。少なくともヘレンは。ショーナとイルフレッドは、岩壁に背をつけて寝るようヘレンに言い、自分たちは彼女を守るようにその前に横たわった。眠る気はなかった。無防備に見えるいまこそ、来《きた》るべき攻撃を待ち構えた。

5

「起きて、お寝坊さん」

ヘレンの声で、ショーナははっと目を覚ました。すぐさま警戒態勢に入って体を起こすと、鋭い視線で周囲を見まわし、川のほうから歩いてくるヘレンを見つけた。信じられない。すでに夜が明けていて、敵は現れず、ショーナは眠りに落ちていた。さらに悪いことに、イルフレッドも眠っていて、彼女が起きあがって眉をひそめながら辺りを見まわす姿を、ショーナは落胆しながら見守った。

「いったいどうやってわたしたちに気づかれずに向こうへ行ったの？」

ヘレンが眉根を寄せた。「またいだのよ。ぐっすり眠っていたから、起こしたくなくて」

「またいだの？」ショーナは信じられずにきき返したあと、イルフレッドをちらりと見た。「わたしたちをまたいだんですって」

「攻撃を受けていたら、やられていたわね」イルフレッドがつぶやきながら立ちあがった。「どうして攻撃してこなかったのかしら？」

「誰が？」ヘレンが目を見開いて尋ねた。

「おれたちのことだろう」

低い声が聞こえ、女たちはぱっと振り返った。ショーナとイルフレッドは剣を抜いたが、相手の正体がわかると、力が抜けて息を吐きだした。

「ギャビン！」ショーナは大声で言い、剣をおろした。「ここで何をしているの？」

「イングランド人が死んでしまわないよう見張ってるんです」

ショーナは目を細めた。「一緒にいるの？」

そのとき、ブレイクが木立から姿を現した。ショーナはうんざりして首を横に振った。「ゆうべのうちに声をかけてくれればよかったのに。そうしてくれれば、攻撃を待ち構えてひと晩じゅう起きていたりしなくてすんだわ」

「よく眠っているように見えましたがね」ギャビンがからかうように言った。「それでよかったんですよ。ひと晩じゅう、おれたちが見張っていましたから」

「ひと晩じゅうではない」ロルフがやってきて訂正した。「われわれが到着したのは数時間前だ。きみたちを起こしてしまわないよう森にいた」

ショーナは眉根を寄せ、イルフレッドを見た。イルフレッドも困惑していた。昨日、ずっと誰かにつけられていたのはたしかだ。ここに落ち着いたときも気配を感じていた。それなのに、ロルフは数時間前に着いたばかりだと言っている。

「どうしてそんな不安そうな顔をしているんだ?」ブレイクに尋ねられ、ショーナは彼に視線を戻した。ショーナを見つけたことを喜んでいるようには見えない。それどころか、ショーナと同様に睡眠不足で、いらいらしている様子だった。そうでないことを期待していたわけではないけれど、それでも自尊心を傷つけられた。

ショーナが質問に答える前に、ギャビンが粗野な笑い声をたてた。「森にいる動物はおれたちだけじゃないと知ってるからさ」

ブレイクとロルフがその意味を問いただす前に、ギャビンが鋭い口笛を吹いた。次の瞬間、両側の茂みがガサガサ揺れて、ふたりのスコットランド人が姿を現した。ふたりともダンバーの家臣だ。ギャビンがうなずいたあとで説明した。

「おれがあんたたちを呼びに戻るあいだ、このふたりにショーナ様とイルフレッドのあとを追わせたんだ」

婚約者に見つかった原因がわかり、ショーナはギャビンに非難のまなざしを向けた。それから、振り返ってブレイクをにらみつける。「何が望みなの?」

「なんだと思う?」ブレイクが鋭い口調できき返した。

「家に帰って、わたしの名前もすっかり忘れてしまうこと」ショーナは言った。「わたしも同じことを望んでいるから、どうぞそうして」

ブレイクはうろたえ、目をしばたたいた。「なんだって?」

「聞こえたでしょう。わたしはあなたと結婚したくないし、あなたもわたしと結婚したくない。だから、わたしのことは放っておいて家に帰って」

ブレイクはぽかんとショーナを見つめた。彼女の威勢のよさに驚いた。彼の知る女性たち——大勢の女性たちは、これほど率直な物言いをしない。か細い声を出したり、ため息をついたり、ほのめかしたりするだけで、不愉快なことを遠慮なく言ったりしない。彼女の言葉が信じられなかった。聞き間違えたのだろうか。女性たちはブレイクに結婚してくれとせがみ、彼への愛のために死ぬと脅す。ショーナもブレイクを待ち焦がれ、早く迎えに来るよう毎晩神に祈っているものだと、想像していた——彼女のことを思い出したことがあればの話だが。ブレイクが女性にもてるからというだけではない。結婚適齢期を過ぎた独身女性の生活はたいていつらいものだからだ。ところが彼女は、そのようなみじめな状況のままでかまわないと言っている。口だけに違いない。そう思って、ブレイクは微笑んだ。女性はよく彼の気を引くために駆け引きをする。ショーナ・ダンバーも、たとえアマゾンだろうと女だ。いくらか自信を取り戻した彼は、くつろいだ気分でとっておきの笑みを浮かべた。「気をつけたほうがいい、マイ・レディ、ぼくに会えたことを喜んでいないと思われてしまうよ」

「そのとおりよ」

ブレイクは目を細めた。「この十年間、きみは嘆き暮らしてなどいなかったと思わせたいなら――」

「嘆き暮らす？」ショーナがとげとげしい笑い声をたててさえぎった。「わたしがそんな女に見える？　違うわ、閣下。自由な生活を楽しんでいるの……いろいろな形で」

含みのある言葉に、ブレイクは目を見開いたあと、怒りで顔を真っ赤にした。「きみは――」

「いいかげんにしてくれ」ロルフが厳しい口調でさえぎった。「これ以上時間を無駄にしたくない。ダンバーへ戻って事をすませよう」

「先に行って」ショーナは馬のほうを向いた。「イルフレッドとわたしは、イングランドに寄ってから帰るから」

「イングランド！」ロルフとブレイクがおうむ返しに叫んだ。

「そうよ」ショーナはきっぱりと言った。「約束したの」修道服姿の女性を指さす。「シスターを故郷まで送ると。家族に会いに帰るんですって。無事に送り届けると約束したのよ」男たちを優しく見つめる。「神の花嫁との約束を破ってもいいと思う?」

ブレイクは顔をしかめて婚約者を見た。彼女の優しい笑顔や言葉が信じられない。ロルフが口を開いた。

「それは無理だ。そんなことをしていたら一週間、いや、二週間遅れが出る」

そのとおりだ、とブレイクは思った。ショーナが鋭いまなざしで彼を見た。「あなたはどう思う? 彼女を森に置き去りにして、ひとりきりで行かせてもいいの?」

「いや、もちろんだめだ」ブレイクは突然陽気になった。「ぼくたちが送り届けなければならない」ぎょっとしてこちらを見たロルフに、肩をすくめてみせる。「彼女は約束してしまったのだし、ぼくの婚約者が言ったことは、ぼくの言葉でもある。約束は約束だ。約束を破るよう強いることなどできない」ロルフは怒りのあまり言葉を失い、ブレイクをにらみ続けた。ブレイクはもぞもぞし、厳しい視線をショーナに向けた。「約束どおり、彼女を送り届けよう。認めるのはそれだけだ」

ショーナはほっとした様子で、微笑みさえした。「わたしの頼みはそれだけよ、閣下」

ブレイクは目をしばたたいた。彼女の笑顔は魅力的だ。とても。どうしてこれまで気づかなかったのだろう？　一度も微笑みかけてくれなかったからだ。

「だめだ」

茂みのなかから司教が現れ、一同の視線が集中した。

「話に割りこんですまないが、イングランドへ遠まわりするなど無益で、すでに延び延びになっている結婚をさらに遅らせるだけのように思える。ダンバーへ急ぐべきだ」

「でも、シスターはどうなるのですか？」ショーナは結婚を先延ばしにする機会が失われるのを悟って、心が沈んだ。

「簡単な解決策がある」司教はなだめるように言ったあと、ヘレンのほうを向いた。

「シスター……？」

「ヘレンです」ヘレンが甲高い声で答えた。

司教は重々しくうなずいた。「シスター・ヘレン。一緒にダンバーへ行って結婚式に出席したらどうだ。そのあと、わたしとロルフ卿はイングランドに戻ることになっているから、われわれが喜んできみを送り届けよう。あるいは」ショーナが抗議しようとすると、こうつけ加えた。「いまここで、三人の男たちに別行動を取らせて、きみを護送することもできる。アンガス卿のおかげで、旅に出た時点よりも三人増えたからな」ギャビンとふたりの家臣に愛想よくうなずいたあと、眉をあげてヘレンの返事を待った。

ヘレンは困惑している様子だった。不安そうにショーナを見たあと、司教に視線を戻して言った。「結婚式に出席します」

「よし、それならみんなでダンバーへ向かうとしよう」司教は優しく微笑んだあと、振り返って木立の合間を進んでいき、おそらく彼らが早朝に野宿をしていた場所へと戻っていった。

ブレイクは浮かない顔で司教の背中を見送ったあと、将来の花嫁に視線を戻してため息をつき、首を横に振った。それから、リトル・ジョージに馬を草地に連れてくるよう命じた。ロルフが隣に来た。

「剣を取りあげるべきだ」馬の準備をする女たちを見つめながら、ロルフがささやいた。

ブレイクは眉をあげた。「ぼくたちに剣を向けると思っているのか?」

「すでに向けただろ」

「あれは修道院にいたときで、ぼくたちの正体を知らなかったからだ。ここでは戦って逃げだそうとはしなかった」ブレイクはショーナの体に視線を走らせた。ズボンをはいている姿を初めて見たときは衝撃を受けたが、そう悪くないと思えてきた。引きしまった曲線が強調され――。

「ああ」ロルフの声で、思考が断ち切られた。「しかし、剣を持っていないほうが逃げようとする可能性は低くなる」

ブレイクは口をへの字に結んだ。婚約者が本当は自分との結婚を望んでいないかもしれないと思うと、腹が立つ。いまわしいダンバー氏族の娘との結婚に気乗りしないのは、彼のほうだというのに。ブレイクが何年かかろうと結局迎えに来たことに、ショーナは感謝すべきだ。それなのに、彼と結婚したがっているようには見えない。

興味深い。そう思ったあとで、彼女に対しては甘い言葉をささやいたことがないと気づいた。いつもなら、女性を前にすると甘いお世辞があふれでてくる。出会った瞬間に、女性を褒《ほ》め称《たた》える美しい言葉を紡ぎ始めるのだ。だが、婚約者に対してはそうしようという気持ちがわいてこない。それどころか、甘い言葉で機嫌を取るよりも、ののしりたくなる。実に奇妙だ。

ブレイクは首を横に振り、馬に袋を取りつけていたショーナに近づいていくと、すばやく彼女の剣に手を伸ばした。彼の気配を察したのだろう、ショーナは一瞬、身構えたものの、剣を取られるあいだじっとしていた。そして、ブレイクがうしろにさがってから、ゆっくりと振り返った。

「頼めばすむことなのに」

ブレイクは眉をあげた。ショーナは怒って怒鳴り散らすだろうと思っていた。ところが、落ち着き払っているように見える。そのうえ、いとこに視線を投げかけると、彼女は自ら剣を鞘から抜いてブレイクに差しだした。

ブレイクは少し驚きつつも剣を受け取った。慎重にうしろにさがりながら、正直に言った。「進んで預けてくれるとは思わなかった」

「どうして？」ショーナが笑みを浮かべながら、肩をすくめた。「わたしから武器を取りあげたほうが安心できるというのなら、そうすればいいわ。それに、こんな屈強な男性たちに囲まれているのだから、わたしたちが自分で身を守る必要はないでしょう？」

ブレイクは眉根を寄せた。何かたくらんでいるようには見えない。口調にも皮肉はみじんも感じられなかったが、ショーナはブレイクのことを笑っているのだとわかった。さらに悪いことに、彼女のいとこもその冗談を理解して、心のなかで笑っているような気がした。ブレイクは顔をしかめ、ぶつぶつ言いながらロルフのもとへ戻った。

「剣を渡してよかったの？」イルフレッドが小声で尋ねた。

ショーナは肩をすくめた。「武器を持っていないほうが、逃げようとするとは思われないでしょう。それに、簡単に代わりの武器を手に入れられるわ」

「どうやって？」近づいてきたヘレンがきいた。

「この近くに友人がいるの」ショーナは声を潜めて言ったあと、男性陣を見やった。司教と大男の姿は見えない。ほかの男たちと同様に馬を集め、テントを片づけているのだろう。ブレイク、ロルフ、ギャビンとダンバーの家臣ふたりが残っているが、馬はいない。逃げるならいまだ。「イルフレッド、ヘレンを馬に乗せてやって」

イルフレッドはいとこの意味深長な表情を読み取り、うなずくと、ヘレンの腕を取ってショーナの前にいる大きな馬の向こう側へまわった。ショーナは静かに歩いて馬の頭のほうへ移動すると、そっと声をかけて撫《な》でまわしながら、草地の端で話をしている男たちをちらりと見たあと、彼女の馬に隠れている二頭の馬とふたりの女に視線を移した。ヘレンが馬にまたがるのにイルフレッドが手を貸し、注意を引かないため馬の首に上半身をぴったり寄せるよう指示してから、自分の馬に飛び乗って、同様に馬の首に体を押しつけた。

男たちに気づかれていないことを確認したあとで、ショーナはふたたび馬の脇に移動した。そして、片手で鞍頭をつかみ、片足を鐙《あぶみ》にかけてさっと体を引きあげると、長い脚で馬の背をまたいだ。

ヘレンの手綱に手を伸ばしたとき、案の定、叫び声があがった。ショーナはそれを無視して自分の馬の手綱を引き、踵を馬の腹に押しつけた。馬はただちに駆けだし、ヘレンの馬もついてきた。イルフレッドがしんがりを務めた。

「なんてことだ！　リトル・ジョージ、馬を連れてこい！」走り去る女たちに気づいたブレイクは、ぱっと振り返って怒鳴ると、森を横切り始めた。

ロルフが追いかけてきた。「結婚に乗り気になったのか？　ただぼくについてきて、結婚を受け入れざるを得なくなるか、レディ・ショーナが逃げてしまうまで、できる限り邪魔をするだけだと思っていたのに」

ブレイクは足を止め、ロルフのほうを向いた。「気が変わったわけじゃない。このままきみに任せていたら、婚約者を追いかけてスコットランドじゅうを永遠に飛びまわるはめになるのではないかと心配になっただけだ。とにかく彼女をダンバーに送り届けて問題を片づけるほうがはるかにましだし、そうするには自分でなんとかするしかないようだ」侮辱の言葉を投げつけるとふたたび前進し、三頭の馬を連れたリトル・ジョージと行きあって立ちどまった。

「彼女たちが逃げだした」大男の問いかけるような視線にそっけなく答えたあと、手綱を受け取った。ブレイクとロルフはすばやく馬にまたがった。ブレイクはダンバーの家臣たちに目を向けると、真面目くさった顔をしている彼らをにらんだ。「馬に乗って、みんな一緒についてこい」

ギャビンは冷静にうなずいた。いかめしい表情を保っていたが、三人の姿が見えなくなったとたんに破顔した。「早く領主様にこの話をお聞かせしたいもんだ」

「大笑いなさるだろうな」家臣のひとりが同意した。「あのイングランド人がショーナ様を取り逃がしたのはこれで二度目だ。城に帰るまでにあと何回逃げられると思う？」

ギャビンは肩をすくめたあと、馬を取りに森のなかへと入っていった。「二、三回ってところかな。馬を連れてついてこい。残りのイングランド人を集めてあとを追うぞ」

女たちはあまり遠くまで行けなかった。誰のせいでもなく、思いがけないことが起きたのだ。ヘレンの馬が道に転がっていた丸太を飛び越えたあと、足を踏み違えた。痛みに鳴き声をあげ、勢いよく転倒して、ヘレンも悲鳴をあげながら転げ落ちた。ショーナは自分の馬の手綱をさっと引いて止めると、イルフレッドを振り返った。反射神経の鋭さを発揮して、転倒した馬と騎手をすばやくよける。

ショーナは引き返し、倒れている馬に近づいた。先に近寄ったイルフレッドがヘレンを助け起こすのを見て、止めていた息を吐きだした。ヘレンは怯《おび》えてはいるが、怪《け》我《が》はしていないようだ。

「大丈夫かしら？」必死で立ちあがろうとしている馬に注意を向けたイルフレッドに、ヘレンが心配そうに尋ねた。

イルフレッドは馬の脚をざっと調べ、足を引きずりながら歩く姿を見守ったあと、ショーナを見上げて首を横に振った。

ショーナは口を引き結び、かがみこんでヘレンの腕をつかんだ。「わたしのうしろに乗って。相乗りしましょう」

「でも、わたしの馬はどうするの」ヘレンが抗議した。「怪我をしているわ」

「手当てをしている時間はないの」ショーナはきつい口調で言った。イルフレッドがふたたび自分の馬にまたがった。「ギャビンが面倒を見てくれるわ」

「議論している暇はないわ。追いつかれてしまう」

「でも――」

ヘレンはため息をつき、あきらめてうなずいた。そして、手を借りてどうにかショーナのうしろに乗ると、腰に腕をまわした。だが、数歩も進まないうちに、近づいてくるひづめの轟音《ごうおん》が聞こえてきた。

ショーナは悪態をつき、踵を馬の腹に押しつけて追いたてたが、無駄だとわかっていた。追跡者たちは全速力で追ってくる。一方、ショーナの馬はいまやふたりを乗せている。当然、百メートルも進まないうちに追いつかれた。彼らはショーナたちを追い越したあと、速度を緩めて引き返し、そのうちのふたりが女たちの乗る馬を両側から挟みこんだ。ブレイクが前に立ちはだかり、彼女たちを停止させた。

沈黙が流れ、彼らは見つめあった。そのあと、ブレイクが冷やかな笑みを浮かべた。

「そんなに急いで出発するとは、結婚するのが待ちきれないのか。しかし、残念ながら方向音痴のようだな。また道を間違えているぞ、マイ・レディ。ダンバーは西にある」

「とんちがきくのね、閣下」ショーナは言った。「至るところで女性たちの笑いを誘ってきたのでしょう」

ブレイクは眉をひそめた。彼女の言葉はふたとおりの意味に取れる。侮辱的な意味で言ったに違いない。「ロルフ」

「なんだ?」赤毛のイングランド人は問いかけるようなまなざしでブレイクを見ながら近づいてきた。

「シスターをきみの馬に乗せよう」ブレイクは言った。

「わたしが乗せるわ」ショーナが苦々しい顔で口を出し、馬を後退させると、男たちも同じ方向へ馬を進めた。

「ロルフ卿が乗せる」ブレイクは冷たく命じた。

ショーナは言い返そうと口を開いたが、思い直して甘ったるい笑みを浮かべた。

「わたしに逃げられるのが怖いの? またしても」

ブレイクが苦笑してうなずいた。「そうだ」

彼の正直な返事に虚をつかれ、ショーナがぼうっとしているあいだに、ロルフが進みでてヘレンをそっと持ちあげ、自分の馬に移した。そして、彼女に楽な姿勢を取らせると、少し離れた場所へ移動した。

ショーナににらまれながら、ブレイクはにっこり笑い、もうひとりの男に呼びかけた。「リトル・ジョージ」

「はい」

「イルフレッドと一緒に乗れ」

リトル・ジョージは険しい顔でうなずくと、馬を進めてイルフレッドに近づいたが、彼女もショーナと同様、そう簡単に応じるつもりはなかった。小さな暴れん坊は、隣に来た大男の向こうずねを蹴ったあと、顔を殴ろうとした。だが、リトル・ジョージは最初の攻撃に動じず、彼女を持ちあげて自分の馬に移した。とはいえ、片手でイルフレッドの両手をつかみ、巨大な脚の片方で両脚を押さえつけて、彼女が自分自身を傷つけないようにしなければならなかった。どうにか彼女を落ち着かせ、前に座らせた。一方、イルフレッドはうんざりした様子で彼をにらんだあと、いとこに詫びるようなため息をつきながら広い胸にもたれかかった。

ショーナはもはや逃げられないと知って口を引き結び、婚約者をにらんであえて呼び寄せた。

ブレイクは彼女の挑戦にすぐさま応じ、馬を進めた。ショーナはさっと横へ移動した。その技術に驚きながら、ブレイクはさらに馬を進めたが、案の定、彼女はまたしても巧みによけた。彼は首を横に振り、リトル・ジョージを見てうなずいた。暗黙の命令を理解したリトル・ジョージは、ブレイクと一緒に前進した。ショーナが反射的に馬を横へ歩かせると、リトル・ジョージの馬に出くわした。ショーナが馬に次の指示をする前に、ブレイクが手を伸ばして彼女のウエストをつかみ、軽々と膝にのせた。ショーナがすぐさまもがき始めたのは予想どおりだったが、その力の強さには少し驚いた。だが、ブレイクはそれをおくびにも出さず、怒っているとも面白がっているともつかない表情を浮かべ、彼女にまわした腕に力を込めた。「力ずくでおとなしくさせるぞ、マイ・レディ」

「望むところよ」ショーナはブレイクの胸を肘で突き、手綱を思いきり引っ張った。馬が後脚で立ち、ひづめが空をかく。ブレイクは鞍から転げ落ちた。馬がふたたび四つ脚で立つと、ショーナは満足げにうなった。そして、膝で馬の腹を締めつけ、前方の丘へと全速力で駆けだした。

「なるほど、きみはぼくよりうまく対処してるな」ロルフがからかうように言い、馬上からブレイクを見おろした。「この調子なら、一年以内にはダンバーに到着できそうだ」

ブレイクは悪態をつきながらどうにか立ちあがると、リトル・ジョージが差しだしたショーナの馬の手綱を受け取った。無言でその馬にまたがり、婚約者を追いかける。

ブレイクの馬は足が速く、ショーナは乗りこなしていたものの、彼女の馬はさらに速かった。ブレイクは興味深く、なおかつ不満に思った。彼に言わせれば、それほど速い馬を女に与えるのは無駄だ。戦士が乗ったほうが活用できる。それでも、ブレイクが追いつくまでに、彼女はかなりの距離を走っていた。邪魔になる鎖かたびらではなく、ブレードを身につけていてよかったと思いながら、ブレイクは片足を鞍にあげ、ショーナに飛びかかった。左腕で彼女をつかまえて馬から引きずりおろし、地面に倒れこむ。彼の体が下敷きになったので、ショーナが先に立ちあがり、自分の馬に向かって走りだそうとした。だが、ブレイクもどうにか立て直して彼女の足首をつかんだ。前に進もうとする足にしがみつくと、彼女はうつぶせに転倒した。

ブレイクは四つん這いになり、立ちあがろうとしたが、ショーナが這って逃げようとしたので、ふたたび足首をつかんだ。ショーナは倒れこみ、寝返りを打つと、自由なほうの足で彼を蹴った。ブレイクはその足首もつかんだものの、彼女がすばやく体を起こして両の拳を振りまわしたので、悪態をついた。ショーナの足首を大きく広げ、地面を引きずって体を引き寄せ、脚のあいだにひざまずく。のしかかると、彼女はあがくのをやめた。彼女の両手をつかんで頭上で押さえつける。ふたりは息を切らしながらじっとにらみあった。ブレイクは次第に妙な気分になってきた。

意外な反応に眉をひそめながら、どうにかゆがんだ笑みを浮かべ、呼吸を整えてつぶやいた。「きみは実に手に負えない女性だ、マイ・レディ」

ショーナは微笑み返さなかった。「あなたはイングランドの犬よ」

ブレイクは笑顔を曇らせ、横柄に眉をつりあげた。「アカアシシギに言われたくないね」

イングランド人が使うスコットランド人の蔑称で呼ばれたショーナは、目を細めて吐き捨てるように言い返した。「イングランド人の落とし子より、アカアシシギのほうがずっといいわ」

「きみは大げさに抵抗している。本当はそれほど結婚がいやなわけではないんだろう」怒りのあまり言葉を失い、ただにらみつけるショーナに、ブレイクはふたたび眉をつりあげた。「返す言葉もないかい、マイ・レディ？」

「認めたくはないけど、そのとおりよ、閣下」ショーナが突然にっこり笑った。「でもわたしは、口よりも剣のほうが達者なの。試してみましょうか？」

ショーナがふたたびもがき始め、ブレイクは体がかっと熱くなるのを感じて気が散った。ショーナの言葉を一瞬遅れてのみこむと、下半身の位置を変えて彼女の動きを押さえこみ、短い笑い声をあげた。「やめておくよ、マイ・レディ。ぼくがきみに振りかざすとしたら、きみの体にはついていない剣だけだ」彼女の頬が真っ赤になったのを見て、満足した。「悪態をついたり、怒鳴ったりさえしなければ、きみはとても美しい。下品な言葉を吐きだしていないときの唇はとてもすてきだ。ハート形でふっくらしていて――」

「わたしに延々と美辞麗句を浴びせ続けるつもり、閣下？」ショーナがうんざりした口調でさえぎった。「それより、どいてくださらない？」

ブレイクは体をこわばらせた。そのとき、リトル・ジョージとロルフがやってきた。鞍に乗せていた女たちの姿はない。ブレイクが眉をつりあげると、リトル・ジョージが急いで説明した。

「ブレイク卿がレディ・ショーナを追いかけていったあとすぐ、残りの者たちが追いついたんです。助けが必要かもしれないと思って、女たちを預けてここに来ました。でも、必要なかったみたいですね」

「ああ」ブレイクはそっけなく言った。首を横に振りながらゆっくりと立ちあがり、ショーナに手を差しだす。驚いたことに、ショーナはその手を借りた。と思いきや、それは間違いだった。彼女は立ちあがる代わりに、彼の手をぐいっと引いた。ブレイクがショーナの魂胆に気づく前に、彼女の足が股間に命中した。ブレイクは宙を飛び、彼女の頭上で宙返りし、背中から勢いよく着地した。彼女が立ちあがってふたたび森のほうへ駆けていったことに、気づきもしなかった。

「大丈夫ですか？」馬から滑りおりたリトル・ジョージは、気遣う言葉をかけながらも、笑いをこらえていた。

「もちろん、大丈夫だ」ロルフは馬に乗ったままで、面白がっていることを隠そうともしなかった。「うまくやっている。わからないのか？」

ブレイクはうめき声をもらしながら横向きになり、恐る恐る立ちあがると、下半身の痛みに顔をしかめた。「彼女はどっちへ行った？」痛みが引いて話せるようになると、すぐに尋ねた。

リトル・ジョージが森を指さすと、ブレイクはうめきながら馬に一歩近づいた。だがそのあと、首を横に振って歩きだした。跳ねあがる馬の背にまたがるよりも、走ったほうが痛みは少ないだろう。

少し走ったあと、自分の選択は間違っていたかもしれないと思い始めた。軽く走っただけで、痛みが悪化したような気がする。それに、ショーナは思った以上に俊足だった。ようやく追いついたときは、驚くと同時に安堵しながら彼女に飛びかかり、ふたたび地面に押し倒した。そして、少しのあいだ揉みあったあと、ぼろぼろの体でどうにか彼女を押さえつけた。股間を蹴られた直後なので、彼女がもがくのをやめて悪態を浴びせ始めたときにはほっとした。だが、赤面してしまうような言葉もあった。いったいどこでそんな言葉を覚えたんだ？ ブレイクよりも悪態の語彙が豊富だ。

ブレイクはショーナを揺さぶって黙らせたあと、ため息をつきながら首を横に振った。「きみの弁舌は剣と同じくらい鋭いな、マイ・レディ」

そう言った彼の口調に驚いて、ショーナはわずかに目を見開いた。「褒めているように聞こえるわよ、イングランド人」

「ああ。きみのとんちには感心するよ」ショーナが目を細めると、ブレイクは顔をしかめて片方の眉をあげた。「ダンバーに戻るまでずっとこんな態度を取り続けるのか？」

「わたしが簡単に折れると思う？」

「思わないが、ひとつ警告しておく。きみがこれからも逃げ続けて、ぼくに追いかけさせるつもりなら、きみの城に着いて指輪を交換する前に、結婚を完成させようという気になるかもしれない。意外にも、ぼくの下でもがくきみの体の感触が、欲望に火をつけてくれた」

案の定、ショーナは急におとなしくなった。ブレイクはにっこりした。「やれやれ、マイ・レディ、傷つくな。ぼくと試験結婚《ハンドファスティング》したくないのかい？ たしかそう呼ぶんだろう?」

ショーナが鼻をひくひくさせて顔をしかめた。

ブレイクはわずかに体を引き、眉をあげた。「どうした?」

「あなたなの?」

「何が?」

「家畜小屋のにおいがする。わたしを迎えに来る前に、お風呂に入ってこなかったの?」

ブレイクはぱっとショーナから離れた。彼女に手を差しだしたあとで、前回それでどうなったかを思い出して引っこめた。

ショーナは面白がっている表情を浮かべ、ひとりで立ちあがると、草地にいる馬のほうへ先立って歩いた。今度はみんなそろっていた。ロルフとリトル・ジョージはふたたび女たちを前に乗せている。司教と三人のスコットランド人、兵士たちも全員いた。ショーナは男たちの存在を無視し、完全に降伏してブレイクの馬へと向かった。だが乗る前に立ちどまり、彼女を見守っているブレイクを振り返った。「ところで、結婚を早めるという話だけど、行動に移す前によく考えたほうがいいわよ」

「何を?」

「たとえば、剣を取りあげられたけど、わたしはまだスキアン・ドゥを持っているし、あなたが何かしようとしたら、ためらわずに使うわ。あなたのすてきな低い声が突然高くなったらとても残念ね」

ショーナは背を向け、馬に乗ると、ブレイクがうしろにまたがるのを冷やかな表情で待った。

「スキアン・ドゥってなんだ？」

たき火を囲んでいるロルフとウィカム司教、リトル・ジョージがぼんやりと見上げた。負担をかけすぎている馬をこれ以上酷使しないため、いつもより遅い速度で一日じゅう走り続けたあと、暗闇のなかでたいた火のまわりでくつろいでいるところだ。ショーナとイルフレッド、ヘレンは木立の向こうにある冷たい川で水浴びをしている。ブレイクは見張りをつけることも考えたが、結局やめた。その代わり、六人の兵士に馬を見張らせた。馬を使わなければ、彼女たちは遠くへは逃げられない。

馬のことを思い出すと、ブレイクはもぞもぞした。ロルフとリトル・ジョージがどうだったかは知らないが、彼はとても乗り心地が悪く、ようやくおりられたときはほっとした。蹴られた下半身がまだ痛む。八時間の乗馬はそれを悪化させただけだし、そのあいだずっと、彼の前で体をこわばらせている婚約者を注視するのと、彼女をしっかりと抱きしめているせいで生じる奇妙な感覚を気にしないようにするのとで落ち着かなかったのだ。

ブレイクにとっては、予想外の展開の連続だった。最初、ロンドン塔へ向かったときは気乗りがしなかった。いまの気持ちを表す言葉は見つからない。依然としてスコットランド娘との結婚を渋っている一方で、少なくとも彼女に蹴られてうずく部分は、結婚の完成に興味を示している。驚いたことに、アマゾンの婚約者は激しく興味をかきたてた。森のなかで揉みあった際にその兆しが見え、その後もずっと興味は増す一方だった。女性たちを馬に乗せるよう提案した自分を呪ったくらいだ。ショーナのヒップをぴったり押しつけられ、気が気でなかった。

しかし、それだけなら、自分の反応を並外れた欲望として受け入れ、ショーナをめとって契りを結び、あとは忘れてしまうこともできるだろう。事態はそれよりも少し複雑だった。彼女のとんちに感心すると言ったのは、嘘ではなかった。本当だ。彼女と言葉でやりあうのは楽しい。彼女が逃げ、最初は馬で、次に走って追いかけたときさえ楽しんでいた。それに、少しのあいだ揉みあっただけで心臓がどきどきし、ある種の興奮を覚えた。最悪なのは、ショーナに拒絶されるのすら楽しくなってきたことだ。彼女は意欲をそそる難題だ。ブレイクは難題に目がなかった。そしてこれまで、彼の意欲をかきたてた女性はひとりもいなかった。

「スキアン・ドゥっていうのは短剣のことだ」ギャビンという名のスコットランド人が質問に答え、ブレイクは物思いから覚めた。「このくらいの長さの」ギャビンが両手を十五センチくらい広げた。「ものすごく鋭くて危険なのもあって、喉をかき切ったり、すぱっと去勢したりできる」目の輝きが、ショーナの脅しを盗み聞きしていたことを示していた。

6

ショーナは冷たい川に頭を突っこんだあと、体を起こして髪をかきあげ、草地を見まわした。こんなときでもどこかに見張りがいるのではないかと思ったが、川のなかからは誰の姿も見えなかった。

隣で体を洗っているイルフレッドとヘレンを見やった。ふたりともこのうえなく沈んだ表情をしている。無理もない。ショーナも少し落ちこんでいた。彼女たちは逃げそびれた。三度も。事は計画どおりに進んでおらず、ショーナはどうにかしたかった。

ヘレンにそっと近づいて肘で突いた。振り返った彼女に、声を潜めて尋ねる。「ヘレン、あなたの女中がキャメロンたちを眠らせたときに使った草を覚えてる？」

ヘレンは驚きつつも思案した。それから、唇を嚙んだあと、自信なさげに答えた。

「見ればわかるかもしれない。どうして？」

「わたしの婚約者たちも、あれだけ走りまわったんだから休息が必要だと思うの」

ショーナはいたずらっぽく目を輝かせた。ヘレンが眉をあげたのを見て、にっこり笑う。

「そうね、それがいいかもしれないわ」イルフレッドも満面に笑みを浮かべ、会話に加わった。「わたしたちでヘレンを送り届けるあいだ、眠っていてもらいましょう」

「ええ」笑いながら話をしていたら、どこかに潜んでいる見張りの疑いを招くかもしれないと思って、ショーナは真顔に戻り、用心深く周囲を見まわした。彼女たちがいまうれしそうにしていたら不自然だ。

「森のなかで探さないとならないわ」ヘレンが心配そうな表情で言った。

「そうね」ショーナはうなずいたが、それは難しいとわかっていた。用を足すと言ってさっと見てまわるくらいはできるかもしれないけれど、時間をかけて探すのは無理だ。

「わたしたちも手伝うわ」イルフレッドが言った。

ショーナはうなずいた。「どんな草か教えて。用を足しに行くふりをして、手分けして探しましょう。さあ」

一緒に川から出ながら、ヘレンがくだんの草の特徴を述べた。岸にあがり、黙って体を拭いて服を着たあと、ショーナは言った。「ちょうどいい茂みを見つけないと」

「わたしも」イルフレッドが大声を出す。「こっちへ行くわ」左手の森のなかへ入っていった。

「わたし……」ヘレンが咳払いをしたあと、声を少し大きくした。「わたしも。わたしはこっちにするわ」

ヘレンが右手の森のなかへ姿を消すのを見届けてから、ショーナはゆっくりと周囲を見まわした。動くものは何もない。人の姿は見えないが、誰かがいる気配があった。少なくとも、あまり遠くない場所に。すぐ近くにいないことを願った。それなら、何分かは草を探すことができる。ショーナは前方の茂みへ入っていき、歩きながら地面をじっくり見た。

ヘレンは草の特徴を詳しく説明してくれた。とにかく、話を聞いたときはそう思ったにもかかわらず、それに合う草を実際に探してみると、どれも同じに見えた。とはいえ、ヘレンが説明した草に似ているものを頑張ってできるだけ集めた。どれだけの量が必要かはわからないけれど、あれだけの人数を眠らせるのだから大量にいるだろう。

ショーナが戻ると、ヘレンとイルフレッドが川岸で待っていた。ショーナは周囲の森を見ながら尋ねた。「誰かいた?」

ふたりとも首を横に振ったので、ショーナは眉根を寄せた。彼女も誰も見かけなかった。結局、見張りはつけられていなかったのかもしれない。やはり入浴中に見張るのは失礼だと、ブレイクも考えたのだろう。そもそも、馬もないのに逃げようとするはずがない。集めてきた草をえり分けているヘレンとイルフレッドに視線を戻し、うまくいくよう願った。草を選別しなければならない。見張りがつけられていないか、遠くにいてこちらの様子に気づかないことを祈るしかなかった。ショーナは自分が見つけた草を山に加えると、ひざまずいて作業を手伝った。

「どう？ お目当てのものはあった？」草を調べているヘレンにきいた。

「わからない。それらしき草を二本見つけたの。そのうちの一本をあなたも持っているわ」ヘレンが二本の草を持ちあげた。たしかによく似ている。片方がかすかに色が薄く、少し大きい。

「どっちだと思う？」ショーナはきいた。

ヘレンは唇を噛んで思案した。「自信がないわ。前に見せてもらったときは、暗かったの。わたしは――」力なく首を横に振った。

「大きいのは成長して色が変わっただけかもしれないわ」イルフレッドが言う。

「そうね」ヘレンは自信なさげに同意した。

三人はしばらく黙りこんで草を眺めた。ショーナはそわそわした。「思い出して、ヘレン。これだと思うほうを選んで」

ヘレンは二本を順に見つめたあと、大きいほうに手を伸ばした。「こっちだと思う」

ショーナはうなずき、その草をすべてかき集めると、プレードにしまいこんだ。

「じゃあ、行きましょう。夕食を作ると申し出るのよ。あなたの女中はキャメロンたちにどうやって食べさせたの？」

「シチューに入れたの」

「わたしたちもそうしましょう」ショーナは先に立って野営地に戻った。

簡単な計画に思えた。料理をすると申し出てシチューを作り、そのなかに草を入れて男たちに食べさせ、彼らが眠るのを待ち、ショーナたちの馬に鞍をつけ、残りの馬を解き放ってから出発する。簡単だ。

ところが、そう簡単にはいかなかった。

「夕食を作らせてくれだって、マイ・レディ？」ブレイクは笑い飛ばした。「どうした？　毒を盛る気かい？　あきらめるんだな」

ショーナは精一杯驚いた顔を装った。必死に考え、肩をすくめて言う。「いいわ。

ただ、シスター・ヘレンの得意料理がウサギのシチューだと聞いて、食べてみたいと思ったの。でも、修道院から持ってきたかたくなったパンと古いチーズで我慢するわ。あなたたちも何か食べ物を持ってきたんでしょう」歩み去ろうとすると、ブレイクに呼びとめられてほっとした。

「シスターが料理をするのか？」ブレイクは俄然《がぜん》、興味を示した。

「ええ」ショーナは振り返った。「わたしに料理ができると思う？」鼻で笑う。「わたしにできるのは、料理に使うウサギを捕まえることくらいよ」

ブレイクはしばらく黙りこんだあと、うなずいた。「だが、きみはウサギを狩らなくていい。こっちで何人かにやらせる。ふたりに火をおこさせて——」突然、言葉を切って眉根を寄せた。「シチューを作るのに使う鍋がない」

ショーナはうろたえた。そのことに気づきもしなかった。自分の愚かさに頭を叩きそうになったが、その前にヘレンが進みでて言った。「鍋ならあります、閣下」

ショーナは驚いて、ヘレンをぽかんと見つめた。「持ってるの？」

ヘレンがうなずいた。「荷物はないのかときかれたとき、厩舎に袋を置いてあると言ったでしょう？」

「ええ」ショーナはうなずいた。

「そのなかに鍋が入っているのよ。だから、厩舎に置いておいたのだけれど、馬に鞍をつけたときに回収したの。ほら……一度それに命を助けられたから」ヘレンが肩をすくめた。

ショーナはヘレンを抱きしめたい衝動に駆られた。ヘレンに対する尊敬が強まった。とても頭の冴《さ》えた女性だ。

背後でブレイクが、何人かにウサギを狩りに行くよう、また別の者に火をおこすよう命令し始めたのに気づいて、ショーナはヘレンと笑みを交わした。「シチューに使うネギとかそういうものを採るのを手伝う人も必要だと、彼に頼んだほうがいいわ。草の味をごまかさないと。毒を盛ろうとしているとまた怪しまれないように」

ヘレンはうなずいたものの、動こうとしなかった。少しためらったあとで打ち明ける。「どれくらいの量を使えばいいかわからないの」

ショーナは眉根を寄せ、肩をすくめた。「適当でいいんじゃない？」

「でも、たくさん入れすぎたら殺してしまうかもしれない」

「別にたいした損失にはならないわよ」ショーナは陽気に言ったあと、ヘレンのぎょっとした顔を見てため息をついた。イングランド人にスコットランド人の冗談は通じない。「冗談よ。わかった、少なすぎるほうがましよね。思ったほど長く眠らせることができなかったとしても、わたしたちが逃げられるくらいの時間を稼げれば……」肩をすくめた。

ヘレンは重々しくうなずいたあと、ショーナの横を通り過ぎてブレイクに近づいていった。

ショーナはくつろげる場所を探すことにした。シチューを作るのに時間がかかるだろうし、夜どおし移動するつもりなら、休んでおいたほうがいい。ヘレンは料理をしなければならないのでほとんど休めないから、イルフレッドとショーナが交代で馬に乗せてやってもいい。走る速度は遅くなるだろうが、ほかに方法を思いつかなかった。やわらかな草地に腰をおろしたあと、横向きに寝て目を閉じた。背後にイルフレッドが横たわる気配がした。

「彼女をじろじろ見るのはやめろ」

そう言ったロルフをブレイクはにらみつけ、首を横に振っただけで、婚約者から決して目を離さなかった。「何か企《たくら》んでいる。わかるんだ」

「眠ってるだろう」ロルフがいらだった。

「そう思わせているだけだ」ブレイクは訳知り顔で言った。「本当は何か計画している。ぼくをだまして、油断させて、その隙に皆殺しにするつもりだ」

ロルフは鼻で笑った。「彼女はきみの婚約者だ。災いをもたらすために遣わされた悪魔ではない」

「似たようなものだろう」ブレイクは冷やかに言った。

ロルフはあきらめて首を横に振り、歩み去った。ブレイクは眠っているふりをしているはずの婚約者を見つめ続けた。その姿は天使のようだが、決してそうではないと、触るとまだ痛む股間が知っている。ショーナ・ダンバーは悪魔の申し子、それだけのことだ。彼女の前で二度と油断はしない。彼女の呼吸のリズムをじっと見ていると、本当に眠っていると信じてしまいそうになる。しかし、彼女はまだあきらめていないに違いない。あれだけ頑固なのだから、簡単に降伏するはずがない。まさか。何か企んでいるのだ。具体的なことがわかればいいのだが。

そのうちシチューのにおいが辺りに漂ってきて、ブレイクは期待が高まって自然と息を吸いこんでいた。もう長いこと旅をしているような気がする。旅のあいだは、カビの生えたパンと、さらにカビだらけのチーズで間に合わせなければならないことが多かった。ウサギのシチューのような簡単なものでも、きちんとした食事をとれると思うだけで唾がわいた。そして、実際においしそうな香りを嗅いだら、息が荒くなった。食事の時間が待ちきれない。

「どう？」なかにシチューを入れたかたくなったパンの残りを持って真ん中に座ったヘレンに、ショーナがきいた。「うまくいきそう？」

「わからない」ヘレンは不安そうにささやいた。「草の量が足りているといいけど」ショーナもそう思ってうなずいた。あとは結果を待つしかない。シチューをむさぼるように食べている男たちに視線を戻した。こんなにおいしい料理は食べたことがないと言っているが、お世辞ではないだろう。ヘレンがよそってくれたシチューから、実にかぐわしい香りが立ちのぼっている。ショーナも食べたくなったものの、すんでのところで我慢した。

「眠気を催しているようには見えないわ」食事を終えつつある男たちを見て、イルフレッドが心配そうにつぶやいた。

ショーナは返事をせず、パンのボウルをそっと背後に隠してひっくり返し、中身を捨てた。彼女たちがシチューを食べなかったことに気づかれたらおしまいだ。からになったボウル状の器をヘレンの器と交換し、その中身も捨てた。男たちに目を光らせながら、イルフレッドの分も同様に捨てる。残念ながら、いとこの言うとおりだ。みんなほとんど食べ終えたのに、誰もうとうとする様子を見せない。

ショーナは不満を募らせ、パンの最後のひと切れを口に放りこんだブレイクを見た。彼はシチューもパンもしっかり食べていた。立ちあがって、三人の女たちにうなずく。

「うまかったぞ、シスター。感謝する。さて、川で体を洗って寝るとしよう」

「この前は効果が出るまでどれくらいかかったの？」ショーナは草地を去るブレイクを見送りながら、ヘレンにきいた。用心しすぎて草の量が足りなかったのではないかと、心配になってきた。

ヘレンはしばらく考えてから、首を横に振った。「わからない。とても長く感じたけど、あのときは怯えていたから。失敗したら殺されるとわかっていたもの」

ショーナはじれったくてそわそわした。いつまで待てばいいの？本当にきくの？あれは別の草で、ただの害のない薬草だったのかもしれない。

思わず顔をしかめた。逃げるチャンスをふいにするのも癪《しゃく》だけれど、シチューを捨てたことも同じくらい悔やまれる。ものすごくいい香りがしていたのに、害のないシチューを土に与えたと思うと……とても残念だ。どうせ計画が失敗するのなら、せめておいしい料理くらい食べたかった。

そのとき、ヘレンの背後に来たイルフレッドに脇腹をつつかれ、物思いから覚めた。

いとこが顎で示したほうを見やると、一番早く食べ終えた数人の男たちがおなかをさすっていた。

その苦しそうな表情を見て、ショーナは不安に駆られた。調子が悪そうに見える。

「ねえ……ヘレン……」ショーナは言いかけてやめた。ふたりの男がよろよろと立ちあがり、おぼつかない足取りでたき火から離れた。そのあとすぐ、嘔吐《おうと》する音が聞こえてきた。

「なんてこと」さらに何人かの男が突然、森のなかへよろめきながら駆けこむのを見て、ヘレンが震える声で言った。「キャメロンたちはこんなふうにはならなかったわ。別の草だったのかもしれない」

ショーナは引きつった笑い声をあげそうになるのを、唇を噛んでこらえた。イルフレッドは目を丸くしてヘレンを見ている。

「かもしれない？」さらに数名が森へ向かい、イルフレッドは信じられないとばかりにきき返した。「草を間違ったかもしれないって？　絶対にそうだと思うわ」

たちまち野営地から人が消えた。毒を盛られるかもしれないと疑っていたブレイクがこの場にいないことに感謝するしかない、とショーナは思った。とはいえ、森に駆けこんだ男たちの何人かがこちらを見ている。症状が出ていないのは、ショーナの父親が遣わした三人のスコットランド人だけだ。いつものオート麦のほうがいいと言ってシチューを辞退したのだ。彼らのことを考慮に入れていなかった。大問題になりかねない手落ちだったと、ショーナは暗澹《あんたん》たる気持ちになった。

「まあ」突然、ヘレンが立ちあがった。茂みにいる集団にとうとう加わったロルフとウィカム司教を、悲痛な面持ちで見ている。男たちの苦しそうなうめき声は、聞くに堪えなかった。

イルフレッドが立ちあがり、ヘレンを慰めようとした。「まあまあ、ヘレン。大丈夫よ。ちょっと具合が悪くなっただけだから。明日にはすっかりよくなっているわ――あさってかもしれないけど」うめき声が大きくなっていくのを聞いてつけ加えた。

「死んでしまうかも」ヘレンがつらそうに言った。

「そうね、もしそうなったとしても、より早く苦しみが終わるということだわ」

ショーナが身も蓋もないことを言うと、ヘレンははっと息をのんだ。

「それで」ギャビンの声がした。

ショーナはたき火のそばに残った三人の男たちのほうを向いた。彼らは悪意のある笑みを浮かべていた。

ギャビンがきいた。「この隙に逃げるおつもりなんですか？」

ショーナはギャビンを見つめた。「引きとめるつもり？」

ギャビンは肩をすくめた。「領主様はお嬢様を止めろとはおっしゃいませんでした。シャーウェルが死なないようにしろと言われただけです」

ショーナはいくらか緊張がほぐれた。少したためらったあとで告白する。「病気にさせるつもりなんてなかったの」森のなかで男たちが吐く音にかき消されないよう、声を張りあげた。「眠らせるはずだったのよ」

「わたしが草を間違えたの」ヘレンが哀れっぽく言った。

「伝えておきます」ギャビンは面白がっていた。

ショーナはしかめっ面でヘレンをうながして馬に近づいた。イルフレッドもついてきた。ショーナはヘレンを馬に乗せるのに苦労した。ヘレンは男たちを毒殺してしまったのではないかと恐れている。ショーナは、シチューに毒が入っていたとしても吐きだしたのだから大丈夫だと断言した。ヘレンはそれで安心したようには見えなかったが、ようやく馬に乗ってくれた。

それから、ショーナとイルフレッドで馬をどうするか話しあった。ギャビンが見張っているから、彼女たちがすべて解き放とうとしたら、大騒ぎするに違いない。彼ら三人の馬を逃がすことを許してはくれないだろう。結局、三頭連れていくことにした——イルフレッドとショーナの馬と、ヘレンの怪我をした馬の代わりの馬。そして、残りを——ダンバーの家臣たちの三頭以外すべてを解放した。とはいえ、それほど遠くまで行かないだろうし、残していく馬を使って簡単に集められるだろう。つまり、これだけ苦労したにもかかわらず、あまり時間がないということだ。

ブレイクはおぼつかない足取りで野営地へ向かった。川岸で一時間吐いたせいで体が衰弱して震えている。それでもあまり気分はよくならなかったが、少なくとも吐き気はおさまった。シチューのなかに入っていた何かが合わなかったのに違いないものの、それをシスター・ヘレンに話すつもりはない。何時間もかけて支度してくれただし、とてもおいしかった。肉は新鮮なものだったから、男たちが彼女のために集めた山菜か薬草のどれかが原因だろう。当たったのが自分だけならいいのだが。三人の弱った女性たちを抱えこむことになるのだけは勘弁願いたい。女性は好きとはいえ、嘆き悲しむ病人よりも生き生きした女性のほうが好ましい。

野営地にたどりつくと、よろめきながら歩いていき、さっきまで使っていた丸太にくずおれた。隣にうなだれて座っているロルフが、手の甲で口をぬぐった。青ざめていて、具合が悪そうに見える。そのあと、背後の地面に横たわり、腹を抱えてうめいている司教に気づいて眉根を寄せた。どうやら料理に当たったのはブレイクだけではなかったらしい。ほかの男たちを見まわすと、半分がたき火の周りにへたりこんでいて、腹を抱えて苦しそうに揺れている者もいる。それに、茂みからよろよろと出てくる残りの男たちが加わった。女たちの姿は見当たらない。

「女性陣も具合が悪くなったのか？」ブレイクは心配して尋ねた。

「女性陣？」ロルフはかすんだ目で周囲を見まわした。「たぶんそうだと思う。まだ森にいるんじゃないか？　女性のほうが体が弱い。回復するのに時間がかかるのだろう」

ブレイクは同意の言葉をつぶやき、たき火に視線を戻した。動いたらまた吐き気を催すからこのままじっと座っていたいが、女性だけを森に残しておくわけにはいかない。様子を見に行かなければ。しばらく経っても、彼女たちは戻ってこなかった。ブレイクはやっとのことで立ちあがると、無理をして草地の端へ移動し、そこで立ちどまった。だるくて捜索などできない。森に向かって呼びかけてみたが、返ってきたのは男たちのうめき声だけだった。途方に暮れ、震えながら立ち尽くしていると、正面の木立からリトル・ジョージがドタドタと出てきた。長いつきあいだが、リトル・ジョージが体調を崩したところを見るのは初めてだ。あまりいい眺めではない。自分のほうに倒れてきたらかなわないので、ブレイクは片手を突きだして尋ねた。「大丈夫か？」

リトル・ジョージはのっぺりとした顔を一瞬しかめたあと、首を横に振った。「おれはシチューを三杯食ったんです。具合が悪くなったのも自業自得です」

ブレイクは共感してうなずいた。彼もがつがつ二杯も食べたことを後悔していた。

「ぼくの婚約者たちを見かけなかったか？」

リトル・ジョージがかぶりを振った。「スコットランド人にきいてみましたか？」

「スコットランド人？」ブレイクはたき火のほうを振り返り、そのとき初めて、ばかみたいににやにやしているギャビンが座っているのに気づいた。ほかのみんなと違って苦しんでいない。それより気になるのは、ひとりでいることだ。あとのふたりの家臣の姿が見えないが、具合が悪くて森のなかへ駆けこんだとは考えられない。スコットランド人たちはシチューを食べなかったのだ。それに、ギャビンはやけにうれしそうだ。仲間が苦しんでいたらそんな顔はしていられないだろう。ブレイクは低いうなり声をあげ、たき火のところへ戻った、リトル・ジョージがついてくる。

「どこへ行った？」ブレイクはギャビンをにらみつけ、前置きなしに鋭い口調で尋ねた。

「おれの仲間のことか?」ギャビンがにやりと笑ってきき返した。

「違う。女たちだ」

「ふむ」ギャビンが首を横に振る。「おれの仲間の居場所をきいたほうがいいぞ」

ブレイクは少しためらったものの、調子を合わせることにした。「じゃあ、おまえの仲間はどこにいるんだ?」

「彼女たちを追いかけていった」

ブレイクはその言葉をすぐにはのみこめず、ぼんやりと立ち尽くした。それから、見るともなしに、馬がつないであるはずの場所へ視線を向けた。すると、一頭を除いて、あとは全部いなくなっている。残っているのはギャビンの馬であることは、容易に推測できた。

「なんてことだ!」ブレイクは悪態を並べたてた。「こんちくしょう! また逃げられた」

「なんだって?」ロルフが弱々しく口を挟み、立ちあがった。「体調を崩していたら逃げられるはずがない。彼女たちはシチューを食べなかったのか?」

「ああ、作っただけだ」ブレイクは吐き捨てるように言った。「少なくともそのうちのひとりがな」

「しかし、作ったのはシスター・ヘレンだ」ウィカム司教がやっとのことで体を起こし、反論した。「神の花嫁がわたしに毒を盛るはずがない」

「きっとショーナがシスターを説き伏せてシチューに何か入れさせたんだ。よく眠れる薬だと言ったのかもしれない」ブレイクは推理したあと、驚いて首を横に振った。

「なんてことだ、ぼくと結婚するより殺すほうがましだというのか？」

ショックのあまり、信じられなかった。不意に、ギャビンが噴きだした。

「あんたたちを眠らせるつもりだったんだが、修道女が草を間違えたんだと。こんな事態になっちまって、ひどく動揺していた。あんたたちを殺してしまうかもしれないと考えただけで、ぞっとしていたよ」

ブレイクがいくらかほっとしたのも束の間《つかのま》、ギャビンがこうつけ加えた。「ショーナ様は、もし死んだとしても苦しみから解放されると言って慰めていた」

ブレイクたちの恐怖に襲われた顔を見て、ギャビンはゲラゲラ笑った。

ブレイクはようやくわれに返ってギャビンをにらんだあと、彼の馬に近づいた。つなぎ縄に手を置いたとき、追いかけてきたギャビンが止めた。「スコットランドじゃ馬泥棒は非難される」

「ショーナを追いかけないと」ブレイクは険しい顔で言った。

「おれが先導したほうが早く見つかるさ。仲間が残す痕跡は、おれじゃなきゃわからない」

「なぜだ？」ロルフがとまどった様子で尋ねた。「おれたちの道案内をしてくれるなら、そもそもなぜ彼女を止めなかった？」

「領主様はショーナ様を止めるためにおれを遣わしたわけじゃない」

「じゃあ、いったいなんのためだ？」ブレイクはいらだった。

「おまえを道に迷わせたり……死んだりさせないためだ」ギャビンが心底愉快そうに答えた。

ブレイクがその侮辱に反応する前に、ロルフが言った。「急いで追いかけないと」

「しかし、馬は一頭しかない」ブレイクは顔をしかめた。

「まず、ほかの馬を集める必要があるな。そう遠くまでは行っていないだろう。ほら、あそこに一頭いる。きみの馬じゃないか？」

ロルフが指さした先を見ると、たしかにブレイクの馬がいた。三メートルも離れていない場所で草を食《は》んでいる。何年も飼っている忠実な馬だ。ブレイクは考えをめぐらせながら、その馬を取りに行った。ショーナを放っておきたい気持ちもある。わざわざ追いかける必要はない。どうせまた逃げられるだけだ。

その一方で、彼女にまた会いたかった。とても。追いついて馬から引き離し、膝にのせて……。

思考を止め、ため息をついた。気分が悪く、疲れきっていて、ショーナを馬から引き離すどころか、追いつくまで馬から落ちないでいられたら御の字だ。夢想するだけでも楽しいが、それを振り払ってどうにか姿勢を正し、歩きながらきびきびと命じた。

「きみたちはほかの馬を集め次第ついてきてくれ。ぼくが彼女を追いかける」

「ひとりで？」ロルフとリトル・ジョージが同時に、しかし、まったく異なる口調で尋ねた。ロルフは、ひとりでできるわけがないと言わんばかりに不安げだった。一方リトル・ジョージは、そんなことをすべきではないと反対しているようだった。司教といまいましいスコットランド人、ギャビンは口をつぐんでいる。だが、ギャビンの目は笑っていて、絶対に失敗すると言っていた。

ブレイクはあまのじゃくなので、彼らの反応を挑戦と受けとめた。馬にまたがり、青白い顔にいたずらっぽい笑みを無理やり浮かべると、振り返って挨拶した。「幸運を祈る」

「きみにも。きっと必要になるだろうから」ロルフの声が聞こえた気がした。しかし、馬から落ちないようにするのが精一杯で、返事はしなかった。茂みで吐いて以来、脚が女のように弱り、震えている。全身が痛みでわなないていて、腹筋が最もひどい。ブレイクは皮肉を感じずにはいられなかった。数えきれないほどの戦いを生き抜いてきたというのに、ウサギ一匹に打ち負かされたのだ。ウサギ一匹とスコットランド娘ひとりに。

夜が明けてだいぶ経った頃に、ショーナは馬を止めても安全だと判断した。それまでは、馬のためにしか止まらなかった。一日じゅう走ったあと、数時間の休憩を挟んでひと晩じゅう走り続けた馬たちは、束の間の休息を喜んだ。馬たちと、ヘレンのことが心配で――ヘレンも疲れているのに、ショーナかイルフレッドの馬に乗せてもらうことをかたくなに拒んだのだ――ショーナは比較的安全なコーメンの小作地にたどりつくとすぐに馬を止めた。

コーメンはショーナの兄の友人だ。旅の折はいつでもコーメンの家を使っていいことになっていて、今回も例外ではなかった。コーメンの妻は小さな小屋にある唯一のベッドを勧めてくれたが、ショーナたちは納屋で寝ることを選んだ。小屋の二倍広く干し草でいっぱいで、少なくとも同じくらい快適だろう。それに、ブレイクに追いつかれたときのために、馬の近くにいたほうがいい。その可能性は充分にある。彼らが生きていればの話だけれど。

ショーナはそう思って顔をしかめ、自分で作った干し草の山の上で寝返りを打った。イルフレッドとヘレンはぐっすり眠っているが、ショーナはなかなか寝つけなかった。睡眠を必要としているのに、緊張していて落ち着かない。夜どおし走り続けてくたびれていた。月明かりの下で、常に目を凝らして地面をよく見なければならなかったのだ。また馬に怪我をさせるわけにはいかなかった。

それに、攻撃を警戒する緊張感もあった。剣を取り戻さなかったことに気づいたのは、出発してだいぶ経ってからだった。三人の女たちは丸腰で旅をした。それほどシチューを食べた男たちの反応に動揺していたのだ。ショーナは決して彼らを病気にさせるつもりなどなかった。ブレイクは自業自得かもしれないけれど、ロルフは……ショーナに結婚を強制しようとしているのだからまあいいとして、司教はあんな目に遭ういわれはない。たとえショーナといまいましいイングランド人の結婚式を執り行うつもりでいるとしても。

ショーナはいらだち、あおむけになったとたんにショックで動けなくなった。彼女のそばに男が立って見おろしている。ブレイクだ。近づいてくる音は聞こえなかった。ひづめの音さえ。幽霊のごとく忍び寄ったに違いない。実際、彼は灰色に見えるほど血の気がなくやつれ、幽霊に似ていた。疲れきっていて、不幸そうに見える。ショーナは反射的に枕元に置いてあるはずの剣に手を伸ばしたあとで、持たずに逃げたことを思い出した。

「いまはおとなしくしていたほうが身のためだぞ」

ショーナが気のきいた返しをしようと口を開くと、ブレイクがうなるように言った。

「何も言うな。さもないと、お互いに後悔しそうなことをしてしまうかもしれない」

ショーナは言われたとおりにするほうが得策だと判断し、じっと横たわったままブレイクと見つめあった。彼が突然ぐったりして隣に寝転んだときも、動かなかった。それから、寝返りを打って彼から離れたが、腰をつかまれ、引き戻された。ブレイクは体をぴったりとくっつけたあと、片脚をショーナの脚に巻きつけた。

親密すぎる触れ合いに、ショーナが口を開けて抗議しかけたとき、ブレイクが腰にまわした腕に力を込め、耳元でうなるように言った。「黙ってろ、ショーナ。いまぼくは機嫌が悪いんだ。黙ってふたりとも眠ったほうが身のためだ」

ショーナは口を閉じた。じっとしていると、やがてブレイクの体から力が抜けていくのがわかった。納屋の板の隙間からもれ入る日光を見つめ、彼のゆっくりと深まっていく呼吸に耳を澄ます。頭のてっぺんにそっと吹きかかる息や、力が緩んで乳房の真下にずりあがった手ではなく、光のなかを舞う塵《ちり》に集中しようとした。彼女が息を吸いこむたびに胸が広がり、いまにも彼の手に包みこまれそうだった。

塵が躍っているように見える。柄にもなくそんなことを思いながら、ブレイクに会えてほっとしているのを自分自身にさえ認めまいとした。彼を本気で傷つけるつもりはなかったことを。ヘレンやイルフレッドには非情な物言いをしたけれど、本当は心配していたのだ。あれからずっと罪悪感に苛まれていた。彼が生きていてうれしかった。抱きつかれていることさえ気にならない。それどころか、しっくりくる。ショーナがふたたび息を吸いこむと、ブレイクは寝言を言いながら腕を動かし、彼女の胸をつかんだ。ショーナはなじみのない、心地よい感覚に襲われた。

塵に集中して、かたくなった胸の先端や熱く濡《ぬ》れた脚のあいだに気づかないふりをした。けれども、ブレイクが耳元で言葉にならない言葉をささやき、さらに体を押しつけてきたときは、うめき声をもらしそうになった。もう限界だわ――敏感な耳に吹きかかるあたたかい息、胸をつかんだ手、背中に押しつけられたかたい体。身をそらし、くねらせたい衝動に駆られた。だが、戦士として鍛錬を積んだおかげで、どうにかじっとしていられた。兄が呼ぶところの死んだふりだ。疲れきってはいるものの、こんなふうに体を押しつけられた状態では一睡もできないだろう。

7

ショーナは死んだように眠った。とうとう疲労にのみこまれ、深い眠りに引きずりこまれたので、ほかのみんなが起きだしたときも、ブレイクが体を離したときでさえ目を覚まさなかった。ようやく目覚めた瞬間、ブレイクが現れた記憶はすべて夢だったのではないかと思った。だがそのあと、干し草の隣の部分が押しつぶされているのに気づいた。現実だ。

夢のほうがよかったのかどうかわからない。体を起こし、やっとのことで立ちあがった。納屋の外に人の気配がする。男たち全員が追いついたのだろう。ブレイクが現れたときは思い至らなかったけれど、彼はひとりで来たのだ。外でテントを張る音は聞こえなかった。

表に出ると、予想どおり、小屋と納屋のあいだに男たちと馬がひしめきあっていた。ブレイクと一緒に来たのではなくとも、しばらく前に到着したようだ。ほとんどが元気に動きまわっているが、もう夕方だというのに、起きたばかりの者もいた。

大騒ぎのさなかで、ショーナはヘレンとイルフレッドを見つけた。ふたりきりで腰をおろしていて、男たちに非難のまなざしを向けられ、居心地が悪そうだ。そばへ行って励ましたいけれど、その前に用を足す必要がある。川岸につながる小道へ足を向けた。

意外にも、誰にも引きとめられなかったし、ついてくる者もいなかった。だが、川岸にたどりついたときにその理由がわかった。ブレイクが川に浸《つ》かっていた。ショーナは後頭部をにらみつけたが、彼が立ちあがると、口をあんぐりと開けて目を見開いた。修道院の礼拝堂で初めて見たときに、彼の体格が立派なことには気づいたけれど、あのときは服を着ていた。いまは違う。

広い肩からたくましい腕を、称賛のまなざしで見つめた。手をあげて濡れた金色の髪をかきあげると、見事な筋肉の持ち主だとわかる。単純な動作で、腕や肩や背中の筋肉が盛りあがった。

本物のレディならそこで視線を止めるだろうが、ショーナは止められなかった。視線をすばらしい背中、同じくすばらしい臀部《でんぶ》へとずらすと、臆面もなくじろじろ眺めた。

二十四歳になるまで、男性の体がこれほど美しいものだと気づかなかったとは不思議だ。男性の愚かさにばかり目が行くせいだろう。女性がそばにいると、男性はなおさら愚かになる。美人でスタイルのいい女性を見ると、間抜けな行動を取る。いまのショーナのように。

とても魅力的だわ。これほど美しい臀部を、ショーナは見たことがなかった。周りにいる戦士たちとは違う。長年のあいだに彼らの臀部を何度か偶然ちらりと見たことがあるけれど、扁平《へんぺい》で垂れていた。でも、ブレイクの臀部は丸くて……魅力的としか言いようがない。手を伸ばしてつかんでみたくなる。

「そこに突っ立っていつまでも眺めているつもりか？」

ショーナは体をこわばらせ、さっと視線をあげた。ブレイクは依然として向こうを向いている。一瞬でも振り向いたはずはない。振り向いていたら、少しは体が動いていたはずだ。つまり、ショーナが来たときからブレイクは気づいていたということで……彼女にショックを与えて追い払おうとして立ちあがったのに違いない。レディなら間違いなく逃げたはずだ。ところが、ショーナは裸に見とれ、その場に居残った。

「どうなんだ？」

ショーナは物思いから覚め、いらだって両手を腰に当てた。「どうなんだって、そろそろ日も暮れるのにいつまでも眺めてはいられないでしょう。それに、あなたが見せびらかすなら、楽しむのが礼儀だと思っただけよ」

「ということは、楽しんでいるんだな？ それはよかった。じゃあ、奇形を理由として婚約の解消を求められることはないんだね？」

からかうような口調に、ショーナは顔をしかめた。

「念のため全身を確認してもらったほうがいいな」ブレイクが突然振り返り、頭から膝まで正面をショーナに見せた。膝から下は川に浸かっている。

「まあ」ショーナはささやき、ぼう然と見とれた。ブレイクが奇形の話を持ちだした理由がわかった。彼は普通ではない。大きすぎる。脚のあいだに奇怪なものをぶらさげた彼が近づいてくるのを想像し、反射的に太腿を閉じた。彼の剣をわたしの鞘に入れるなんて無理。とんでもない！ 人が性交しているところを何度かたまたま見かけたことがあるけれど、無作法でみっともない不快な行為に見えた。どうしてうめくのだろうと不思議に思っていたが、いまその答えがわかった。痛いからだ。少なくとも、あんなものを入れられたら、ショーナは痛みにうめくだろう。

「感心しているようには見えないな」

冷やかな声が聞こえて、ショーナがはっと視線をあげると、彼のしかめっ面が見えた。

「それどころか……気に入らないみたいだ」

ショーナは一瞬だけ目を合わせるのが精一杯だった。首を横に振り、背を向けて引き返した。乙女の慎み深さに欠けていても、下半身を見た恐怖には勝てなかった。考えを整理するときにいつもやるように、頭を水に突っこむのはあきらめた。頭をすっきりさせてふたたび婚約者から逃げだす方法を見つけたかったのだが、とりあえず混乱した頭で考えるしかなさそうだ。目覚めたときより混乱している。ブレイクに少し見せつけられただけで、ショーナはすっかり取り乱してしまった。彼と契りを結ぶのをなおさら避けたくなって焦っている。戦略を立てる際に焦りは禁物だというのに。

「そこにいつまでも突っ立ってるつもりか？」

先ほどショーナにきいたのと同じことをきかれ、ブレイクは目をしばたたいた。振り向いて、川岸に立っているロルフに肩をすくめたあと、ふたたび前を向いて考えこんだ。ショーナが走り去ってからずっと、物思いにふけっていた。彼女は謎だ。彼女が逃げだした原因が、乙女の慎み深さでないのはたしかだ。ブレイクが振り返るまでは、大胆に見つめていたのだから。意外ではなかった。ギャビンから、ショーナの一風変わった育ちについていろいろ聞いたのだ。

ギャビンは主人の娘について語らせたら止まらず、そのほとんどが称賛だった。ショーナの母親は、ブレイクとショーナの婚約が成立した直後に亡くなり、その後ショーナは女手で育てられるはずだったが、本人が受け入れなかった。母親を失ってから、兄と父親にさらにしがみつくようになった。まるで姿を見失えば、彼らも自分を残して〝天に召される〟のではないかと恐れているかのように。アンガス・ダンバーは置いていこうとすると幼い娘が泣くことに耐えられず、できる限りふたりの子どもと一緒に行動した。子どもたちは手を取りあい、中庭で訓練中の戦士を監督し、ほかの氏族の面倒を見る父親に影のようにつきまとった。アンガス・ダンバーの弟が殺され、その子どもであるイルフレッドと兄のアリスターがダンバー城にやってくると、彼らも一緒にダンバー領主についてまわった。

ダンカンとアリスターが訓練を開始する年頃になったとき、ショーナとイルフレッドも参加したのは自然なことだった。女たちは見事な戦闘能力を示し、力の弱さを知性と敏捷《びんしょう》さで補った。幼い頃からずっと訓練場を動きまわり、兄たちと暴れまわっていたため、怪我することを恐れなかった。ほかの女の子たちが針を持つように、自然と剣を手にした。

ブレイクはその話を夢中になって聞いた。そんな女性をほかに知らない。兄嫁であるレディ・イリアナが何度か試みて失敗したのを除けば、ショーナはレディとしての教育を受けていない。ダンバーの男衆と走りまわったり、戦ったり、狩りをしたりしながら育ち、特注の剣で戦い、兄と同じくらい正確に矢を射る方法や、ほかにもさまざまな戦闘技術を学んだのだ。

ショーナ・ダンバーは、宮廷に大勢いる繊細な花のような女性たちとはかけ離れていて、ブレイクの親友であるたぐいまれな戦士、アマリに近い。司教が彼女をアマリにたとえたのも、あながち的外れではなかった。それに、あのときはそのたとえにぞっとしたが、実際に会ってみると興味をそそられた。これまでにつきあった宮廷の花よりも面白い。魅惑的な花はやわらかい花弁や甘い香りの下にとげを隠し持っていて、そのときが来ればいつでも男をずたずたに引き裂く心づもりでいるのを、ブレイクは充分に承知していた。それもまた楽しみのもとであり、とげを避けながら彼女たちが与えてくれる悦びを味わうのは、ひどくたやすいことだった。

ショーナはそう簡単にはいかないだろう。彼女はとげを隠し持つ代わりに、興味のない男たちから身を守るかたい立派な鎧《よろい》を着ている。それに、これまでは強力な武器となっていたブレイクの美貌に、さほど感銘を受けた様子もない。ショーナ・ダンバーは間違いなく手ごわい相手だ。

辛抱強いため息が聞こえて、ブレイクはふたたび物思いから覚めた。

「シャーウェル――」

「いま行く」文句を言うか、命令しようとしたに違いないロルフをさえぎると、振り返って川から出た。「みんな起きたか?」

「ああ。女性たちも」

「よし、それならすぐに出発して、少なくとも数時間は移動してからテントを張ろう」

ロルフは不満を示した。「ぼくは夜どおし走るほうがいい。またこんなことで時間を無駄にしたせいで、ダンバーまであと、三、四日かかる。しかし、今日はみんな、そんな過酷な旅ができるような状態ではないだろうな」

毒を盛られたことを思い出して、ブレイクは顔をしかめた。ギャビンと一緒に女たちを追いかけて馬に乗ったのは、彼にとっては最悪の拷問だった。途中で何度か馬を止め、空えずきするはめになった。吐くものはもう何も残っていないのに、吐き気がおさまらなかった。ようやく彼女たちが眠っている納屋にたどりついたときには、疲れきって震えていた。ショーナが戦いを挑んできたら、止めるのに苦労しただろう。幸い、彼女は騒ぎだすことなく、警告に従っておとなしくしていた。ブレイクは礼を言いたいくらいだったが、何も言わず、体力を回復するため彼女の隣に崩れるように横たわった。

今日もあまり気分はよくない。それほど衰弱してはいないものの、昨夜酷使したせいで腹筋が痛むし、まだかすかに震えている。食べ物のことを考えただけで胃がむかむかし、旅をする気になれなかった。ほかのみんなも同じだと思うが、今日のうちに数時間ゆっくり走ってダンバーに少しでも近づくほうが、明日の朝までここにとどまって、ショーナに次の逃亡計画を練りあげる時間を与えるよりはましだろう。

ブレイクは枝に干していたチュニックをつかむと、顔をしかめながら着た。アンガス・ダンバーのチュニックは洗濯したおかげで悪臭は取れたけれど、体を洗う短いあいだに完全に乾きはしなかった。まだ湿っていて肌に張りつき、気持ちが悪い。とはいえ、くさいよりはましだ。そう思いながら、次にプレードを手に取った。毛織の布は短時間で乾くはずがないので、洗わず茂みにかけておいた。においが少しはましになることを期待して風に当てたのだ。だが、あいにくほとんど効果はなく、ブレイクはにおいを嗅ぐと、鼻にしわを寄せた。

ぶつぶつ文句を言いながら地面にプレードを広げたあと、いらだってにらみつけた。アンガス・ダンバーに着付けをしてもらってから初めて脱いだ。着方がわからない。もちろん、折り目をつけたあとその上に横たわればいいのは知っているが、それからダンバーがどうしたのかよくわからなかった。注意して見ていたにもかかわらず、再現できる自信はない。

「手伝おうか?」ロルフが尋ねた。唇が引きつっている。ブレイクがプレードを着つけてもらったとき、ロルフはその場にいなかった。つまり、ロルフと司教が城を出たあと何があったか、誰かから聞いたのだろう。リトル・ジョージは噂話をするような男ではないから、ギャビンか、ダンバーの家臣の誰かが話したに違いない。いまいましいスコットランド人め! 年を取った女のように無駄話をするとは。ブレイクは腹が立った。

「いや、大丈夫だ」怒り気味に答えた。自分でやり遂げるつもりだ……どうにかして。とはいえ、ひざまずいて折り目をつけてみたものの、うまくいかなかった。ロルフがそばに立って見おろしているのも邪魔だった。リトル・ジョージが木立からドタドタと出てきたときは、作業を中断する口実ができてほっとした。

「どうした?」リトル・ジョージのむっとした顔を見て尋ねた。何か面倒なことが起きたのだ。

「一団がやってきました。キャンベルです」スコットランド人の知り合いはいないはずだが、リトル・ジョージはまるでその男を直接知っているかのように苦々しげに言った。

「それがどうした？　彼らもコーメンの友人で、旅の途中で休憩しに寄ったのだろう」

「はい」リトル・ジョージがうなずいた。「でも、一緒にたき火を囲んで、女たちに逃げられた話をギャビンがしているんです。キャンベルはすごく喜んでいます……それに、けしからぬことにショーナと小さなイルフレッドにちょっかいを出しているんですよ」リトル・ジョージは後者に腹を立てている様子だった。ショーナのいとこに気があるのだろうか。いずれにせよ、女たちをつかまえておくのに苦労した話を、ギャビンがキャンベルに話して聞かせているのなら、ブレイクはスコットランドで笑いものになるだろう。そう思って、ため息をついた。

「やはり助けがいるみたいだ」ブレイクは不完全に折り目をつけたプレードを指さした。「ギャビンを呼んできてくれ」

ロルフがうなずき、リトル・ジョージと歩み去ったあとで、あまり賢明な選択ではなかったかもしれないとブレイクは気づいた。これで、自分で服を着ることもできないという噂まで広まるだろう。とはいえ、ギャビンをキャンベルから引き離して黙らせることができる。

「なんてことだ」ブレイクはつぶやき、作業を再開した。これまであまりいいところを見せられなかった。ショーナに逃げられるたびに、ますます侮られる気がする。無能だと思われることに慣れていない。ブレイクは戦士だ。イングランドじゅうの貴族がブレイクとアマリの戦士たちに代わりに戦わせるために、法外な報酬を支払う。それなのに、いまや笑いぐさにされ、ひとりで服を着ることすらできないのだ。

「おかしいわ」

「何がおかしいの、ヘレン？」ショーナはのんびりした口調できいた。湖に裸で浮かび、冷たい水に優しく洗われているところで、くつろぎすぎてヘレンの話に興味を持てなかった。修道院を出発してから初めてくつろげた。不幸な毒入りシチュー事件があったあとでは、少なくともダンバー城に到着するまでは、男たちが油断することは二度とないだろう。それなら、おとなしく彼らに護衛されて城に戻り、そのあとで再度逃亡を試みたほうがいいかもしれないと思ったのだ。

幸い、ブレイクはショーナとイルフレッドに剣を返してくれた。だがあいにく、女たちは男と一緒に馬に乗るべきだとなおも言い張った。馬を酷使しないためにゆっくりとした速度で走らざるを得ず、旅は長引き、ひどく気詰まりなものとなった。少なくともショーナは、ブレイクと相乗りしてひどくうろたえた。背中に当たる胸やすれあう脚、腰にまわされた腕の感触をどうしても意識してしまった。昨日、コーメンの小屋を出発したあとの数時間と今日一日ずっと、無言で体をこわばらせていた。

夕方、この小さな湖を見つけて、ブレイクは早めに馬を止めてテントを張ることに決めた。ロルフはいらいらしている様子だったが、ショーナはほっとした。さらに数時間家に帰るのが遅くなるかもしれないけれど、ブレイクの前に緊張して座っているせいで筋肉痛になっていて、どうしても冷たい湖で泳ぎたかったのだ。その気持ちが強かったので、女たちはテントを張る手伝いをしなくていいから、夜の入浴をしてくるようブレイクとロルフに言われても、気にならなかった。彼らが調理を任せてくれるとは思わないが、ショーナたちも馬を寝かしつけたり、たき火用の木を集めたりすることはできる。父や家臣たちと旅をする際は、いつもそうしていた。自分たちがダンバーの家臣と同じように強く賢く、有能であることを証明しようと努力しながら大きくなったのだ。か弱いレディのように扱われるのは不本意だ。

「ブレイク卿って」ヘレンが言葉を継いだ。「林から飛びだした鳥のように話すという噂なのに、まだ実際に聞いたことがないわ。お世辞をひと言も言っていない。わたしは修道女の格好をしているから、彼が口説いたり褒めたりしないのはわかるけど、どうしてあなたにその才能を使って、逃げるのをやめさせようとしないの？　不思議だわ」

鼻を鳴らす音が聞こえたが、ショーナは目を閉じて、いとこのほうを見なかった。表情を押し隠すので精一杯だった。ブレイクが自分に甘い言葉をささやかないのには気づいていた。褒め称えようと努力していないのはたしかで、ショーナは絶対に認めないけれど、それを気にしていた。褒めるところが見つからないの？　それとも、そんな気になれないほどわたしのことが嫌いなの？　どちらにしてもつらい。彼のことをできる限り避けていても、いつかは結婚しなければならないのはわかっていた。自分のことをなんとも思っていない男性と結婚などしたくない。

「時間の無駄だと思っているのかもしれないわ」ショーナは強いてばかにするような口調で言った。

「そうね」ヘレンが同意する。「あなたは普通の女性とは違うもの。甘い言葉は通用しないとわかっているのかも」

ショーナは目を開け、暗くなっていく空をにらんだ。自分が甘い言葉に弱いかどうかなど、考えたこともなかった。嫌いではないかもしれないと言ったら、彼女を知る人はみな驚くだろう。ショーナは生まれてからずっと、氏族のなかに自分の居場所を作ろうと努力してきた。ブレイク・シャーウェルの婚約者だと子どもの頃から自覚していて、父がその家の悪口を言うのをずっと聞いてきた。シャーウェルは父にひどく嫌われているので、ブレイクと結婚するのは悪いことだと思い、引け目を感じていた。父に認めてもらうには、頑張っていい戦士になるしかないと思っていたのだ。でも、甘い言葉もたまには悪くない。それなのに、ブレイクが何も言ってくれないことにいらだっていた。傷ついてさえいる。わたしのどこがいけないの？　お世辞を言う価値もないの？

自尊心を傷つけられ、不安や怒りに駆られながら、ショーナは立ちあがって岸辺へ向かった。もう今日は充分くつろいだ。

「入浴にずいぶん時間がかかるな」ロルフが言った。

「女性だからな」ブレイクはたき火に木をくべた。

「また逃げたのかもしれないとは思わないのか？」

「馬もないのに逃げようとはしないだろう。馬に四人見張りをつけている」ブレイクは安心させるように言った。

「ああ、知ってるよ」ブレイクに問いかけるようなまなざしで見られ、ロルフは肩をすくめた。「彼らはきみたちの結婚の世話をするためにぼくが預かっている国王の家来だ。きみの命令に従う前に、ぼくに確認しに来る」

ブレイクは顔をしかめた。彼らが自分の部下でないことをすっかり忘れていた。大勢の戦士を従えるのに慣れている。だが、今回は自分の家臣のほとんどを家に帰らせたのだ。一緒に旅をしている騎士たちはロルフの支配下にある。それを忘れないようにしなくてはならない。

「ぼくたちの知らないダンバーの友人がこの近くにもいるかもしれないぞ。彼女たちがこっそり逃げだして、その友人から馬を手に入れて——」ブレイクが背筋を伸ばし、鋭い視線を投げかけてきたので、ロルフは言葉を切った。

「何かぼくの知らないことを知っているのか？」

「いや」ロルフは口をへの字に結び、周囲の木立を見まわした。「ただ、何か変だと感じるんだ」

ブレイクは足を踏み替え、周囲を見まわした。実は彼も、ここに落ち着いてからずっと不安を覚えていた。はっきりとは言えないが、どうもおかしい気がする。誰かに見られているような、人の気配を感じるのだ。

「彼女たちの様子を見てくる」ブレイクは言った。

ロルフはほっとした様子でうなずいた。今回の旅にとうにうんざりしているのだろう、とブレイクは思った。

合図を送ると、リトル・ジョージがブレイクの代わりにたき火のそばに陣取った。ブレイクは木立のなかへ入っていった。森のなかの狭い草地から湖岸へ通じる細い道がある。ここは長年にわたって野営地として利用されてきたようだ。便利な場所だから不思議はない。湖は草地から優に六メートルは離れていて、体を洗ったり用を足したりする際に、プライバシーを保てる。

ブレイクはきびきびと歩き、木立を抜けて湖岸に出るところで足取りを緩めた。女たちの居場所を知るために耳を澄ます。裸でいるヘレンを見つけて、屈辱を与えたくなかった。ショーナとイルフレッドは、そんなことになっても動揺するとは思えない。ブレイクの裸を恥じらいもなく眺めていたことからすると、家臣や兄やいとこの裸を何度か見たことがあるようだ。男たちと一緒に馬に乗る生活をしていたら、逆に裸を見られたこともあるだろう。

ショーナの裸をほかの男が見たと思うと少し心が乱れたので、すばやくその考えを振り払い、人声や水の跳ねる音を聞き取ろうと意識を集中させたが、何も聞こえなかった。ロルフの言葉が思い出され、足取りを速める。彼女たちがふたたび逃げだして――。

だが、木立から出た瞬間、女たちの姿が見えた。ヘレンとイルフレッドはまだ湖に浸かっている。イルフレッドは水面に浮かび、目を閉じていて、ヘレンは水中に立って、岸辺を服の山に向かって歩いていくショーナを見ていた。ブレイクはショーナから目をそらせなかった。

ブレイクの経験から言えば、女性はやわらかい。曲線を描くヒップ、肉付きのいい太腿、丸い胸やおなか。女性の大好きなところのひとつだ。胸はやわらかい枕に、体はあたたかいクッションになる。一方、ショーナにやわらかい部分は一箇所もなかった。全身がしなやかな筋肉でできていて、彼女が動くと伸縮する。触れたら男の兵士と同じくらいかたいに違いない。それでもなお彼女は美しく、猫のごとく柔軟な体で優雅に動いた。彼の頭や体をやわらかく包みこんではくれないかもしれないが、これまで会ったどの女性にも負けないくらい目の保養になる。

すらりとした体に目が釘付《くぎづ》けになった。ひと目見ただけで、口のなかがからからに乾いた。ショーナがブレードに手を伸ばし、ふと視線をあげる。驚きに見開かれた彼女の目を、ブレイクはただ見つめ返すしかなかった。何か言うこと、おそらく謝罪の言葉を探しているうちに、彼女の驚きが恐怖のようなものに変化した。だが、すぐにかたい決意が取って代わった。

ブレイクは人生最大の衝撃を受けた。突然、ショーナが決然と剣をつかみ、近づいてきたのだ。

この場に立っていただけでそれほど攻撃的な反応を示され、びっくりして動けなくなった。ショーナが剣を振りかざすか、何か言うかすれば、ブレイクもばかみたいに——というより、のぞきを見つかった子どもみたいに突っ立っていないで、行動を起こしただろう。そのあと、湖のほうで動く気配がし、そちらを見やると、イルフレッドが飛びだしてきた。ショーナと同じく、小柄なブロンド娘はシュミーズすら身につけず、剣をつかんだ。そのとき、ヘレンが振り向いてブレイクに気づいた。彼女が悲鳴をあげたので、彼ははっとわれに返った。

「ぼくは——」ブレイクが弁解しようとすると、驚いたことに、ショーナは空いているほうの手で彼を突き飛ばした。不意をつかれたブレイクがよろめき、体勢を立て直したとき、金属がぶつかりあう音が聞こえた。

完全に覚醒し、ぱっと振り返ると、ショーナはブレイクの背後からやってきたと思しき男と戦っていた。ブレイクに反応したわけではなかったのだ。最初に驚いて目を見開いたのは彼を見たからかもしれないが、決意の表情で剣をつかんだのは、その男が現れたせいだった。

いや、男たちだ。さらにふたりの男が、ショーナたちの周囲を動きまわっている。ブレイクは反射的に手を伸ばしたあとで、剣を草地に置いてきたことに気づいた。記憶がたしかなら、火をおこした場所の近くの丸太に立てかけてある。湖岸へ行くのに持っていこうとは思わなかった。当然だ。女たちの様子を見に来ただけだったのだから。

なんてことだ。

ブレイクはうんざりしながらも周囲をさっと見渡した。近くに落ちていた手頃な長さの枝を拾いあげる。剣が相手ではほとんど役に立たないが、丸腰よりはましだ。片手で枝を掲げ、戦いに備えて心の準備をしたとき、裸でまだ濡れているイルフレッドが、雄叫《おたけ》びをあげながら彼を追い越していった。小柄なのに、耳をつんざくような大声だ。

なんてことだ。

イルフレッドが残りのふたりの男のうちのひとりと戦い始めた。裸の美しい女たちが剣を巧みに振りまわす様に、ブレイクは一瞬ぽかんと見とれた。幸い、三人目の男もあっけに取られて立ち尽くしている。さらにその向こうにいた、三人の男たちもだ。全部で六人のようだ。現在、戦闘中の二名を除いて、みなふたりの女を見てその場に釘付けになっていた。彼女たちは裸でいることをまったく意識していないように見える。

男たちはそうではなかった。剣を振りかざす女たちを、目を見開き、食い入るように見ている。その動作で平らな腹が引き伸ばされ、かたい胸が持ちあがり、胴体が長くなったように見える。うっとりするような眺めで、戦っている男たちでさえ放心しているらしい。女たちに気を取られてきちんと戦えないか、もともと弱すぎるかのどちらかだ。ショーナとイルフレッドはこの状況にうまくつけ入っている。ショーナは三回の攻撃で敵を倒した。イルフレッドもすぐあとに続いた。そして、女たちは森の外れにいるほかの四人の男と向きあった。

男たちはふたりの裸の女に魅了され、剣を置いて忠誠を誓うのではないかと、ブレイクは半ば期待した。ひとりは間抜けな笑みを浮かべてさえいて、入浴中の美女たちが首をはねようとするのではなく寝床に誘おうとしているかのようだった。だが、美女たちがその後どうするつもりだったかは、永遠にわからない。不意に、草地のほうから小枝が折れる音や大勢の足音が聞こえてきて、戦士の一群が森のなかを突進してきたのだ。ショーナとイルフレッドがただちに四人の男から身を引いたので、ブレイクも後退せざるを得なかった。彼女たちは剣を男たちに向けたまま、音のする方角に気をつけ、襲撃者を挟み撃ちできるようにした。

リトル・ジョージとロルフが、騎士の一団を引き連れて森から飛びだしてきた。ヘレンの悲鳴が聞こえたに違いない。ブレイクはほっとし、襲撃者に注意を戻すと、彼らは姿を消していた。どさくさにまぎれ、負傷した仲間を連れて逃げだしたのだ。

「なんてことだ」

驚がくのつぶやきが聞こえ、助けに来た男たちに視線を向けると、先ほどの襲撃者たちと同様に、みな立ち尽くして裸の女たちを見つめていた。つぶやいたのはウィカム司教で、彼でさえ目をそらせないようだ。ブレイクは顔をしかめ、彼らに近づいていきながらも、誘惑に負けてちらちら振り返った。無理もない。依然として戦闘体勢を取っている彼女たちは脚をわずかに開き、剣を構えて、張りつめた筋肉を覆う白い肌がぴんと張っている。ローマの彫像のようだ。目を奪われる。

その場にいる全員が見とれていた。

「襲撃を受けた」ブレイクは鋭い声を出した。しぶしぶの者もいたが、一応全員こちらを向いた。「きみたちがやってくるあいだに逃げだした」

しばらく沈黙が流れる。男たちの視線が、ブレイクと女たちのあいだを行ったり来たりした。

「何をぐずぐずしている？」ブレイクはいらだって怒鳴り、リトル・ジョージから自分の剣をつかみ取った。たき火のそばに置きっぱなしになっているのにリトル・ジョージが気づき、気をきかせて持ってきてくれたのだ。「森のなかを捜索しろ。負傷者二名を連れているのだから、それほど遠くへは行けないだろう」

「死者二名よ」ショーナの声がし、振り向くと、彼女はあわてることもなく服を取りに行くところだった。「少なくとも、わたしの相手は死んだわ」

「こっちもよ」イルフレッドもゆっくりとショーナに続いた。

ショーナが驚いた様子もなくうなずいた。「さあ、もう充分見たでしょう。着替えるから向こうへ行ってちょうだい」

ブレイクはショーナから無理やり視線を引きはがすと、咳払いをして男たちに目を戻した。

「森に戻って彼女たちにプライバシーを与えよう」

「いいのか？」ロルフがきく。「襲撃者が戻ってくるかもしれないぞ」

一理あるが、ロルフの視線がまだ湖で縮こまっているヘレンのほうへ泳いでいるのに、ブレイクは気づいた。彼女は岸辺の近くでひざまずいているらしく、首まで水に浸かっている。それで体を隠しているつもりなのだろうが、湖は透き通っていて、上半身の大部分が見えた。

神の花嫁の裸体など想像したこともなかったが、今後は彼女たちを二度と同じ目で見られないだろう。なんてことだ。修道女になったからといって、干からびるわけではなかった。ヘレンは宮廷にいるどの女性にも負けないくらい官能的な体つきをしている。ショーナとはまた違う美しさがあった。

「近くにいるから、何かあったら叫んでくれ」ブレイクは女たちに言い、ふたたび視線を引きはがすと、ロルフとリトル・ジョージに森のほうへ後退するよう合図した。司教はすでに歩み去っていて、ほかの男たちも命令に従い、まだ森をうろついているかもしれない敵を探しに行った。とはいえ、女たちを見守れるよう、すぐ近くを探すだろう。

「あら、それはどうも」ショーナが皮肉っぽく応じた。「わたしたちが襲われたとき、あなたはとても役に立ったから、またあなたが近くにいて助けてくれると思うと安心だわ」

ブレイクは怯《ひる》んだものの、ため息をつき、ロルフとリトル・ジョージを連れて歩き始めた。

8

「彼は剣を持っていなかったの」イルフレッドがシュミーズを拾いあげて着た。公平なところは、ショーナはしかめっ面で、短くしたシュミーズを頭からかぶった。ブレイクを侮辱したショーナを穏やかに非難した。

「剣がないから、木の枝を拾って加勢しようとしたのよ」イルフレッドは言い張った。

「わかってるわ」ショーナはしぶしぶ認めた。邪魔しないでわたしたちに任せてくれと、もう少しで叫ぶところだった。ブレイクが木の枝で男たちに襲いかかるのではないかと、気が気でなかった。幸い、襲撃者たちと同じく、彼もあっけに取られて動けなくなった様子だった。認めたくはないけれど、裸を見られただけでものすごく恥ずかしいのに、その状態で戦わなければならなかったのだ。とはいえ、役に立つ面もあり、戦いで優位に立てた。男たちを魅了したのは、彼女たちの巧みな剣さばきだと思うほどうぬぼれてはいない。彼らは裸に驚いたのだ。普通の女性なら、争いを始める前に少なくともシュミーズくらいは着る。男たちは裸体に目を奪われただけでなく、彼女たちの慎みのなさにうろたえたのだ。だが、戦うときに着るものになどかまっていられない。服装について考える余裕はない。

イルフレッドの視線を感じながらズボンをはき、ブレードをつかんだ。それを振ってから地面に広げて折り目をつけながら、後頭部に突き刺さる視線を無視しようと努めたが、無理だった。不当に侮辱したことで良心がうずいた。

「わかった」いらだちを覚えながらも折れた。「あとでブレイクに謝るわ」

ショーナの気の進まない様子に、イルフレッドは唇をゆがめて問いつめた。「いつ？」

「あとで。頃合いを見はからって」ショーナは肩を張った。幸い、それ以上追及されずにすんだ。ヘレンが湖から出てきてショーナたちに駆け寄り、途中で自分の服をさっと拾いあげた。

「ショーナ、早く行かないと」ヘレンがシュミーズを着ながら唐突に言った。

ショーナは驚き、ブレードに折り目をつける手を止めてヘレンを見上げた。「どこへ？」

「どこでもいいわ。あの男たちが戻ってくる前に、ここを離れましょう」

「戻ってこないわよ、ヘレン」イルフレッドが安心させるように言う。「それに、戻ってきたとしても、またやっつければいいわ」

ショーナはいとこに同意したかったけれど、ヘレンのあわてぶりが引っかかった。

「知ってる男だったの?」

「ええ」ヘレンが唇を噛む。いまにも男たちが飛びだしてくるのではないかと恐れているかのように、周囲の木々を見渡した。「キャメロンの手の者よ」

ショーナはため息をついたあと口を引き結び、作業の手を速めた。考えをめぐらしながらも、イルフレッドが服を取りに行ったのに気づいた。

「今朝、あの男たちとすれ違ったとき、そのなかのひとりを見たことがあるような気がしたの」ヘレンが不安に満ちた口調で言葉を継ぐ。「でも、あっという間のことだったから、確信が持てなくて」

「今朝ですって?」服を取って戻ってきたイルフレッドが、それを身につけながらき返した。

「ええ。今朝、道ですれ違った一団を覚えていない? 六人連れで、三人が黒髪で、ふたりがブロンド、ひとりは赤毛だった。さっきの男たちもよ。路肩に寄って道を譲ってくれた。そのうちのひとりに見覚えがある気がしたけれど、じっくり見たわけじゃないし、遠くて誰のこともはっきりとは見えなかったから。でも、きっと同じ一団よ。わたしに気づいて、つけてきたんだわ」

顔をあげると、ヘレンが動揺して服をぐいっと引っ張っているのが見えた。ショーナはすれ違った一団をなんとなく覚えていたけれど、どちらかというと胸の下をこするブレイクの腕に気を取られていた。一団が近づいてくるのを見ると、問題が生じた場合のためだろう、ブレイクは彼女にまわした手と手綱を持つ手に力を込め、馬を追いたてて急いで通り過ぎた。すれ違う際にちらりと見ただけだが、襲撃者と同じ人たちだったかもしれない。たしかに六人連れで、三人が黒髪、ふたりがブロンド、ひとりが赤毛だったような気がする。偶然の一致だろうか。それとも、彼らがあとをつけてきて、こちらがテントを張るのを待って、入浴中の女たちに忍び寄ったの？

その場にはブレイクもいた。襲撃者たちは彼のすぐあとにやってきた。ブレイクが現れたときに攻撃の準備をしていて、彼が丸腰だったから、かまわず襲ってきたのかもしれない。

「そうね。同じ一団だわ」イルフレッドがひざまずいてプレードに折り目をつけながらつぶやいた。「早朝にすれ違った。わたしはあのときも、戦っているあいだもじっくり見たわ。同じ男たちだった」

ショーナはゆっくりとうなずいた。イルフレッドがそう言うのなら、そうなのだ。彼女は視力がいい。今朝、偶然ロロ・キャメロンの家臣がこちらの一団とすれ違ったとき、修道女の変装を見抜いてヘレンに気がつき、あとをつけて攻撃したのだ。ヘレンの言うとおりだ。すぐに出発したほうがいい。キャメロンはヘレンの死を切望している。ヘレンの父親がやってくる前に彼女を殺さなければ、キャメロンはチャンスを失い、彼が殺人を計画していたことが明るみに出れば……。ヘレンはイングランド人だ。父親は裕福で、つまり、権力がある。ヘレンの父親がイングランド王に圧力をかけ、イングランド王がスコットランド王に圧力をかければ、キャメロンが打ち首になる可能性は充分にある。

「キャメロンもいたの？」ショーナは尋ねた。

「いいえ、いなかった」そのことに気づいて、ヘレンはいくらかほっとした様子だった。

イルフレッドが言う。「計画が失敗するかもしれないのに、襲撃に加わるほど愚かではないでしょう——実際、失敗したし。見つかりたくないはず。それから、ヘレンを探すためにほかにも部隊を送りだしたでしょうね」

「そうね」ショーナは同意した。折り目をつけ終えたプレードを、短くしたシュミーズとズボンの上につけた。イルフレッドも身支度を終えた。ショーナは不安そうなヘレンの肩を叩いたあと、腕を取って野営地へ向かった。「さあ、すぐに出発しましょう。ダンバーへ行けば安全よ」

「また襲ってこないわよね？」ヘレンがきく。「四人しか残っていないし、こっちには国王の家来がついているのだから」

「すぐには襲ってこないでしょう」ショーナは安心させるように言った。「でも、三人はまだ近くにいてわたしたちを尾行して、残りのひとりがあなたの居場所とこちらの人数をキャメロンに報告しに行くはず。そうしたら、キャメロンはその二倍か三倍の兵士をよこすでしょう」

「本当に？」ヘレンが目を見開いた。

「わたしならそうするわ」ショーナは肩をすくめたあと、ヘレンをうながして木立に入った。「やつらが戻ってくる前にダンバーへ行くのが一番よ。無事に着いたら、あなたのお父様に使者を送ればいい。その必要もないかもしれないけど。わたしたちがダンバーに到着すれば、キャメロンも、いくらかでも分別があるなら、負けを認めて姿を消すわ」

「でも――」ヘレンは木の根につまずいたが、ショーナに腕をつかまれているおかげでどうにか転ばずにすんだ。「ブレイク卿たちはわたしたちをすぐには行かせてくれないでしょう。馬を寝かせたばかりだし」

「本当のことを話さなければならないわ」ショーナは決心した。「あなたは修道女ではなくて――」

「信じてもらえないかもしれないわよ」そう言ったヘレンを、ショーナはぽかんと見つめた。ヘレンが言葉を継ぐ。「わたしたちはことあるごとに逃げだそうとして、毒まで盛った。「でも、嘘だけはつかなかったわ。まあ、わたしのことでは嘘をついたけど、それはばれていない。その嘘をばらしたら、わたしたちの言うことを何も信じてもらえなくなるかもしれない。また逃亡するための計画の一部だと思われるかも。こっそり出発して――」

ショーナは片手をヘレンの肩に置いてさえぎった。ヘレンはパニックに陥っている。

「わたしに任せて」真剣に言った。ヘレンは少しためらったあと、ゆっくりとうなずいた。ショーナは満足し、歩き続けた。野営地にたどりつくと、ロルフとブレイクを交互に見たあと、ロルフに視線を定めた。彼のほうが話に耳を傾けてくれそうだ。この結婚の成立を熱望している――というより、仕事熱心だから、一刻も早くダンバーへ向かいたいだろう。その口実を必要としているはずだ。

「閣下」

ショーナたちが近づいていくと、たき火の前にいるロルフと司教が同時に立ちあがった。

「どうしましたか、レディ・ショーナ?」ロルフは丁寧に尋ねたが、レディ・ヘレン――シスター・ヘレンをちらちら見ていた。ショーナは興味を引かれ、そのことを心に留めた。

「すぐに出発して、ダンバーに到着するまで休まずに走り続けたほうがいいと思うのです」ショーナは単刀直入に言った。

ロルフは驚いて口をあんぐりと開けた。無理もない。これまでショーナは、ダンバーに戻って結婚するのをできる限りのことをして避けてきたのに、突然急いで行こうと言いだしたのだから。

「急にそのようなことを言いだすとは、何か理由があるのかね?」ロルフが口をぱくぱくさせたまま言葉を失っていると、ウィカム司教が尋ねた。

ショーナは司教に向かって険しい顔でうなずいた。「ふたたび襲われる恐れがあります。今朝、わたしたちは襲撃者とすれ違っていました。攻撃するためにあとをつけてきたのは明らかです。また狙われるかもしれません」

「しかし、きみときみのいとこが撃退した」司教が言う。「敵はふたり数を減らした。ふたたび攻撃を試みるほど愚かではないだろう」

「彼らだけならそうでしょうね」ショーナは同意した。だが、それを聞いて、ロルフはわれに返った様子だった。

「仲間を連れて戻ってくると思っているのか？」ショーナがうなずくと、ロルフは思案したあと、小首をかしげた。「見覚えのある男だったのか？　何者か知っているのか？」

ショーナはためらった。ヘレンの言うことはもっともだが、少しくらい本当のことを話しても問題ないだろう。注意深く言葉を選んで言った。「ダンバー氏族には敵が大勢います。キャメロン城はこの近くにあります」

「キャメロン？」ロルフは驚いた様子だった。

「はい。このうえなく卑劣な連中です。わたしたちに深い恨みを抱いています。襲撃者がキャメロンだったら……」ショーナは言葉を濁し、肩をすくめた。

「キャメロンの二、三人くらいなんてことない」ブレイクが口を挟んだ。みんなが集まっているので気になったらしく、近づいてきたのだ。ショーナが振り向くと、目の高さに彼の胸があった。見上げて初めて、安心させるような笑顔が見えた。目を合わせるために見上げなければならないのは新鮮だった。たまには見おろさずにすむのも悪くない。

「襲撃者が仲間を連れて戻ってくると、レディ・ショーナは思っているんだ」ロルフがブレイクに言った。

「いいえ」ショーナは反論した。「思っているのではなくて、知っているのです。キャメロンは仲間を連れて戻ってきます。そして、大足のごとくわたしたちに襲いかかるのです。皆殺しにされるでしょう。少なくとも、殿方たちは。女は死んだほうがましだったと思うでしょう」

「なんてことだ」ウィカム司教がつぶやいた。「ただちに鞍をつけてダンバーへ向かうべきだ」

「そうですね」ロルフが険しい表情で同意した。「いますぐ出発すれば、明日の夜遅くか、あさっての早朝には着くでしょう。とにかく、キャメロンの先を行ければそれで充分です」

ロルフが大声で命令しだすと、ショーナはほっとした。ところが、ヘレンとイルフレッドのほうを向くと、あいだにブレイクがいて、いぶかしげに目を細めてショーナを見ていた。何か企んでいると疑っているのだ。ショーナはどうでもよかった。ヘレンを無事にダンバーへ連れていけさえすれば、彼にどう思われようとかまわない。

一行は夜どおし、翌日もほぼ一日じゅう走り続けたが、三頭の馬にふたりずつ乗っているため、速度を落とさなければならなかった。ショーナは不満だったけれど、ブレイクが女たちに馬を返すべきではないと言い張ったのだ。ロルフも少しためらったものの同意した。ショーナを完全に信じたわけではなく、また逃げられる危険を冒したくなかったのだろう。

ショーナはこの状況を受け入れるしかなかった。ほかに選択肢はない。とはいえ、兵士のごとく背筋を伸ばした姿勢で、ブレイクといっさい体が触れあわないようずっと気をつけていたので、長く疲れる旅だった。午後の半ばに、ブレイクが馬を休ませるために止まると決めたときは、ほっとした。しかし、ヘレンは違った。ロルフに馬からおろしてもらうやいなや、ショーナに駆け寄ってきた。

「休んでいる場合かしら?」ヘレンはスカートの裾を持ちあげ、ショーナのあとを追って丘を下り、木立へ向かった。

ブレイクは周囲を見渡せるよう、丘の上で馬を止めたのだ。みんなが休憩するあいだ、見張りがひとりつくことになっている。少なくとも明るいうちは、敵が忍び寄ることはできないだろう。ブレイクは暗くなったらすぐに出発するはずだ。ショーナはそう願っていた。ダンバーまであと少しだ。日が沈む頃にふたたび走りだせば、明日の午前半ばには到着する。

「馬を休ませないと」ショーナはヘレンに言った。イルフレッドが追いかけてきた。

「馬が死んでしまったらどうしようもないわ」

「そうね」ヘレンは不満そうだったけれど、反論しなかった。

「わたしたちがひとりで乗っていれば、いま頃ダンバーに着いていたのに」イルフレッドがぼやく。

「そうね」ショーナは同意した。一行は木立にたどりついた。

「間抜けなジョージの馬はものすごく乗り心地が悪いわ」

「リトル・ジョージでしょう」ヘレンが訂正する。

イルフレッドは鼻を鳴らした。「間抜けなジョージのほうが似合ってるわ」

ショーナは驚いて噴きだし、いとこを見た。「何かいやなことをされたの？」

「ええ。巨大な石の上に乗っているみたいだった」

ショーナは首を横に振った。イルフレッドが彼女と同様にしゃちほこ張って馬に乗っていたのには気づいていた。それで、ショーナがブレイクに惹《ひ》かれているように、いとこもリトル・ジョージを意識しているのではないかと思ったのだ。しかし、ふたりが一緒にいるところを想像するとおかしくて、つい首を横に振ってしまう。アイリッシュ・ウルフハウンドとスコティッシュ・テリアくらい大きさに差がある。

「ロルフ卿の馬はとても乗り心地がいいわ」ヘレンが言う。「あたたかくて安心できて、気づいたらほとんど眠っていたの」

「そういうことなら、あなたが見張りに立つべきね」イルフレッドがからかった。

「この二日間で睡眠をとったのは、たぶんあなただけよ」

「そうね」ヘレンは真剣に言った。「ロルフ卿に申し出てみようかしら」

ショーナは笑い、女たちは用を足すためばらばらになったが、ショーナはそのあいだもヘレンの言ったことを考えていた。今日、ヘレンが眠っているところを何度か見かけた。昨夜、ほとんど休んでいたというのは本当だろう。赤毛のかわいい子猫のようにロルフの腕のなかで丸くなり、熟睡していた。見張りができるような体調なのは、彼女だけだろう。ショーナとイルフレッドもこれから馬に乗るあいだに眠るようにすれば、ダンバーに到着した時点で体調が万全なのは彼女たちだけだ……男たちが眠って旅の疲れを癒《いや》すあいだに、またすぐに出発することもできる。そう思ったショーナは、小さな笑い声をあげた。

「何がおかしいの？」ふたたび集合すると、イルフレッドが尋ねた。「一分前に、あなたの邪悪な笑い声が聞こえた気がしたんだけど」

「邪悪な笑い声ですって？」ショーナは面白がってきき返したあと、笑いをもたらした考えを話して聞かせた。

「女性たちはやけに楽しそうだな」ブレイクは、丘をのぼる彼女たちを多少疑いの目で見ながら言った。「今度は何を企んでいるんだと思う？」

「何も企んでいないだろう」ロルフも彼女たちを見つめながら答えた。「ご機嫌なのは、彼女たちはいくらかでも眠れたからに違いない」

ブレイクは驚いてロルフをちらりと見た。「シスター・ヘレンはきみの馬に乗っているあいだに眠っていたのか？」

「母親の腕に抱かれた赤子のように。レディ・ショーナは眠らなかったのか？」

「ああ」ブレイクは近づいてくる彼女たちに視線を戻した。ショーナは眠らないどころか、くつろいでさえいなかった。彼の腕のなかでずっと、板のごとく硬直していた。そのせいで、ブレイクまで緊張した。実に気詰まりだった。

目をそらし、横になって仮眠をとれる場所を探した。そう長くは休めない。遅くても四時間後には出発しなければならないだろう。

ショーナはまばたきしながら目を開け、寝ぼけ眼で間近にある美しい顔を見上げた。歓迎の笑みを浮かべたところで目が覚め、笑顔を向けている相手が誰かわかった。急に顔をしかめてどうにか体を起こしたとき、自分がどこにいるかを思い出した。馬の背、ブレイクの膝の上だ。

「よく眠れたかい？」

ショーナは質問を無視し、強いて背筋を伸ばした。ふたたび馬に乗ったとき、ショーナがもたれかかってくつろいだので、ブレイクは驚いていた。そのつもりだったのに、実際に彼の腕のなかで眠れたことにショーナも驚いた。無理やり心身の力を抜いてみたら、馬に揺られているうちに眠りに落ちていたのだ。

「そのようだな。いびきをかいていた」ブレイクはそう言ったあと、親切にもつけ加えた。「よだれも垂らしていたし」

ショーナは手を伸ばし、彼の言ったことが本当だとわかって屈辱を覚えた――頬が濡れている。いらいらとよだれをぬぐい、いっそう体を硬直させ、周囲を見まわした。よく知っている丘をのぼっているところだった。

「家に着いたのね」頂上にたどりつき、ダンバー城が目に入ると、ショーナははっとした。生まれ育った城を見て、喜びが胸に満ちあふれた。理由や期間にかかわらず、城を離れて戻ってきたときはいつも、こんな気持ちになる。ここに父や兄、ギルサル、アリスター、いまでは義理の姉イリアナもいる。家族が。

笑みをたたえたまま、堀にかかる橋に近づいていくと、城壁の前に転がっている黒焦げになった死体やがれきが目に留まった。ショーナは体をこわばらせた。何があったのだろう。番兵の姿が見えていくらか緊張が解け、ようやく周囲を見まわすと、戦いの跡が残っていた。

ダンバーが攻撃されたのだ。ロルフと司教、リトル・ジョージが馬を駆りたて、ブレイクに追いついた。

「どう思う?」ロルフが尋ねた。

「グリーンウェルドか?」ブレイクは答え、橋を渡って中庭に入った。「包囲攻撃を受けたようだな」

ショーナは彼らの話を聞かずとも、何が起きたか想像できた。包囲攻撃だ。何者かが城壁越しに火をつけた飛び道具を放ったのだ。敷地内のあちこちの建物がひどく損傷している。壁の内側には死体が転がっていなかったが、当然、最初に片づけられただろう。

壁の外にある死体は、最後に始末される。敵の仲間が戻ってきて自分たちで片づけたいと願い出ない限りは。

ブレイクは手綱を締め、のろのろと進んだ。ショーナは精一杯落ち着きを保っていたが、中庭のなかほどまで来るともはや我慢できず、馬から飛びおりた。

ブレイクはあっと驚き、あわてて馬を止めたが、ショーナを引きとめようとはしなかった。

ショーナはかたい地面に着地するやいなや、城へ向かって走りだした。階段をあがるあいだに扉が開き、見上げると、厩舎頭の息子のウィリーが出てきた。ウィリーはショーナを見ると、ぱっと笑みを浮かべた。

「ショーナ様!」ウィリーが叫んだ。少年の腕の包帯に気づいて、ショーナはよろめきながら立ちどまった。

「ウィリー」包帯に目を釘付けにしたまま、ウィリーの怪我をしていないほうの腕を撫でおろした。「大丈夫なの?」

「はい」ウィリーがにっこりした。「ちょっとやけどをしただけです」安心させるように言う。「レディ・イリアナが手当てをしてくれました」

「みんな――誰か――」ショーナは言葉に詰まった。「お父様は?」ようやく言った。

「肩を射られました」ウィリーのそばかすだらけの顔が曇った。

「射られた?」ショーナはぞっとした。

「はい、でも、レディ・イリアナがすぐに手当てをなさって、大丈夫だとおっしゃっていました」

「ああ、よかった」ショーナはささやくように言ったあとで尋ねた。「ダ――ダンカンは?」

「ご無事です。コルクホーンからお嬢様を救出しに行かれていました」

「コルクホーン?」ショーナは困惑し、ウィリーを見つめた。

「はい、お嬢様がコルクホーンに誘拐されたとの知らせがあったんです。ダンカン様は家臣のほとんどを連れてショーナ様を取り戻しに行かれました。でも、それは罠《わな》でした。グリーンウェルドが城を包囲するために、男たちをおびきだしたんです。男たちが戻ってくる前に、城を乗っ取るつもりだった。だけど、レディ・イリアナが機転をきかせて撃退しました。それだけじゃなくて、善戦したんですよ」

「イリアナが? お父様は何をしていたの?」

「そのー、怪我をなさっていたので。もう大丈夫ですが、しばらく意識を失っていて

――」ウィリーが肩をすくめる。「レディ・イリアナが引き継がなきゃならなかったんです。立派にこなしていらっしゃいました。誇りに思います」

ショーナはうなずいたものの、義理の姉がグリーンウェルドを撃退したと聞いて、少し驚いた。イリアナは小柄だけれど、それはあまり関係ない。イルフレッドは小柄ながらも優れた戦士だ。だが、イリアナは戦士ではない。美人で品がよく、妻の鑑《かがみ》だ。それなのに、軍隊を撃退したと聞いて、ショーナは考えこんだ。自分とイリアナは正反対だと思っていた――イリアナは女性に求められる仕事が得意で、ショーナは戦闘能力を誇っている。けれども、イリアナははるかに多才な女性だったようだ。気の滅《め》入《い》る発見だ。

「アリスターとギルサルは？　ほかのみんなは無事？」イルフレッドが尋ね、ショーナははっとした。隣にいとこがいることに気づいていなかった。

ウィリーが質問に答えないので、ショーナは視線を戻した。ウィリーの表情とうつむいた様子を見て、鼓動が速くなる。悪い知らせとしか思えず、イルフレッドとアリスターのおばであるギルサルに何かあったのではないかと考えた。いとこたちは両親を亡くしたあと、母親の妹のギルサルと一緒に暮らすようになった。ギルサルが母親代わりだった。悪い知らせはギルサルに関するものに違いない。アリスターはダンカンたちと一緒にいたはずだ。

「ギルサルに何かあったのね？」同じように考えたらしく、イルフレッドが尋ねた。

ウィリーは首を横に振ったものの、依然としてうつむいている。

「アリスターはダンカンと一緒に行かなかったの？」ウィリーがうなずくのを見て、ショーナは鼓動がさらに速まるのを感じた。アリスターがここに残っていて無事だったとすれば、父が倒れたあと指揮をとったはずだ。だが、引き継いだのはイリアナだった。

「アリスターは……」イルフレッドの声が途切れたとき、ウィリーが顔をあげて悲しそうな目を彼女に向けた。イルフレッドはぱっと背を向け、階段を駆けおりて中庭を走り抜けた。ショーナはあとを追った。いとこより背が高く歩幅が広いのでたやすく追い越せるが、うしろについた。何があったか確かめるため、ギルサルの小屋へ向かっているのだ。アリスターはイルフレッドの兄なのだから、先に知る権利がある。

あと少しで小屋にたどりつくというところで突然腕をつかまれ、引きとめられた。険しい顔で振り向くと、ブレイクがそこにいた。

「放して」ショーナは鋭い声で言い、小屋のなかへ姿を消すイルフレッドを見やった。

「だめだ。もう二度と逃がさない。きみは――」

「逃げようとしてるんじゃない」ショーナはいらだって怒鳴った。「放して」

「違うのか?」ブレイクがゆっくりと尋ねた。

「ええ。アリスターに、イルフレッドの兄の身に何かあったの。死んでしまったのかもしれない」声がうわずった。気力を奮い起こし、ブレイクの手を振り払おうとした。「放して。イルフレッドのところへ行かないと」

ブレイクはすぐさま手を離してうしろにさがり、小屋へと急ぐ彼女を見送った。

ショーナはブレイクが追いかけてくるのではないかと思ったが、小屋に入る寸前にちらりと振り向くと、彼はその場に立ち尽くして彼女を見ていた。城のほうからリトル・ジョージが馬を駆ってくる。大男で力持ちだけれど、あまり敏捷ではなく、ようやく追いついたところだった。

次の瞬間、ショーナは男たちのことをすっかり忘れた。イルフレッドの悲痛な叫び声が聞こえ、会話が耳に入ってきた。

「えっ? でも、アリスターは――」

「あの子が領主になるべきだったのよ」ギルサルがイルフレッドをさえぎった。「あなたたちの父親もそうよ。アンガスとは双子だったの。同じ権利を持っていて、ダンバーを支配するべきだったのに。アリスターがあとを継ぐはずだった」

「でも、お父様はそれを望まなかった。喜んでアンガスおじ様に――」

「アリスターはグリーンウェルドに殺されたことになっている」ギルサルはイルフレッドを無視し、厳しい口調で話し続けた。「でも、違うのよ。グリーンウェルドが殺すはずがない。ふたりは手を組んでいたんだから」

「なんですって？」イルフレッドが恐怖に息をのんだ。「アリスターがグリーンウェルドと？　どうして？」

「正当に所有するものを取り返すためよ」ギルサルが険しい顔で言う。「ダンバーを取り返すのに、グリーンウェルドが手を貸す予定だったの」

「でも、アンガスおじ様とダンカンのことはどうするつもりだったの？」

ギルサルが肩をすくめる。「ふたりを始末すれば、アリスターが領主になれたわ」

「ショーナは？」イルフレッドが厳しい顔をした。

「あの子はショーナと結婚したがってた。そうすれば自分の権利が強まると言ってたわ」

「じゃあ、アリスターはあの卑劣なグリーンウェルドと謀反を企てて、みんなを裏切ったの？」

ギルサルは満足そうにうなずいた。「わたしの思いつきだったのよ。アリスターは最初はいやがったけど、わたしが説得したの。必要に迫られて、奇妙な仲間ができた。グリーンウェルドなら、アリスターが城と氏族長の地位を得る手助けができた。アリスターにはその権利があるのに、聞き入れようとしないから、そうすればショーナを手に入れられると言って説得したの。グリーンウェルドが家臣を送りこんであのイングランド人を殺せば、ショーナと結婚できる。父親と兄を失って悲しんでいるときに、そばにいて支えてやれば、簡単に結婚に持ちこめると。うまくいくはずだったのに」

ものすごい剣幕《けんまく》で続ける。「ダンカンが予定より早く戻ってきて、あの子を殺したの」

「おば様がアリスターを説得したの？　一族を裏切れと？」

ショーナはずっと、ギルサルの憎悪に満ちた顔に恐怖のあまり見入っていたが、イルフレッドの平板な声を聞いてそちらに目を向けた。ショーナが小屋に入っていったとき、イルフレッドは扉に背を向けてギルサルの足元にひざまずいていた。いまも同じ体勢だが、前はぐにゃりとした人形のようだったのが、背中に棒でも入れたかのようにしゃんとしている。頭をまっすぐにし、わずかに顎をあげ、声は淡々としているものの冷たい怒りが感じ取れて、ショーナは胸が痛んだ。アリスターはみんなを裏切ろうとして死んだが、そそのかしたのはギルサルだった。イルフレッドは一瞬にして身近な家族をふたりとも失ったのだ。ギルサルはまだ生きているけれど、イルフレッドにとっては死んだも同然だろう。

「裏切るって誰を？　あの傲慢な老いぼれアンガスのこと？　自分は城に居座って、わたしたちを小作人のようにこんなちっぽけな小屋に住まわせておくような人間よ」ギルサルが厳しい口調で返した。「わたしたちが城に住むべきなのに！　わたしたちが――」

突然、イルフレッドがギルサルに平手打ちを食らわしたので、ショーナはぎょっとした。

イルフレッドは何も言わなかった。ゆっくりと立ちあがり、育ての親に背を向けると、ショーナには目もくれずに小屋から出ていった。

ショーナは追いかけようとしたあと、立ちどまって振り返った。「いつからわたしたちのことを憎んでいたの？」

ギルサルの口がゆがんだ。「あなたが生まれる前からよ」

ショーナはうなずくと、疲れきった足取りで小屋から出た。周囲を見まわしてイルフレッドを探したが、扉の外に出るや走りだしたのだろう、どこにも姿は見当たらなかった。リトル・ジョージもいない。ブレイクはまださっきと同じ場所にいた。避けられそうになかった。強情そうに肩をそびやかしているのがわかる。

そう思って、ショーナははっとした。どんなことにせよ、彼のことがわかるようになってきたなんて。

「きみのいとこ殿は亡くなったのか？」ショーナが目の前で立ちどまると、ブレイクが静かな口調で、同情するように尋ねた。

ショーナはうなずいた。それだけで話を終わらせるつもりだったのに、気づいたら洗いざらいぶちまけていた。アリスターの裏切り。ギルサルの憎しみ。彼らがショーナと家族、さらにはブレイクをどうするつもりだったかを。「イルフレッドがひどく動揺しているの」

「当然だ」ブレイクはうなずいたあと、優しくつけ加えた。「きみもだろう」

思いやりを示され、不意に涙が込みあげてきて、ショーナはあわてた。どうにかこらえようとしたけれど無理だった。

「もうっ」背を向けようとしたら、両腕をつかまれた。

「愛する人の死を悲しむのは恥ずかしいことじゃない」ブレイクは穏やかに言い、抱き寄せようとしたが、ショーナはあらがった。

「わたしの父と兄と、あなたまで殺すつもりだったのよ」ショーナは叫んだ。混乱していた。アリスターの死を悲しむ一方で、計画をやり遂げる前に命を落としたことを感謝する気持ちもあった。死んでくれたおかげで憎まずにすむことを。幼い頃から兄のように慕っていた相手なのに。

「ぼくが殺されなかったのは残念だろうが、たとえそのためでも父君や兄上の死は望まないだろう」

力が抜けて彼の胸に引き寄せられていたショーナは、はっと息をのみ、体を引いた。

「わたしはあなたに――」

ブレイクの目がかすかに輝いているのに気づいて、口をつぐんだ。からかわれたのだ。

「なんだい、ショーナ・ダンバー?」ブレイクが好奇心に満ちた表情できく。「ぼくに死んでほしいとは思っていないのか?」

ショーナはうなずいた。本当だ。死んでほしいなんて思っていない。病気になってほしくもない。結婚したくないと思っているかどうかさえわからなかった。ブレイクから逃げだした理由はいろいろある。不安、自尊心、怒り……でも、ほとんどは自尊心からだ。自尊心とは厄介なもので、ショーナは人並み以上にそれが高い。父が憎んでいる男の息子と婚約しているというだけでも耐え難かったのに、迎えに来るのを引き延ばされ、さらなる屈辱を味わわされた。ずっと複雑な思いで生きてきた。

人生はあいかわらず複雑だ。そう思ったとき、ブレイクの顔が近づいてきているのに気づいた。

「ショーナ」ブレイクがささやいた。ショーナは唇に彼の息がかかるのを感じながら目を閉じ、ふたたび開けた。そして、彼の唇に集中するあまり寄り目になった。

「何？」

「キスするよ」ブレイクが告知した。

「まあ」ショーナはささやき、たちまち混乱に陥った。キスされる。あらがうべきだと思ったけれど、その気力が残っていなかった。その意志があるかどうかさえわからない。ギルサルの小屋を出たときは疲れきって、取り乱していたが、いまはいくらか楽になっていて、キスをすればさらに落ち着くだろうという確信があった。それどころか、少しのあいだ何もかも忘れられるかもしれない。ショーナは忘れたかった。喪失感をきちんと味わえていない。アリスターが自らの死をもたらした。人を傷つけるような行為をしたせいで。

唇が重なると、思考が途切れた。驚くほどやわらかい。ブレイクはどこもかしこもかたそうで、唇も厳しい直線を描いているのに、やわらかくて、プラムワインのような甘い味がした。何も考えたくないというショーナの願いはたやすくかなった。意識にのぼるのは、彼の唇の感触や、腕や背中をさする手つきだけだ。舌が滑りこんできて、口のなかに彼の味が広がると、ショーナは悦びのうめき声をもらした。五感が圧倒される。ブレイクの香り——一緒に馬に乗っているあいだになじんだ香りが鼻腔《びこう》に、彼の味が舌の上に広がり、体が触れあっているすべての箇所を意識した。

生まれて初めて身も心も完全に女だと感じて、それがいやではなかった。女とは臆病で弱いものだと思っていたけれど、ブレイクの腕のなかにいると、女性らしい気分になるだけでなく、力がわいてくるのを感じた。ずっとこうしていたい。ブレイクが唇を離し、そっと体を引いたときは、思わず失望のうめき声をもらした。

「残念なことだが、アリスターが亡くなったのはきみのせいじゃない」

ショーナはぼんやりとブレイクを見つめた。徐々に頭がはっきりしてきた。アリスター。死んだのだ。ショーナの父親と兄を殺し、彼女と結婚して領主になるつもりだった。みんなを裏切った。アリスターが死んだのは、わたしのせい？　ショーナはうしろめたさを感じていた。アリスターの自分への気持ちがいとこに抱く愛情以上のものだったことに気づかなかった。たしかに、思わせぶりな態度を取られたり、褒められたりすることもあったし、引っかかるところはあった。でも……。

自分に嘘をつくのはやめよう。ショーナは知っていた。アリスターの気持ちがいとこに対する愛情より強いものだったことを。でも、それがうれしかったし、ブレイクに無視されて傷ついた心がいくらか癒された。知っていたどころか、それとなくそそのかしさえした。彼の好意に甘え、そうすることで傷ついた自尊心をなだめていたのだ。ブレイクには歯牙にもかけられていなくても、アリスターは勇敢で賢く美しい女だと思ってくれていると、自分に言い聞かせて。彼の気持ちに応えることはできないくせにその気にさせ、知らないうちに反逆心を助長させ、破滅へとあと押しし、もう少しで父と兄の死を招くところだった。ショーナは自分を恥じ、激怒していた。腹が立つのは自分自身に対してだけではない。責任の一部はブレイクにもある。まともな男性ならそうするように、ショーナが十六歳になった時点で彼が迎えに来ていれば……。

「ショーナ?」彼女を注意深く見守っていたブレイクは、心配そうな顔をしていた。「何を考えているんだ?」

頭のなかを渦巻く思いをぶちまけてしまわないよう、ショーナは口を引き結んだ。首を横に振り、うしろにさがる。ブレイクが引きとめようとしたが、彼と向きあう気分ではなかった。彼を責めてしまいそうで怖かった。ブレイクが迎えに来なかったせいでどれだけ傷ついたかを知られるくらいなら、自らの舌を切り取ってのみこむほうがましだ。

ブレイクの手をすり抜け、ショーナは城へ向かって駆けだした。怒りをばねに腕を振り、全力で走る。とはいえ、小屋から城までそれほど距離があるわけではないので、階段にたどりついたときにへとへとになっていたのは、短いあいだに衝撃や恐怖、悲しみ、怒り、裏切られたという気持ち、さらに情熱まで、さまざまな感情を味わったせいだろう。起伏の激しい数日間を過ごしたあとだから、なおさら持て余した。百歳の老人になった気分で、重い足を引きずって階段をあがり、城に入った。ロルフのひどく興奮した声が聞こえてきたが、疲れきっていて相手をする気になれなかった。

9

「領主様に会えないとはどういうことだ？　ご無事なのか？」

ショーナは扉を閉めると、司教とロルフに目を留めた。司教はただ疲れ果てている様子だが、ロルフはいらだち、ウィリーを問いつめていた。ウィリーは答えを渋っているのかしら？　きっとそうだ。ロルフはイングランド人だ。スコットランドの子どもたちは、イングランド人を憎むよう生まれたときから教えこまれる。

「なあ、質問をしているんだから、答えてくれないか」

ショーナは疲れたため息をつき、玄関広間を横切った。「父は攻撃を受けて怪我をしたんです。どうか休ませてやってくださいな」

「怪我だって？」ロルフが安堵と驚きの入りまじった表情でショーナを見た。おそらく、ようやく質問の答えが得られて安堵し、その答えの内容に驚いたのだ。「大丈夫なのか？」

「ええ。肩に矢を受けましたが、イリアナが手当てしてくれました。回復しています」

「そうか」ロルフはいくらかほっとした様子だった。「じゃあ、ダンカンは？」

ショーナはウィリーに向かって眉をつりあげた。

「お休みになっていらっしゃいます」ウィリーが答えた。「レディ・イリアナとご一緒に」

「一緒にって……ああ」ロルフは顔をしかめたが、ショーナは微笑んだ。兄夫婦が無事でよかった。仲よくやっているみたいなのもうれしい。イリアナのことが好きだった。

「そういうことなら、レディ・イリアナの母君のレディ・ワイルドウッドに話をうかがいたい」

「お休みになっていらっしゃいます」ウィリーが同じ答えを繰り返した。

それを聞いて、司教はいくらか眠気が覚めた様子だった。「彼女も怪我をしたわけではないだろうな」

「違います。領主様とご一緒です」ウィリーがにやりとした。ショーナは目を見開いた。お父様とレディ・ワイルドウッドが？　一緒に休んでいる？　信じられなかった。

わたしがいないあいだに何があったの？　ロルフはがく然としていた。

「なんだって？」ロルフが叫んだ。「ええと、それなら、至急話がしたいとおふたりに伝えてくれないか。ぼくたちは――」

「休ませてあげましょう」ショーナは階段に向かって歩きながらたしなめた。「みんな大変な目に遭ったのだから。わたしたちも旅で疲れているのだし、少し休みませんか？」

「レディ・ショーナの言うとおりだ」ウィカム司教が言った。「長旅だった。ここで何があったか、誰が城を攻撃したのか突きとめるのは、明日でも遅くないだろう」

ショーナは足を止め、ウィリーに目を据えた。城を攻撃したのが誰かも知らないのなら、ふたりはウィリーからほとんど何もききだせなかったようだ。的外れな質問をしたか、ウィリーがてこずらせたかのどちらかだ。後者ではないかとショーナは思ったが、怒る気になれなかった。なんと言っても、ふたりはイングランド人なのだから。

「グリーンウェルドが使いをよこして、わたしがコルクホーンに誘拐されたと伝えたんです」ショーナは説明した。「ダンカンは家臣のほとんどを連れてわたしを取り戻しに出かけたそうです。その直後に、グリーンウェルドは城を包囲攻撃しました。父は矢を受け、残った兵士を率いることができず、イリアナが代わりを務めて、ダンカンが戻ってくるまで城を守ったのです」ウィリーをちらりと見る。「そうよね？」

「はい」ウィリーがうなずき、にっこりした。

「グリーンウェルドはどうなった？」ロルフがきいた。

「死にました」ウィリーは簡潔に、うれしそうに答えた。

「グリーンウェルドの家臣は？」司教が尋ねた。

「逃げだした者もいれば、死んだ者もいれば、地下牢《ろう》にいる者もいます」

「そうか」ロルフと司教は視線を交わした。途方に暮れている様子だった。

「おやすみになってくださいな」ショーナはそう声をかけると、ふたたび階段へ向かって歩きだした。もう充分に話は聞いた。グリーンウェルドは死に、アリスターも死んだ。父は怪我をし、ダンバーはぼろぼろにされたが、打ち負かされはしなかった。それ以上のことは明日聞けばいい。馬に乗っているあいだに眠ったにもかかわらず、疲れきっていて、足を持ちあげるのもやっとだった。「女中に言いつけて、ロルフ卿と司教様を寝る場所にご案内して」ウィリーに命じると、のろのろと階段をあがった。ふたりが大広間の床に敷いたイグサの上で眠ることになったとしても、いまはどうでもいい。

階段の頂上で立ちどまると、驚いて周囲を見まわした。ショーナが出発する前から、ダンカンは二階の改装を始めていた。父は、家族が増え、イリアナの母親の滞在中は二階に三つある部屋のひとつを割り当てるが、自分もショーナも部屋は明け渡さないから、若妻と使っている部屋を立ち退く覚悟をしておけとダンカンに言った。魅力的な若妻と大広間で寝るはめになると思うとダンカンは耐えられなかったので、大あわてで二階に部屋を増築したのだ。作業は完了したようで、二階の部屋の数が二倍に増えていた。

ショーナは少しためらったあと、自分の部屋――少なくともかつて自分が眠っていた部屋の扉を開けた。ところが、人がいたので、戸口で立ちどまった。ショーナのベッドでヘレンがぐっすり眠っている。起こしてしまい、いろいろ質問されるのはいやだったので、あとずさりして部屋から出た。

「申し訳ございません。お嬢様のお部屋にお通しするのが一番いいと思ったのです」女中のジャンナが急いでやってきた。「新しい部屋はまだ家具がそろっていなくて」

ショーナは手を振って謝罪をはねつけた。「いいのよ。ほかの部屋を使うから。ロルフ卿とシャーウェルは同じ部屋に泊まるか、どっちが大広間で寝るか争えばいいわ。疲れてるから気を配っていられないし、ヘレン――シスター・ヘレン」あわてて訂正した。「――を起こしたくないの。下へ行って、男の人たちの寝る場所を整えてくれる?」

「かしこまりました、お嬢様」

急いで階段をおりるジャンナと入れ替わりに、あがってくるブレイクの姿が見えた。ブレイクがショーナに気づき、近づいてきたので、彼女は背を向けて一番近くの新しい部屋の扉に駆け寄った。

「ショーナ!」ブレイクが厳しい声で呼びとめた。

話をする気分ではないので、ショーナは部屋のなかに滑りこんで扉を閉めた。あわててかんぬきをかけた直後に、扉の反対側を叩く音がした。

「ショーナ!」

「ひとりにして!」扉越しに叫んだあと、振り返って部屋のなかを見まわした。思わず顔をしかめる。ベッドはあるが、それだけだ。ほかに家具はない。壁にタペストリーがかかっていないし、シーツすらなく、藁《わら》のマットレスがむきだしで置かれている。ショーナは肩をすくめた。これよりひどい状況で眠ったこともある。ベッドがあるだけましだ。

「ショーナ、扉を開けろ!」ブレイクが木の扉を叩き続けたが、ショーナは無視した。ブレードを外し、それを毛布のように体に巻きつけると、ベッドに倒れこんで眠りについた。

ブレイクは扉をにらみ、いらいらと叩いた。「ショーナ！　出てこい！」

「おい！　なんの騒ぎだ！　そんなにうるさくされたら、治るものも治らなくなる」

ゆっくりと振り返ると、ショーナがいる部屋の向かいにある部屋の扉が開いていて、戸口に将来の義父が立っていた。ブレイクのおろしたてのズボンをはいているのを見て、顔をしかめた。上着は身につけていない。胸の上部に巻かれた包帯が目に入り、アンガスが肩を射られたことを思い出した。あの金色の上着を着ているときだったに違いない。きっとだめになってしまっただろう。

「まったく、なんの騒ぎだ？」声が聞こえて、隣の部屋に目をやると、扉が開いていて、腰にシーツを巻いただけのダンカンが立っていた。シーツが濡れているので、風呂に入っていたに違いない。

「すみません」ブレイクはそっけなく言った。「ただ、ショーナと話がしたかっただけです」

「いまはあきらめろ。娘はおまえと話す気はないようだ」アンガスは向かい側の扉をちらりと見たあと、しぶしぶ口元に笑みを浮かべた。「どうにか修道院から連れだしたんだな。驚きだ。娘はわしの予想以上におまえを気に入っているに違いない。そうでなきゃ出てこなかっただろう」

ブレイクは鼻を鳴らした。「彼女が出てきたのは、修道院長が門のかんぬきを外してぼくたちをなかに入れたからです。修道院を出たほうが安全だと思ったんですよ。ぼくたちは運よく彼女を捕まえることができました。何度もそれを繰り返すはめになりましたが」

ダンカンが大きな笑い声をあげ、シーツを引きずりながら近づいてきた。「ショーナは逃げまわったんだな？」

「はい。ここにたどりつけたのは、キャメロンに攻撃されたからにすぎません。そうでなければ、また逃げられていたでしょう」ブレイクは険しい顔で認めた。

「キャメロンに？」アンガスが眉をあげたあと、ダンカンをちらりと見てから、ブレイクに視線を戻して尋ねた。「いったい何をして怒らせたんだ？」

「ぼくですか？」ブレイクは驚いてきき返した。「狙われたのはぼくではありません。ショーナとイルフレッドとシスター・ヘレンが入浴中に襲われたんです。彼らはダンバーの敵だから、仲間を連れて戻ってくる前にここへ来たほうがいいと、ショーナが言ったんです」

アンガスとダンカンがふたたび視線を交わした。

「どうしてそんな嘘をついたんでしょう？」ダンカンがきくと、アンガスは困惑した様子でただ首を横に振った。

「違う。キャメロンはダンバーの敵ではないのですか？」ブレイクは目をすがめて尋ねた。

「キャメロンとは争っていない」ダンカンが答えた。

「しかし、彼女はそう言っていました」

「嘘をついたのだ」そのことに動揺した様子もなく、アンガスはあっさりと言った。

「ふたたび攻撃されることを恐れて、休みなく旅をさせたんですよ」

「あいつがおまえを急いでここに来させたのか？」ダンカンが驚いてきき返した。

「ふむ」アンガスが唇を引き結び、灰色の無精ひげが生えた頰をかきながら考えこんだ。「それは実に妙だな。シスター・ヘレンと言ったか？　セント・シミアンの修道女を連れてきたのか？」

ブレイクはうなずいた。「イングランドに里帰りする修道女を送っていくと、ショーナが約束したんです」

「本当か？」アンガスはさらに考えこんだ。

「はい」ブレイクはそう答えたあと、ダンカンの背後の戸口に現れた黒髪の美女に視線を移した。レディ・イリアナに会ったことはないが、この女性がそうなら、ダンカンは果報者だ。

「あなた？　どうかしたの？」女性が優しく呼びかけた。

ダンカンがぱっと振り向き、首を横に振りながら彼女に近づいた。「いや、なんでもないよ。ただ、おまえの国のとんまがショーナを口説こうとして騒ぎを起こしたんだ。そいつは……」そのあとの言葉は聞こえなかった。ダンカンは妻を急《せ》かして一緒に部屋へ戻ると、父親にもブレイクにもひと言もなく扉を閉めてしまった。

ブレイクが向き直ったとき、アンガスはにやにや笑っていた。〝おまえの国のとんま〟という呼び名を気に入ったに違いない。

「キャメロンについてショーナが嘘をついた理由ですが……」ブレイクが険しい顔で言うと、アンガスにさえぎられた。

「それはあの子が部屋から出てきたときにきいてみよう」アンガスは瑣末《さまつ》な問題と一蹴すると、小首をかしげて尋ねた。「娘を口説くのに助言が欲しいか？」

ブレイクは体をこわばらせた。これまで女性を口説くうえで助言を必要としたことなど一度もない。それならお手のもので、子どもの頃から地元の女の子たちを口説いていた。「いいえ。助言はいりません」かたくなに言った。「特にあなたのは」

「別にかまわんが」アンガスは肩をすくめた。「わしはレディ・ワイルドウッドを口説いているところだが……実にうまくいってるぞ」にやりと笑う。「そっちは散々なようだが」ブレイクがその事実をのみこむのを待ってから言った。「ショーナは宮廷にいる間抜けな笑みを浮かべたひ弱な女たちとは違う。美辞麗句やしゃれた衣装では心を動かせない。それができるのは、強い男だけだ」

そのとき、アンガスの部屋のなかから衣擦《きぬず》れの音が聞こえてきた。アンガスはちらりと振り向いたあと、急にそっけなくなった。「さて、話はそれだけなら、ベッドに戻るとしよう。攻撃を受けてひどい傷を負ったのだ」片手を肩の包帯に当てると、つらそうな表情を装って部屋のなかに入った。「わしには休息が必要だ。もう騒ぐでないぞ」そういいましめるや、扉を勢いよく閉めた。

ブレイクはその扉をにらみつけたあと、ショーナのいる部屋の扉に視線を向け、ふたたびノックして呼びかけるかどうか考えた。これ以上無駄なことはするまいと決めたとき、先ほどすれ違った女中が、ロルフと司教を連れて階段をあがってきた。

「やあ、ブレイク」ロルフがうなずいた。「どうやら部屋はふたつしか残っていないようだ。よければぼくときみで相部屋をして、司教様にひと部屋使っていただくか、それとも――」

「ぼくは大広間で寝るよ」ブレイクは三人の横を通り過ぎて階段へ向かった。そうすれば、ショーナがふたたび逃げだそうとしても、気づけるだろう。

ショーナは長くは眠らなかった。女たちは、ダンバーに到着したあと男たちが旅の疲れを癒すあいだにこっそり逃げだせるよう、馬の上で睡眠をとった。ショーナがいまうとうとしたのは、精神的に疲れてしまったせいだ。

ベッドからおりると、手早くプレードを直してから窓辺へ行って中庭を見おろし、どうすべきか考えた。逃亡計画はもはや実行不可能に思えた。ヘレンは眠っていて、イルフレッドはどこにいるのかわからない。

それに、もうあまり逃げたいとは思わなかった。そもそも、ショーナが逃げなければこんなことにはならなかった気がする。ブレイクが到着した時点で結婚して不幸に浸っていれば、アリスターも反逆を起こす気にはならなかっただろう。グリーンウェルドはダンバーの共謀者を得られず、ダンカンと家臣たちを、ショーナがコルクホーンに誘拐されたという嘘でおびきだすことはできなかった。城が攻撃されることも、父が肩に矢を受けることも、厩舎や何棟かの小屋が全焼することもなく、アリスターはいまも生きていて、ダンカンはいとこを殺さずにすんだ。

アリスターを殺害するのは、何よりもつらいことだったに違いない。子どもの頃、四人はいつもくっついて、丘を走ったり、笑ったり、遊んだりしていた。数年前からダンカンは領主の役割をどんどん引き継ぐようになって、義務を果たすのに時間を取られるため、一緒に過ごすことは少なくなっていた。それでもつらかったに違いないし、自分が手にかけたのだから、ショーナやイルフレッドよりも苦しんでいるだろう。

ショーナはため息をつくと、頭を切り替えてヘレンの問題について考えた。数分経った頃、扉をそっとノックする音がした。二回叩いて一拍置いたあと、さらに三回叩く。イルフレッドの合図のノックだ。扉を開けると、廊下にイルフレッドとヘレンが立っていた。ショーナは脇によけ、身振りでふたりを招き入れたあと、扉を閉めた。

妙に気まずい沈黙が流れ、三人の女たちはしばらく室内をうろうろした。そのあと、ヘレンが唐突に言った。「あなたが戻ってくるのを待っているあいだに眠ってしまったの。何があったのか、あなたの部屋に案内してくれた女中から聞いたわ。アリスターのことは本当にお気の毒でした」

ヘレンはふたりを交互に見ながら言った。イルフレッドがショーナの部屋にいるヘレンを見つけたが、ほとんど話さずに、まずショーナを探しに来たのだろう。

「ええ。本当に残念だわ」ショーナはイルフレッドのいる辺りに向かって小声で言った。アリスターが身を滅ぼす一端を担ったかと思うと、恥ずかしくて目を合わせられなかった。

「そうね」イルフレッドがつぶやいた。

ふたたび気まずい沈黙が流れたあと、ヘレンが口を開いた。「それで、男の人たちが眠っているあいだにこっそり逃げだすの？」

「秘密の通路を通らなければならないわ」イルフレッドが言う。「ブレイクは大広間にいる。炉端の椅子で眠っているけれど、少しでも物音がしたら起きるでしょう。わたしが入っていったときも目を覚ましたの」

「秘密の通路？」ヘレンは興味を引かれた様子だった。

「ええ。村の近くに通じているの。そこから――」

「どこにも行かないわ」ショーナがさえぎると、ふたりは驚いて彼女を見た。

「なんですって？」ヘレンが失望して尋ねる。「わたしをイングランドまで送ってくれないの？」

ショーナは罪悪感を振り払った。「いまちょうど考えていたのだけれど、キャメロンがあなたの変装を見抜いてつけてきたのなら、城の外で待ち構えているかもしれないと気づいたの。もしそうだとしたら、あなたを連れだすのは危険だわ。キャメロンに捕まるかも」

「まあ」ヘレンが眉根を寄せた。「それは考えていなかったわ」

ショーナは肩をすくめた。「あなたのお父様が迎えに来るまでここにいれば安全よ。使者を送ってあなたがここにいることを知らせるわ」

ヘレンがうなずくと、イルフレッドが口を挟んだ。「じゃあ、このままシャーウェルと結婚するのね？」

ショーナはいとこのほうを向き、その真剣なまなざしを見てすぐさま視線をそらした。罪悪感に押しつぶされそうだった。最初から逃げださずにブレイクと結婚していれば……。

「だめよ」ヘレンがきっぱりと言った。「わたしと一緒にいる必要はないわ。ご迷惑でなければ、わたしはここに泊まらせてもらうけど、あなたたちは予定どおり出発して」

ショーナは肩をすくめ、窓辺へ行った。「いいえ、ここに残るわ」

「どうして？」ヘレンが驚いて尋ねた。「ブレイク卿と結婚したくないのだと思っていたわ」

ショーナは何も言わずにふたたび肩をすくめ、中庭の動きをじっと見続けた。

「結婚したいの？」ヘレンが問いつめた。

ショーナは顔をしかめた。「あきらめたのよ。物心がついたときから、彼と結婚しなければならないのはわかっていた」子どものときから叩きこまれていたことが、混乱する結果を生みだした。彼と結婚したくないと思う一方で……。

アンガス・ダンバーは長年シャーウェル伯爵をののしり続けたが、ショーナの婚約者である息子のブレイクについては、〝卑劣なシャーウェルのせがれ〟と呼ぶだけで、悪口はほとんど言わなかった。ショーナは婚約者の情報を、ほかの人たちからこつこつ集めた。ときおりダンバーに立ち寄る訪問客は、ショーナの婚約者がブレイク・シャーウェルだと知ると、彼の近況についてきかれる前から話しだすことがよくあった。

みんなの話ではブレイクは美少年で、まだ若いのに魅惑的だった。成長するにつれてその魅力と美貌も増していったようで、女性の訪問客は、ショーナは幸せ者だとわめきたてた。その後、ブレイクが大人になって名をあげると、別の噂も耳に入るようになった。彼はよくいるような、父親が死んで爵位や財産が手に入る日をただ待っている貴族ではなく、野心があった。友人のアマリ・ド・アネフォードと手を組み、兵士を集めて部隊を作り、強い剣士を必要としているところならどこへでも赴いて仕事をした。商売は繁盛し、ブレイクとアマリは何百人もの兵士を率いるようになり、巨万の富を得た。

男性としての武勇伝もある。端整な顔立ちで口のうまいブレイクは、それらを武器に大勢の女性を陥落した。ある訪問客の妻は、わざわざショーナがひとりでいるところをつかまえ、どんなふうにベッドをともにしたか、忘れがたい慰みとやらを得意げに語った。ショーナは人間の——女のやり口をよく知っているので、その貴婦人の話を聞き流した。〝彼も男だから、あばずれでも誰でも機会があれば手を出すでしょうけれど、結婚するのはわたしですから〟そう言って、ショックを受けている貴婦人を置き去りにした。最初はそういう態度を取っていた。

青年は身を固める前に道楽をするものだ。大勢が結婚後も遊び続ける。いずれにせよ、ショーナはブレイクのそういった行動を自分に対する侮辱とは受け取らなかった。武勇伝を受け流し、彼が迎えに来て、家庭を持つ日をじっと待った。思春期を過ぎ、大人になったあとでさえ、ブロンドの美青年がダンバーにやってくる場面をときおり思い描いた。もちろん、白馬に乗っている。神々しい姿でダンバーの者たちを見まわし、当然、ショーナをひと目見ただけで花嫁だと見分ける。

空想のなかでは毎回、ブレイクが到着したとき、ショーナは家臣のひとりと剣の練習をしている。ブレイクは彼女の腕前にすっかり感心する。馬から飛びおりてショーナが負かした相手と交代し、打ち合いを始める。彼女の腕を認めているため、手加減はしない。最後はいつも引き分けに終わる。そして、ブレイクはお辞儀をし、彼女の能力を褒め称え、妻として迎えられて光栄だと言い、キスをすることもある。またあるときは——ショーナが部屋にひとりでいて、イルフレッドが隣でいびきをかいていないときは、キス以上のことを想像する。彼が大胆にもドレスの上からショーナの胸に触れ、ふたりはくんずほぐれつして地面を転げまわる。ショーナはたいてい、それで満足して吐息をもらし、眠りにつく。

十六歳になる直前——ブレイクがもうすぐ迎えに来るはずだとみんなが言いだしてから、頻繁にそのような空想をめぐらすようになった。やがて誕生日を迎えても、十七になっても空想し続けた。だが、彼が現れないまま十八になると、もうすぐ来ると言ってくれる人は少なくなって、空想もいくらか減り、十九を過ぎるとさらに減った。二十歳を過ぎると、空想が変化した。ブレイクはやはり馬に乗ってきて、やはりショーナを見分けるが、戦いは彼女の勝利に終わり、彼はひどく遅れたことを平謝りに謝り、彼女は最後には許して結婚してあげる。

二十二歳を超えると、ブレイクがもうすぐ迎えに来るとは誰も言わなくなり、彼の名前が話に出ると、みなショーナの視線を避けるようになった。彼がいっこうにやってこないので、ばつが悪かったのだ。同じ頃、ショーナの空想に新たな変化が生じた。ブレイクが花嫁を見分け、戦いが始まるところまでは同じだ。しかしショーナはブレイクを血まみれになるまで叩きのめし、顔に唾を吐きかけたあと、彼が地球上で最後のひとりになったとしても絶対に結婚しないと言い放つのだ。彼がどんなに平身低頭して詫びようと、許さない。

何年も前に両家のあいだで交わされた婚姻契約をブレイクがようやく履行することを条件に、ダンカンがイリアナとの結婚に同意したと知ったとき、ショーナは激しい屈辱と怒りに襲われた。彼女がまるで誰もめとりたがらない梅毒持ちの娼婦《しょうふ》であるかのように、あの男はいやいや迎えに来るのだ。国王に命じられてしかたなく。それで、ショーナは逃げだした。そして、不幸な結果を招いた。

「もう少し懲らしめてやるべきじゃない？」イルフレッドが険しい顔で言った。

「そうかもしれないけど、ほかの人をこれ以上苦しめたくないわ。みんなもう充分苦しんだでしょう」

「やっぱり！」イルフレッドがつかつかと歩み寄り、ショーナの腕をつかんで振り向かせた。

「やっぱりって？」ヘレンが困惑して尋ねた。「いったいなんの話？　誰を苦しめたの？」

イルフレッドはその質問を無視して、ショーナをにらんだ。「アリスターのことで自分を責めているのね」

「どうしてショーナがアリスターの死に責任を感じるの？」ヘレンは途方に暮れている様子だった。

「もちろんよ」ショーナもヘレンを無視し、鋭い口調で言い返した。「ほかに誰を責めるというの？」

「わたしよ」イルフレッドがきっぱりと言った。

「あなた？」ショーナはぽかんといとこを見つめた。

「アリスターはわたしの兄だった」

「ええ、でも、兄弟のしたことであなたが責任を感じる必要はないのよ」

「ショーナの言うとおりよ」ヘレンが急いで同意した。「アリスターのしたことに対して、あなたたちに責任はないわ」ためらいがちに尋ねる。「彼がしたことを、ジャンナは話さなかったの。亡くなったと聞かされただけで。何をしたの？」

「氏族を裏切ってグリーンウェルドと手を組み、わたしの兄と父親を殺したあと、わたしと結婚してダンバーの領主になるつもりだったのよ」ショーナは淡々と答え、窓辺を離れてベッドに腰をおろした。

「なんてこと」ヘレンがついてきて、むきだしのマットレスの向こう端に腰かけた。

「それは……」首を横に振る。「恐ろしいことだけど、彼が自分でしたことよ。あなたたちに責任はない」

「わたしの兄だったのよ」イルフレッドはかたくなに言い、ふたりのあいだに崩れるように座った。

「わたしが修道院へ逃げこまずにここに残って、ブレイクが来たときに結婚していれば、こんなことにはならなかったかもしれない」ショーナは同時に言った。

「でもそれは――あなたたちは――ああ、そんなのおかしいわ」ヘレンが憤慨して言った。

「そうよ」イルフレッドが同意し、しかめっ面でショーナを見た。「あなたのせいじゃない」

「アリスターがわたしに単なるいとこ以上の感情を抱いているとわかっていて、いい気になっていたの。ブレイクに無視されて自尊心がぼろぼろだったから、そそのかしさえしたのよ」

イルフレッドが鼻を鳴らした。「そうでもないわよ。あなたが本気で誘っていたら、十七になる頃にはふたりの子どもを産んでいたわ。アリスターはあなたに夢中だったんだから」

「うーん」いとことそうなることを想像すると、ショーナは気持ちが悪かった。

「わかるわ」似たような想像をしたのだろう、イルフレッドが顔をしかめた。

ショーナはため息をついたあと、ふたたびベッドに横たわった。天井を見つめながら言う。「でもやっぱり、わたしが自尊心を保つためにセント・シミアン修道院へ逃げこんだりしないで、ここに残ってブレイクと結婚していれば――」

「ブレイクも死んでいたでしょう」イルフレッドが険しい顔でさえぎった。「ショーナ、あなたがここに残って従順にブレイクと結婚していれば、アリスターは初夜の前に彼を殺そうとしたわ。結婚の完成を許さなかったはず。そのあともっとひどいことになったかもしれない。ダンカンとアンガスおじ様を始末しない限り、アリスターは領主にはなれなかった。なんらかの方法で目的を達成したかも」そう言って首を横に振った。「あなたのせいじゃない。責めを負うべきはわたしよ」

ショーナはいとこをにらんだ。「あなたが妹だからって――」

「違う、それだけじゃない」イルフレッドがため息をつく。「兄が弱い人間だということはわかっていたの、ショーナ。ギルサルが怒りを抱えていて、兄に何を吹きこんでいたかも。おばが深い恨みを抱いているのを知っていても、わたしは気づかないふりをしていたけれど、兄はそういうことができる人ではなかった。自分の意見を持っていなかった。ある考えを口にしたとしても、誰かが別のことを言ったら、すぐに意見を変えるの。人に左右されやすいことを、わたしはわかっていた。ギルサルに同じ話を繰り返し聞かされて、影響を受けないはずないわ。こうなることを予想して、何か手を打っておくべきだったのに」

「それは違うわ」ショーナは体を起こしてかぶりを振った。「アリスターが優柔不断で流されやすいのはわたしもわかっていたけど、こんなことになるとは思っていなかった。あなたにも予想できたはずがないわ」床のイグサを蹴ったあとで尋ねた。「お父様があなたたちに城の部屋を与えなかったことに腹が立つ？　いままで考えが及ばなかったの。気づいていたらわたしがお父様に――」

イルフレッドはふたたび鼻を鳴らしてさえぎった。「ショーナ、わたしはほとんど城のなかに住んでいるようなものよ。アリスターとここに来てから、わたしはあなたとずっと一緒にいる。修道院に逃げこんだり、男たちと狩りをしたり、中庭で練習をしたりしていないときは、朝から晩までお城にいるわ」そっけなく言う。「もうっ。

わたしたちが〝双子〟と呼ばれていたのは、見た目が似ているからじゃないわ」

昔のあだ名を思い出し、ショーナは小さく笑った。イルフレッドが言葉を継ぐ。

「それに、アンガスおじ様はアリスターとわたしを自分の子どものように扱ってくれたわ。食べるものや着るものだけでなく、高価な馬や武器まで与えてくれた。あなただけでなく、わたしにも体に合う特注の剣を作ってくれたでしょう？　わたしはあなたたちを恨んでいない。感謝の気持ちと愛情しかないわ」

ショーナの顔がゆがんだ。喉がつかえ、涙をこらえる。「愛情は受け取るけど、感謝なんてしなくていい」不機嫌な声で言った。「わたしたちもあなたを愛しているわ」

「わかってる」イルフレッドがにっこりし、ふたりはぎこちなく抱きあったあと、気恥ずかしくて咳払いをした。

「じゃあ」ヘレンが満足そうにため息をもらした。「これであなたたちの問題は解決したから、すぐに出発してブレイク卿に追いかけさせるのよ。二十四になるまであなたをほったらかしにしていたなんて、そんな不届き者には報いを受けさせないと」

ショーナは驚いてヘレンを見つめ、からかった。「修道女らしくないことを言うのね、シスター」

ヘレンが笑みを浮かべる。「実は、修道女はしっくりこないのよ。わたしもあなたたちと一緒に行けたらいいのに」

ショーナは途方に暮れ、ふたたびうつむいた。ブレイクに対する怒りが完全に消えたわけではないけれど、彼のキスが心に焼きつき、頭がぼんやりしている。

「出発しないと、ショーナ」イルフレッドが唐突に言った。「ブレイクを苦しめるためだけじゃない」

ショーナは興味を引かれ、いとこを見た。「どういうこと?」

「ロロ・キャメロンはいま、窮地に立たされているわよね?」

「ええ。ヘレンのお父様がここに来て何があったか知って、国王陛下に知らせる前に逃げないと、家だけでなく命も失うでしょうから」

「そうよ」イルフレッドが真剣な口調で言う。「ヘレンのお父様がここに来られればの話だけど」

ショーナは眉根を寄せた。「何が言いたいの?」

「ヘレンとヘレンのお父様の口を封じれば、キャメロンの問題は解決するかもしれない」

「なんてこと」ショーナはつぶやいた。追いつめられた人間は、何をしでかすかわからない。それに、すでにひとり殺そうとしているのだから、ふたりに増えようとたいした違いはないはずだ。

「どういうこと？」ヘレンが心配そうに尋ねる。「キャメロンが父のことも狙うということ？」

ショーナは立ちあがると、そわそわと歩きまわりながら思案した。「あなたの女中はお父様のもとへ向かった。もしたどりつけたら、なんて話すと思う？」

「たどりつけたらって？」ヘレンがきき返した。

「キャメロンは大勢の家臣を連れていたのよね？」ヘレンがうなずくと、ショーナは言葉を継いだ。「それなら半分に――数人だけでも女中を追わせて、残りであなたを追跡したのかもしれないわ。女中はお父様のもとへたどりつけない可能性もある。でも、もし無事に戻れたら」ヘレンがうろたえるのを見て、急いで先を続けた。「お父様になんて話すかしら？」

女中が父親のもとへたどりつけない可能性があることにいま初めて思い至ったヘレンは、明らかに動揺していた。だが、その考えを無理やり振り払ったらしく、しゃんとして答えた。「キャメロンがわたしを殺す計画を立てているのを、わたしが偶然聞いたと話すでしょうね。だから、わたしたちは逃げだして、わたしはセント・シミアンへ向かい、自分は家に戻ったと」

「それを聞いたら、あなたのお父様はどうする？」

「ひどく動揺して、かんかんになって、わたしから直接話を聞くために、すぐに馬に乗って修道院へ駆けつけるでしょう」

「ひとりで？」

「まさか。大勢の家臣を連れていくわ。怒って戦う気分になっているでしょうから。なんなら、キャメロン城を包囲できるくらいの人数を」

ショーナはうなずいた。「その前に時間を取って陛下に手紙を書くと思う？」

ヘレンは唇を噛んで考えたあと、首を横に振った。「いいえ」

ショーナはため息をついた。「でも、手紙を書いたかどうかでたいした違いはないと思うわ。いずれにせよ、キャメロンはあなたとあなたのお父様を殺してしまえば、難を逃れられるんだから」

「でも、父は軍隊を率いていくのよ。兵士たちに囲まれていれば安全だわ」

ショーナは肩をすくめた。「みんなあなたを探しに行くのよ。刺客を警戒しているわけじゃない」

「刺客って？」ヘレンが息をのんだ。

「キャメロンはお父様の軍隊を皆殺しにする必要はないの。あなたとあなたのお父様さえ、事故やほかの人の仕業に見せかけて始末してしまえば、あとは、あなたの聞き間違いで、自分は殺人の計画など立てていないと主張すればいい。事件を追及するお父様がいなければ、罪を逃れられるでしょう。あなたにほかに有力な親戚――おじや兄がいれば話は別だけど。誰かいる?」ショーナが尋ねると、ヘレンはかぶりを振った。

「わたしはひとりっ子で、両親ともきょうだいのなかで唯一生き残った子どもだったの。だから父は、ロロ・キャメロンを選んだのよ。彼には一族を継ぐ兄がいるから、イングランドに住んであとを継ぎたがると思ったの」

ショーナはうなずくと、ふたたび歩きながら考えた。ヘレンとイルフレッドはじっと待っていたが、ショーナが立ちどまって振り返ったときには、待ちかねるような表情をしていた。「イルフレッドとわたしであなたのお父様に会いに行って説明するわ。そうすれば少なくともお父様は用心して、キャメロンを警戒するでしょう。わたしたちはお父様と一緒に戻ってきて――」

「わたしも行くわ」

「だめ。あなたはここにいたほうが安全よ、ヘレン」

「わたしのためにあなたたちだけに危険なことをさせるわけにはいかないわ。わたしも一緒に行く」ヘレンはきっぱりと言った。

「だめ。あなたは――」

「あなたなら、自分だけ安全な場所にいて、わたしを危険な旅に行かせるなんてことができる？」

ショーナは反論できず、顔をしかめた。

「それに、イルフレッドが言っていた秘密の通路を通るのなら、キャメロンに気づかれずに逃げだせるわ。彼がもしあとをつけてきていたとしても、わたしたちが中庭に入ったあとは、門を見張っているはず」

「そのとおりよ」イルフレッドが静かに言った。「それに、ヘレンを家まで送り届けると約束したわ」

「そうね」ショーナはため息をついた。「わかった。三人で行きましょう」

しばらく沈黙が流れたあと、ヘレンが口を開いた。「ブレイク卿はどうするの？」

ショーナは苦笑いを浮かべ、肩をすくめた。「わたしを長いあいだ待たせたのだから、たまには待つのもいいでしょう」

ヘレンがうなずいた。「いつ出発する？」

ショーナはイルフレッドと視線を交わしたあと、ふたたび肩をすくめた。「いまよ。

みんな少なくともあと四時間は眠っているでしょう。かなり先を行くことができるわ。出発しましょう」

先頭を切って扉を開け、廊下に出ると、誰もいないのでほっとした。急いで移動するようふたりに合図し、廊下を忍び足で歩き、自分の部屋の扉をそっと開けた。

「ここにあるの?」ヘレンが小声で尋ねた。その不安そうな口調が気になって、ショーナはちらりと振り向きながら部屋のなかに足を踏み入れた。

「ええ。どうしてそんなことをきくの?」

「なんてこと」最後に部屋に入ったイルフレッドがささやいた。

ショーナは問いかけるようなまなざしをいとこに向けたあと、彼女がぼう然と見つめている壁のほうを振り返ると、驚いて口をあんぐりと開けた。秘密の通路の入り口がふさがれている。

10

「わしが家臣たちに命じて秘密の通路を封鎖させたのだ」戸口に現れたアンガス・ダンバーが、いらだたしげにショーナをにらんだ。彼女はにらみ返した。

壁に積みあげられた巨大な石の山をぼう然と見つめたあと、何があったのかききだすため、踵を返して父の部屋に押しかけたのだ。

「ええ、それは知ってるわ。この目で見たから。シスター・ヘレンがわたしの部屋で眠っていたから、いままで気づかなかったの。わたしが知りたいのは、そんなばかなまねをした理由よ」

「それは、アリス――」アンガスは言いかけてやめ、言葉を選び直した。「誰かがグリーンウェルドに秘密の通路の存在を、少なくともひとつは教えたからだ。だからわしは両方ふさいで、城に侵入できないようにした」

「もうっ！」ショーナは一瞬目を閉じたあと、ため息をついた。「アリスターのことなら知ってるわ」

「そうなのか?」アンガスの顔がさらに険しくなった。「誰から聞いた? ダンカンか?」

「ギルサルよ」

「ギルサル?」アンガスは驚いた様子だった。「どうしてギルサルが知っているんだ?」そうきいたあと、自分で答えた。「ダンカンが話したに違いない。真実を知っているのはダンカンとイリアナとわしだけだ。それと、レディ・ワイルドウッドもだが、彼女は誰にも話していない。あれからずっとわしと一緒に——」

「誰もギルサルに話していないわ」ショーナはさえぎった。「アリスターが戦死したという話が嘘だというのを、ギルサルはわかっている。アリスターがグリーンウェルドと共謀していたのを知っていたからよ。そうするようけしかけたのは、ギルサルなの」

アンガスが鋭く息を吐きだした。

「気をつけたほうがいいかもしれません」イルフレッドが静かに言った。「おばは長年のあいだに恨みを募らせていて、さらに今回の件で、悪化する一方でしょう」

「そうだな」アンガスは白髪まじりのごわごわした髪をかきあげたあと、イルフレッドに言った。「ギルサルはわしと結婚したかったのだ。おまえの母親とわしの弟が一緒になったとき、ギルサルは自分とわしも結婚するかもしれないと期待したが、わしはミュリエル——ダンカンとショーナの母親を好きになった。ギルサルはそのことでわしを絶対に許さなかった」首を横に振る。「アリスターのことは申し訳なかった」

イルフレッドは浮かない顔で肩をすくめた。「おじ様のせいではありません。ギルサルと同じように、アリスターが自分で選んだことです。兄がしたことを隠して、死後の名誉を守ろうとしてくださったことに感謝します」

「アリスターは悪い人間ではなかった」アンガスがぶっきらぼうに言う。「あんなことをしたのは、脳炎にでもかかっていたに違いない。それに、あまり乗り気ではなかったと、ダンカンが言っていた。グリーンウェルドがイリアナを傷つけようとするのを止めたし、ダンカンを殺す気にもなれなくて、代わりに自分が殺されるよう仕向けたのだ」

真実かどうかはわからないけれど、父がそう言ってくれたことにショーナは感謝した。イルフレッドにはその言葉が支えになる。ぶっきらぼうな父親に対する愛情が胸に込みあげたが、アンガスににらまれたとたんに消え去った。「それはそうと、秘密の通路が封鎖されたからといってどうしてそんなに大騒ぎするのだ？　また逃げだすつもりではないだろうな」

「逃げたらだめなの？」ショーナは顔をしかめたあと、思いついて尋ねた。「ブレイクのお父様はまだいらっしゃっていないわよね？」ブレイクの父親抜きで結婚式は行われない。

「ああ、まだだ」アンガスは少したためらったあとで言った。「ブレイクはおまえをこれだけ待たせたのだから、懲らしめてやるべきだ。ダンカンがキャンベルから聞いたところによると、おまえはきっちり思い知らせてやったようだな」突然顔をほころばせる。「面白そうな話だ。夕食の席でぜひ聞かせてくれ」真顔に戻った。「しかし、いつかは結婚しなければならない。それに、ブレイクに自らの過ちを思い知らせるのと、恨みを買うまで恥をかかせるのは紙一重だ」

　ショーナは眉根を寄せた。

「ブレイクは父親によく似ている。根は善良で高潔だが、あまり追いつめないほうがいい」

「善良で高潔？」ショーナはぽかんと父を見つめた。「シャーウェルは卑劣なイングランド野郎だといつも言ってた——」

「まあ、腹を立てているからな。わしらは仲違いしたのだ」アンガスは顔をしかめたが、美しい女性が戸口に現れると、すぐさま表情をやわらげた。「マーガレット、どうした?」

「ちょっと下へ行ってエルジンと話をしようと思って。今夜の食事は人数が増えることを知らせておいたほうがいいでしょう。余分に支度できるよう早めに言わないとならないのに、イリアナにその機会はなさそうだから。ショーナとイルフレッドの帰宅を歓迎して、特別なごちそうを作ってくれるかもしれないわ」レディ・ワイルドウッドが三人の女たちに笑顔で挨拶すると、彼女たちも微笑み返した。

ショーナが最初に見たときとは別人のようで、娘のイリアナとそっくりでなければレディ・ワイルドウッドだとはわからなかっただろう。ダンバーに到着したときよりはるかに見た目がよくなっている。ショーナはちらりと見ただけだったが、ぼろぼろに叩きのめされたのは見て取れた。顔が腫れあがり、目の周りにあざができ、鼻が折れていた。ほかの部分も似たようなものだった。だがいまは、顔は完全に治っていて、娘と同じくらい美しかった。

「しかし……」アンガスが抗議しかけた。

「服をお召しになったほうがいいかもしれないわ、閣下」レディ・ワイルドウッドが優しい笑みを浮かべながらさえぎった。「シスター・ヘレンの前でそんな格好でいるのはよくないんじゃないかしら？」

〝シスター〟と言ったときの口調が引っかかり、ショーナはレディ・ワイルドウッドの顔をさっと見た。レディ・ワイルドウッドは困惑した表情でヘレンを見つめたあと、アンガスに視線を戻した。アンガスはしかめっ面で自分の姿を見おろした。例の金色のズボンをはいているものの、チュニックを着る手間を省いたため、上半身裸の状態だ。何やらぶつぶつ言ったあと、くるりと背を向けて部屋のなかに姿を消した。

レディ・ワイルドウッドは笑顔で見送ってから、ショーナに手を差しだした。

「初めまして、ショーナよね？」

「はい」ショーナは少しためらったあと、レディ・ワイルドウッドの手に手を重ねた。

すると、レディ・ワイルドウッドはその手を自分の腕に組ませて、廊下に出てきた。

「一緒に行かない、ショーナ？　ふたりでお願いすれば、エルジンはあなたの好きな料理を作ってくれるかもしれないわよ。あなたは何が好きなの？」

「あの……ええと……」ショーナはイルフレッドとヘレンのほうをちらりと振り返った。

レディ・ワイルドウッドもそちらへ視線を向けた。「アンガス卿が着替えをすませるのを待って、わたしがショーナと一緒に厨房へ行ったと伝えてもらえるかしら？」

女たちがしかたなくうなずくと、レディ・ワイルドウッドは微笑んだ。「ありがとう」そう言ったあと、そっとショーナを引っ張った。「それで、何が好きなの？」

「わたしは……ええと……コルカノン（キャベツとジャガイモを煮つぶしたアイルランド・スコットランドの料理）とブラックバン（黒っぽいフルーツケーキ）とハギスが好きです」

「コルカノンはまだ食べたことがないと思うけれど、ブラックバンならあるわ。とてもおいしかった」

「ええ」ショーナはレディ・ワイルドウッドに導かれて階段をおりながら、大広間をさっと見まわした。イルフレッドが言っていたとおり、ブレイクは炉端の椅子でまどろんでいて、これも彼女が言ったとおり、少しの物音でも目を覚ますようだ。ふたりが一階におり立つと、彼はまばたきしながら目を開け、女性たちを見てはっとした。

「料理人に話をしに行くところよ。そのあと、少しおしゃべりしようと思って」立ちあがって近づいてくるそぶりを見せたブレイクに、レディ・ワイルドウッドがそう言ったあと、きっぱりとつけ加えた。「殿方は参加できないおしゃべりよ」

驚いたことに、ブレイクは少しためらったあとふたたび椅子に座り、ふたりの邪魔はしなかった。ショーナはレディ・ワイルドウッドを尊敬のまなざしで見つめた。レディ・ワイルドウッドは声を荒らげることもなんらかの脅しをかけることもなく、男性をきちんとしつけられた子犬のごとく従わせた。さすがだわ。

厨房でも、レディ・ワイルドウッドはエルジンをたやすく操った。レディ・ワイルドウッドにうれしそうに挨拶され、褒めちぎられたエルジンは、仰せのとおりにいたしますと請い願わんばかりだった。自分にまねできるかどうかはわからないけれど、ショーナはすっかり感心していた。レディ・ワイルドウッドがこう言うまでは。「ブレイク卿の好物もきいておいたほうがいいわね」

ショーナは顔をしかめた。「ウサギのシチューです」

「それはどうかしら」

レディ・ワイルドウッドの口調に変化はなかったが、笑顔がかすかに曇った。毒入りシチューの話を聞いたのだ。ギャビンがダンカンにべらべら話して、それが父に伝わり、レディ・ワイルドウッドにも入ったのだろう。そんな……。レディ・ワイルドウッドにじっと見つめられ、ショーナは罪悪感に襲われ、いたたまれなくなった。

「ブレイクに長く待たされたことで、あなたが怒るのはわかるわ」レディ・ワイルドウッドが優しく言った。「でも、彼の行動を気にする必要はないのよ。だって、彼はあなたのことを知らなかったんだもの。あなたを待たせたわけじゃない」

「そうですか？」

「じゃあ、誰を待たせたんですか？」

「わからないふりをしているだけでしょう」レディ・ワイルドウッドがいらだたしげに言った。「わたしの言いたいことはわかっているはずよ。ブレイクがあなたに会ったことがあって、あなたを知っていたのなら、待たされたことであなたが怒るのは当然よ。けれど、知らなかったのだから、彼が軽んじたのはあなたじゃない。あなたの名前よ。ダンバーの娘だから。でも、実際に会ったあとは、あなたと結婚することを喜んでいるじゃない」

「そうですか？」ショーナは驚いた。

「ええ。ブレイクはあなたを追いかけてスコットランドじゅうを走りまわる必要はなかったのよ。セント・シミアンで戦ったあと、いつでも国王陛下のもとへ行って、あなたが協力的でないから契約を解消したいと言うこともできた。それどころか、修道院であなたに襲われたことが有利に働いて、本気でそれを望んだなら自由を手にすることができたでしょう」

「じゃあ、彼はわたしと結婚したがっていると思うんですか？」ショーナは勢いこんで尋ねた。

「ええ、そう思うわ」

「どうして?」

「どうしてって?」レディ・ワイルドウッドはとまどった様子だった。「どうしてわたしと結婚したがるんですか? わたしはちゃんとしたレディじゃないし、妻の心得もないのに。お裁縫もできないし、召使いを指揮することも――」エルジンがじわじわ近づいて耳をそばだてているのに気づき、ショーナはにらみつけて怒鳴った。「仕事に戻りなさい。コルカノンを作るんでしょう」

エルジンはつべこべ言わずに急いで作業を再開した。

「そうね……」レディ・ワイルドウッドが咳払いをした。「召使いをもっと優しく扱えるようになったほうがいいかもしれないけれど、命令の仕方はわかっているわ。お裁縫とかそういうことは、ブレイク卿は召使いにやらせるでしょう」

ショーナはしばらく考えたあと、ため息をついた。「レディが知っていなければならないこともわからないんです。知らないということがわかっているだけで」

レディ・ワイルドウッドが少し思案したあとで言った。「でも、あなたはほとんどのレディが知らないことを知っているわ。たとえば、あなたとイルフレッドは殿方と戦うんでしょう?」

「はい」ショーナは苦笑いした。「それと同じ数だけ、戦いのあとに傷を縫ってきました」

「本当に？」レディ・ワイルドウッドが急に興奮してきき返した。

「ええ。そういうとき、男はまるっきり役に立たないんです。傷を縫ったり、ウイスキーで消毒したりすると考えただけで怖気《おじけ》づいちゃって。だから、ギルサルがわたしたちに手当ての仕方を教えてくれたんです」

「それはすばらしいわ！」レディ・ワイルドウッドが感激して言った。

「そうですか？」ショーナはおもむろに尋ねた。「どうして？」

「どうしてって」レディ・ワイルドウッドが驚き、首を横に振った。「病気や怪我の手当ては、レディが持ち得る技術のなかでもとても貴重なものだから。あなたはその技術を身につけているのよ」

「まあ」ショーナはほっとした。少なくともひとつは技術を備えていたのだ。何もないよりはましだ。

「あなたはほかにも、ほとんどのレディにはない技術をたくさん持ちあわせている。それに、美人だし、頭もいい。ブレイク卿が喜んで結婚する充分な理由になるわ」レディ・ワイルドウッドが小首をかしげた。「問題は、あなたがこの結婚を喜んでいるかどうかよ。お父様はあなたが不幸になるのを見るくらいなら、きっと持参金をあきらめて結婚式を中止するわ」

ショーナはそれについて真剣に考えた。ブレイク・シャーウェルと結婚することは最初から承知していて、その前提に立って自分のすべきことをしていた。それどころか、長いあいだそう思っていたので、彼と結婚しないことは不自然に感じるくらいだ。それに、誰に聞いても——父は別だ。もっとも、父も悪口を撤回するようだけれど——ブレイクは立派な男性だ。勤勉で野心のある、公平な強い戦士。

ショーナも、セント・シミアン修道院の礼拝堂で戦ったときからこの目で見てきた。ブレイクに残酷な面はないようだ。ほかの男なら、シチュー事件のあと、納屋で追いついたときにショーナを殴ったかもしれない。その権利はあっただろう。それ以上の権利があったのだと、ショーナははっと気づいた。毒を盛ることは法に反するのだから。けれども、ブレイクは殴らなかった。ショーナに冷たく当たりさえしなかった。それまでも、股間を蹴られたあと飛ばされたりして、何度も逃亡を試みる彼女にさんざんいらいらさせられていたというのに。彼は聖人のような忍耐力の持ち主だ。同じことをされたら、ショーナなら鋤《すき》で殴っていただろう。

「ショーナ？」レディ・ワイルドウッドが返事をうながした。

「そうですね」ショーナはため息をついたあと、ブレイクの長所を数えあげた。「ブレイクは頭が切れるし、強い戦士だという評判だし、野心家で我慢強くて、見た目もいいし」

「見た目が好きなの？」レディ・ワイルドウッドがかすかに微笑んだ。

ショーナは肩をすくめた。「美形でしょう？」

レディ・ワイルドウッドは唇を噛みながらもうなずいた。「そうね。とても……端整な顔立ちをしているわ」

「体つきもいいし」ショーナは言葉を継いだ。「肩も背中もたくましいし、脚もすてきだわ。それに、お尻も好きなんです」

レディ・ワイルドウッドが目をしばたたいた。「なんですって？」

「お尻です」ショーナは繰り返した。「そうたくさん見てきたわけじゃないですけど、わたしが見たお尻は全部平べったくてたるんでいました。でも、ブレイクのは丸くてかっこいい――」レディ・ワイルドウッドが息を詰まらせ、突然咳《せ》きこんだので、ショーナはあわててその背中を叩いた。咳がおさまると、レディ・ワイルドウッドは手を振って叩くのをやめさせた。ショーナは心配して尋ねた。「大丈夫ですか？」

「ええ」レディ・ワイルドウッドはうなずいたものの、顔が真っ赤になっていた。しかし、力を振り絞って話した。「つまり、あなたは彼のことが好きで、美男子で……体の一部がすばらしいと思っているのね」遠まわしに言ったあと、つけ加えた。「〝でも〟が続くんじゃないかしら？」

「そうです」ショーナはため息をついたあと、ブレイクの欠点を認めた。「あそこが大きいんです」

レディ・ワイルドウッドがふたたび咳きこんだ。エルジンもだ。厨房の空気が悪いに違いない、とショーナは思いながら、レディ・ワイルドウッドの背中を叩いた。

「大丈夫よ。叩かなくていいから」レディ・ワイルドウッドは大丈夫そうではなかった。甲高い声で言葉を継ぐ。「でも、それがどうして問題なのかわからないわ」

「説明が足りなかったかもしれません」ショーナは眉根を寄せた。「見たところ、異常に大きいんです」

「見たの？」

「はい。川で水浴びしているときに」

「比較できるくらい、たくさん見たことがあるの？」レディ・ワイルドウッドは慎重に尋ねた。

ショーナは肩をすくめた。「男と一緒に旅をするので、ひとりかふたりは。無作法な連中ですから」

「ああ」レディ・ワイルドウッドは赤面したままうなずいた。「それで、ブレイクは大きすぎると心配しているのね？」

「その――……」ショーナは顔をしかめた。「大きすぎると……みんなが言うように、初めてのときは普通の男性が相手でも痛いのなら、ブレイクだと耐えられないでしょう。だって、マイ・レディ、そのエルジンののし棒くらい大きいんですよ」

レディ・ワイルドウッドがのし棒をちらりと見た。エルジンも。エルジンは目を見開き、のし棒をぱっと遠ざけた。レディ・ワイルドウッドも目を丸くしている。「まあ、それは……」言葉を切って首を横に振った。「イリアナの初夜にこの話ができなかったことを悔やんでいたのよ！」

レディ・ワイルドウッドはため息をついたあと、ショーナの腕を取って庭に通じる扉のほうへ連れていった。

「ショーナ、あなたが率直に話してくれたから、わたしも率直に話すわね」ハーブや野菜が何列にも植えられた庭を歩きながら、レディ・ワイルドウッドが真剣な口調で言った。「ブレイクの……その――……大きさを心配する必要はないわ。赤ん坊も同じ場所から出てくるでしょう。彼が……」途方に暮れた様子でいったん言葉を切ったものの、どうにか言葉を継いだ。「初夜のつらさは、男性の大きさで決まるわけではないの」

「そうなんですか？」ショーナは熱心に尋ねた。

「ええ。女性には生まれつき処女膜《メイデンズ・ベール》と呼ばれるものがついていて――」

「乙女のベール？」ショーナは頭に手をやった。「なんですかそれ？　わたしにはついていないと思うんですけど」

「ついているのよ」レディ・ワイルドウッドがきっぱりと言った。


「わしの娘はどこにいる？」

椅子にもたれかかっていたブレイクは背筋を伸ばし、目の前に立っているアンガスをにらんだ。「レディ・ワイルドウッドと厨房にいます」

「ふむ」アンガスはテーブルに着いているイルフレッドとヘレンをちらりと見た。物思いにふけっている様子だった。「攻撃されたというおまえの話についてずっと考えていたのだが」

ブレイクは片方の眉をつりあげた。「なんですか？」

「狙われたのは女たちだというのはたしかか？」

「はい。どうしてですか？」

「キャメロンだとショーナが嘘をついた理由があるはずだ。グリーンウェルドが家臣におまえを追わせたと、アリスターは言っていた。だから、本当の標的はおまえだったのではないかと思ったのだ」

「ぼくですか？」ブレイクはさらに背筋を伸ばした。「どうしてグリーンウェルドはぼくを追わせたのですか？」

「アリスターのためだ。おまえを殺して、うちのショーナと結婚できるように」アンガスが首を横に振った。「しかし、女たちが入浴中に襲われたと、おまえは言った。おまえが狙われたわけではないのだな？」

ブレイクは攻撃されたときのことを思い出しながら、ゆっくりと答えた。「彼女たちがまた逃げだしたりしていないか確認するために、湖のほうへ行ったんです。ちょうど草地に出たところで、敵が襲ってきました」

「つまり、おまえもその場にいた。ということは、おまえを追っていたグリーンウェルドの家臣だった可能性もある」

ブレイクはかぶりを振った。「しかし、グリーンウェルドはイングランド人です。襲撃者はプレードを身につけていました」

アンガスが肩をすくめた。「プレードは簡単に手に入る。抜け目のないイングランド人なら、人数が少ないときは、スコットランドを無事に旅できるよう、家臣にプレードを着させるだろう。イングランド人の服装をしていれば、目をつけられる理由になる」

「なるほど」ブレイクは思案した。敵はブレイクが草地に出たあとで襲いかかった。女たちではなく、自分を狙ったのかもしれない。実際、グリーンウェルドの家臣なら、女たちがちょっとした脅威だと知っていた可能性もある。「キャメロンでないというのはたしかなのですか？　ショーナが嘘をつく理由がわかりません。ここに来るのを遅らせるとか、逃げるために嘘をつくのならわかりますが、結婚に抵抗していたのに、一刻も早く戻るために嘘をつくなんて」理解できず、首を横に振った。

アンガスが思案しながら、ふたたびテーブルの女たちに目をやった。ブレイクもそちらに視線を向けた。イルフレッドとヘレンは身を寄せあって、真面目な話をしているようだ。

「彼女は誰なんだ？」

ブレイクは驚いてアンガスを見た。「彼女って？　シスター・ヘレンのことですか？」

「ああ。彼女は何者で、どういう経緯で一緒に旅をすることになったのだ？」

ブレイクはふたたび女たちを一瞥《いちべつ》したあと、肩をすくめた。「彼女は……シスター・ヘレンです」力なく言った。「イングランドにある彼女の家まで送り届けると、ショーナが約束したそうです」

「イングランドのどこだ？」

ブレイクははっとアンガスを見て、正直に答えた。「わかりません。ぼくが知っているのは、彼女がヘレンという名の修道女で、ショーナとイルフレッドと一緒に修道院を出発したということだけです」

「ふむ」アンガスはそう言うと、テーブルに向かって歩き始めた。ブレイクはしばらく見守ったあと、好奇心を抑えきれずに立ちあがってあとを追った。

レディ・ワイルドウッドに連れられて厨房へ戻ったショーナの頭のなかを、さまざまな情報が渦巻いていた。ブレイクのことや彼との結婚への思いでただでさえ混乱していたのに。初めてのときは痛みを感じるかもしれないけれど、それは彼の大きさのせいではなく、それどころか、のちのちその大きさをありがたく思うようになるかもしれないと、レディ・ワイルドウッドは請けあった。さらに、宮廷での噂から判断すると、ブレイクとの夫婦生活はショーナにとってとても満足のいくものになるだろうとまで言った。

ブレイクに対する怒りの大本は、彼が迎えに来るのを先延ばしにしたことだ。だが、怒りを手放すべきだというレディ・ワイルドウッドの意見に、ショーナは反論できなかった。ブレイクとショーナは会ったこともなかったのだから、個人的な侮辱ととらえるべきではない。そう考えると、ショーナは途方に暮れた。それでも、ヘレンとした約束は守らなければならないと感じている。秘密の通路から逃げだすことはできなくなったのだから、イルフレッドとヘレンも次の手を知りたがっているに違いない。

ショーナは何も思いつかなかった。秘密の通路が封鎖されているのに気づいたあと、父の部屋に押しかけたのは賢明ではなかった。これで逃亡を警戒されるようになったはずだ。いずれにせよ、ブレイクは油断しないだろうけれど。

「ショーナ」

「はい」ショーナはレディ・ワイルドウッドのあとについて大広間に入りながら、彼女を見た。

「シスター・ヘレンの出身はどこなの？　どこかで見たことがある気がするの。ご家族を知っているのかもしれないわ」

ショーナはよろめいて立ちどまった。口を開いたあと、言うべき言葉が見つからず、また閉じる。ヘレンの出身を知らないことに、いま気づいた。知っていたとしても答えなかっただろうけれど。

「どこから来たのだ、シスター?」

父の声がして、その方向をさっと見やると、ヘレンとイルフレッド、ブレイク、アンガスがテーブルを囲んでいた。ヘレンはすっかりうろたえた顔をしている。ショーナはレディ・ワイルドウッドにちょっと失礼しますと断ってから、父を止めようと急いでテーブルに近づいていった。こっそり逃げだしてヘレンを送り届けるかどうかはっきりするまでは、情報を与えすぎないほうがいい。レディ・ワイルドウッドと話をして、男たちに本当のことを打ち明けて手を借りたほうがいいのではないかと思い始めていたとはいえ、それを決める前にヘレンと話をしたかった。

「セント・シミアン修道院です」ショーナはそう言うと、ヘレンの肘の下をつかんで立ちあがらせた。イルフレッドもすぐさま立ちあがった。

「それは知っているが、生まれはどこなんだ?」アンガスがショーナに尋ねた。「帰る家はどこにあるんだ?」

「イングランドよ」ショーナは簡潔に答え、それ以上の質問をする暇を与えず、ふたりを急かしてその場を離れた。

「どこへ行くの？」中庭を歩きながら、イルフレッドがきいた。

「わからない。三人だけで話ができる場所へ行かないと」

「それは難しいかもしれないわ。連れがいるから」

「わかってるわ」ショーナは言った。ブレイクが城を出て中庭までついてきていることに気づいていた。しばらくして振り向くと、リトル・ジョージの姿も見えた。この分では、たちまち行列ができるに違いない。秘密の話はできそうになかった。

リトル・ジョージを見て、その日、イルフレッドが小屋を飛びだしたあと、リトル・ジョージとともに姿を消したことを思い出した。ショーナは好奇心に駆られていとこに視線を向けた。「今朝、ギルサルと別れたあと、間抜けなジョージに迷惑をかけられなかった？」

「リトル・ジョージよ」イルフレッドが訂正したあと、ショーナに鋭い視線を向けられ、赤面した。〝間抜けなジョージ〟は、ほんの数日前にイルフレッドがつけたあだ名だ。もはやそれは彼にふさわしくないと思っているようだ。興味深い。

「迷惑をかけられてなんかいないわ」イルフレッドは真っ赤な顔で言葉を継いだ。

「彼は——彼と話をしたの。とても……その——……親切だったわ」

ショーナは眉をあげた。その様子からすると、ショーナがブレイクから受けた親切と似たようなものだったに違いない。彼のキスを思い出して、ショーナの頬も紅潮した。

「あんなに強くて優しい男性はほかにいないわ」イルフレッドが唐突に言い、ショーナはぞっとして彼女を見つめた。いとこがこんなふうに男性の話をするのを初めて聞いた。恍惚《こうこつ》としている。

イルフレッドはショーナの表情に気づいてさらに顔を赤くしたものの、挑むように言った。「すてきな人よ」

「そうね」ショーナはなだめるためにあわてて同意したが、小さないとこが巨大な獣に恋をしたと知って驚いた。もちろん、ショーナ自身もブレイクに恋する恐れがある。少なくとも、彼のキスが頭から離れなかった。レディ・ワイルドウッドから初夜について説明を受けるあいだ、ショーナはブレイクの裸や、くっついて眠り、胸をつかまれたことを思い出していた。キスをされたとき、自分の体がどんなふうに反応したか、興奮や芽生えた情熱や――。

「ショーナ！」

ショーナは足取りを緩めて振り返った。そして、ハンサムな黒髪の男性が訓練場から歩いてくるのを見て、喜びに顔を輝かせた。イアン・マクイネスだ。最も近い隣家の息子で、ダンカンと年が近く、友人でもある。ショーナはにっこりした。

「イアン」彼に抱きあげられ、くるりとまわされ、笑い声をあげる。イアンはショーナをおろしたあと、イルフレッドにも同じことをした。ショーナは尋ねた。「どうしてここにいるの？」

「グリーンウェルドをやっつけるために援軍を連れてきたんだ」イアンはそう言ったあと、にやりと笑った。「力を尽くして戦う機会は逃せないからな。もっとも、たいした戦いではなかったが」肩をすくめる。「だいたいの後始末が終わったあと、ほとんどの家臣を帰したんだが、おれは明日の午前中まで残る。土産話を持って帰らないと母上に怒られるのに、まだ全部聞いていないんだ。ダンカンもきみのお父上も、戦いが終わった直後からずっと部屋にこもりきりだから」

「そうね」ショーナは微笑んだあと、イアンがヘレンを見ているのに気づいて、ふたりを紹介した。「こちらはシスター・ヘレン。ヘレン、近くに住んでる友人のイアン・マクイネスよ」

ヘレンと挨拶を交わしたあと、イアンは期待を込めてショーナとイルフレッドを見た。「練習をしに来たんじゃないのか？　相手になるぞ」

ショーナはためらったが、ブレイクとリトル・ジョージがものすごく怖い顔をして駆けてくるのを見て、きっぱりとうなずいた。女三人で話すチャンスはなさそうだ。自分の部屋にふたりを連れていって、次の計画を立てるべきだった。少し練習をしたあとで、そうしよう。セント・シミアン修道院に向かって出発して以来、礼拝堂で小競り合いをしたのと、湖岸で戦ったのを除けば、剣を使う機会がなかった。

「あれがきみが結婚することになっているイングランド人か？」数人の家臣が戦闘技術を磨いている場所へと歩いていく途中で、イアンが尋ねた。

「そうよ」ショーナはブレイクのほうを見ずに答えた。ブレイクとリトル・ジョージがまだつけてきていて、距離を縮めているのはわかっていた。

「怒っているようだな。そういえば、彼に愉快な追いかけっこをさせたと聞いたぞ」

「知らない人はいないみたいね」ショーナはうんざりした。

「ダンカンがギャビンから聞いて、おれに教えてくれたんだ」イアンは楽しそうに言うと、ショーナの腰をぴしゃりと叩いた。「さあ、ショーナ、婚約者にきみの見事な腕前を見せつけてやろう」

イアンはショーナの向かいに移動すると、剣を抜いてすばやく切りかかった。ショーナは待ち構えていた。子どもの頃からイアン・マクイネスを知っているから、彼の奇襲には慣れている。それどころか、すべての技を知り尽くしているため、引けを取らなかった。

「なかなかやるな」

リトル・ジョージがそう言うと、ブレイクは顔をしかめた。ショーナが黒髪のスコットランド人の攻撃をかわしたところだった。イアン、とショーナは呼んでいる。その男に会えてとても喜んでいる様子だ。イアンがショーナを抱きあげてくるりとまわしたのも、対戦する前に背中を叩いたとき、ほとんど尻に触れそうだったのも、ブレイクは気に入らなかった。

しかし、彼女はたしかにうまい。湖岸で、ショーナがキャメロンだと言っている男たちと戦ったときもそう思ったはずだが、あいにく裸に気を取られていて、彼女の剣術にあまり注意を払っていなかった。だがいま、うまいどころではないと気づいた。アンガス・ダンバーが娘に特注の剣を買い与えたのは、無駄ではなかった。彼女はその剣を巧みに使いこなし、はるかに力の強い相手と互角に戦っている。

リトル・ジョージが低いうなり声をあげ、体をこわばらせたので、ブレイクはほかのふたりの女性に注意を向けた。イルフレッドとヘレンは脇に立って、戦いを見守っていた。そこに赤毛のたくましいスコットランド人が近づいていき、ショーナの小柄ないとこを訓練場に連れだすと、ショーナたちから少し離れたところで斬り合いを始めた。

イルフレッドもショーナと同じくらい腕がよかった。ブレイクはそれには驚かなかったが、リトル・ジョージが不満げなのに気づいて、ふたりのあいだに恋が芽生えたのだろうかと考えた。体格差がありすぎて、おかしなでこぼこカップルになるだろう。しかし、愛にはさまざまな形がある。

ブレイクはショーナに視線を戻した。彼女は頰を紅潮させ、笑いながら黒髪の男を撃退していた。ふたりともものすごく楽しんでいて、戦いは突然、求愛のダンスの様相を帯びた。自分自身が戦っているときにそんなふうに考えたことは一度もなかったが、互いに近づき、剣を打ち鳴らし、くるりと回転して離れたあと、ふたたび剣を交える様は、まさにダンスのようだ。彼女が裸で戦う姿が脳裏に浮かび、そのイメージを助長した。彼女の服の下で伸縮する筋肉や、西日を浴びる胸が目に浮かぶようだった。

やれやれ。ショーナのやることなすことすべてに刺激され、肌を合わせることを考えてしまう。取っ組みあったときも、納屋で彼女に絡みついた状態で目覚めたときもそうだった。馬に乗せたときも、とりわけ彼女がようやくくつろいで眠りに落ち、猫のように丸くなったときはたまらなかった。いまも、彼女が剣の練習をしている姿を見ていると、その場で押し倒して——。

「なんてことだ」ブレイクはうんざりしてつぶやいた。どうせもうすぐ契りを結ぶのだ。それまでは、あり余るエネルギーを自分で発散させよう。剣を抜いて、訓練場に入っていった。

イアンの攻撃をかわそうと剣を振りあげたショーナは、それより高く掲げられた剣にぶつかるのを感じた。いらだって振り向くと、驚いてブレイクを見つめた。

「お手合わせ願えるかな?」ブレイクが礼儀正しく言った。

イアンがにっこり笑って剣をおろし、ヘレンのいるところへ退いた。

ショーナはブレイクに視線を戻すと、さっと剣を振りあげて最初の攻撃をかわした。そのあと、自分の動きに集中していると、たちまちブレイクの獰猛な攻撃に翻弄された。イアンの攻撃なら予測がつくので、余裕でかわせる。だが、ブレイクの次の動きは読めない。彼は手加減しなかったので、ショーナは防御するので手一杯で、なかなか攻撃のチャンスをつかめなかった。

この瞬間を何度も空想してきたけれど、実際に戦ってみると、またたく間に剣を叩き落とされ、なすすべもなくブレイクをぼう然と見つめた。彼の剣が振りおろされ、ショーナの頭のすぐ上で止まった。空想の世界では、ふたりは互角か、あるいはショーナのほうが強くて、彼に負けることは絶対になかった。でも、現実は……。なんてこと。彼に負けた。ショーナはうろたえた。空想の世界のほうがよかった。

「きみは剣を巧みに扱う、ショーナ」ブレイクがかがんで、ショーナの手から叩き落とした剣を拾った。「だが、押しが弱い。相手に主導権を握らせ、ただ攻撃をかわすだけで、とどめの一撃を加える機会を待っている。機会は作らなければだめだ。そうしないと、疲れ果てて相手に勝たせてしまう恐れがある」

「わしもずっと同じことを言っているが、この子は聞き入れようとしないのだ」アンガス・ダンバーの声がして、そのとき初めて、父やほかの人々が戦いを見物しに来ていたことに気づいた。ちょっとした人だかりができていて、ショーナはいらだった。しかめっ面でブレイクから剣を取り返すと、ヘレンとイルフレッドがいるほうへ歩きだした。

「城に戻ったほうがいい、ショーナ」父が背後から声をかけた。

「そのつもりよ」

「レディ・ワイルドウッドがおまえの部屋で待っている。まっすぐ部屋に行け」

「どうして?」ショーナは聞きとがめ、振り返って尋ねた。

「シャーウェルから知らせが届いた。病を患って、来られないそうだ。一時間後に結婚式を行う」

11

「さあ、できたわ。きれいよ」

ショーナは自分の姿を見おろして、たじろいだ。ついに初夜を迎えた。そのことが頭から離れない。初夜。あれだけ逃げたり戦ったりして結婚を避けたあとで、文句のひとつも言わずに絞首台へ向かった。自分でも驚いている。でも、それを言うなら抗議するチャンスもなかったのだ。

〝シャーウェルから知らせが届いた。病を患って、来られないそうだ。一時間後に結婚式を行う〟父はそのあと、ショーナの目の前に来てこう言った。「長年にわたって、わしはこの結婚に難色を示してきた。ブレイクの父親に腹を立てていたからな。だが、あいつはいいやつだ。息子も。ブレイクはおまえのよき夫になるだろう。だから、これはおまえのためだ」

「これって？」ショーナはきき返した。

アンガスは返事をする代わりに、振り返って言った。「ギャビン、男衆を四人連れて、女たちをショーナの部屋に送り届けろ」

それで万事休すとなった。ギャビンは父の筆頭家臣のひとりで、ショーナのことをよくわかっている。彼の面前で逃げられやしなかった。ギャビンと四人の家臣は女たちを部屋まで送り、レディ・ワイルドウッドに引き渡すと、ショーナが結婚式のための入浴と着替えをするあいだ、扉の外に立っていた。支度がすむと、結婚式が執り行われる階下へ連れていった。

みんなやけに静かだった。イルフレッドとヘレンはしきりに何か言いたそうにしていたが、彼女たちもショーナも口をつぐんだままで、レディ・ワイルドウッドとイリアナが内容のないおしゃべりや励ましの言葉で沈黙を埋めた。

ショーナは気づいたら司教の前、ブレイクの隣に立っていて、父をはじめとするみんなが立ち会っていた。式のことはあまり覚えていない。ひどくぼんやりしていたけれど、言うべき台詞《せりふ》は言ったのだろう。そしてまた、気づいたらテーブルに着いていて、料理の皿が次から次へと運ばれてきたあと、ようやくレディ・ワイルドウッドに肩を叩かれ、二階へ連れていかれ、イリアナとイルフレッド、ヘレンもついてきた。それから、ふたたび風呂に入れられ、香水をつけられ、レースと透けるほど薄いリネンでできたこの凝った化粧着を着せられたのだ。

「大丈夫？」レディ・ワイルドウッドが心配そうにショーナを見ながら、唐突に尋ねた。

ショーナは足を踏み替えたあと、首を横に振った。

「まあ」レディ・ワイルドウッドはしばらく途方に暮れたあと、小さくため息をついた。「怖いのはわかるわ。でも、前にも言ったように痛みは長く続かないし――」

「そうじゃないんです」ショーナはあわてて言った。わずかな痛みを恐れていると、ヘレンやイルフレッドに思われたくなかった。ショーナは戦に参加したことがあるのだ。わずかな痛みなど怖くない。少なくとも、そう自分に言い聞かせていた。本当に不思議だ。ショーナは臆病者ではない。少しも恐れずに戦に向かう。とはいえ、そのときは、怪我をするとか、死んでしまうかもしれないとは思っていない。今夜はなんであれ、必ず傷つくとわかっているのだ。

痛みの程度には個人差があると、レディ・ワイルドウッドが言っていた。とはいえ、彼女の知る限りでは、初めてのときにまったく痛みを感じない女性はいないそうだ。少なくとも、初めてのときに痛くなかったと認める女性はいないと、皮肉っぽくつけ加えた。

だから、これから痛い思いをすると、ショーナは知っている。楽しみにできるようなものではなかった。けれども、不安を感じているとは絶対に認めたくない。そして、この化粧着は……また別の問題だ。

ショーナは彼女たちに着せられた白い薄手のリネンの化粧着を指さした。古い収納箱から出てきた、母のものだ。幸い、母はショーナと同じくらい背が高かった。実際、ほぼ同じサイズだったらしく、化粧着はぴったりだった。ショーナは自分の姿を見おろした。こんなにきれいで繊細な代物を着たのは初めてだ。全然着心地がよくない。ひどく弱くなったような気がした。

「それがどうしたの?」レディ・ワイルドウッドが尋ねた。

ショーナはレディ・ワイルドウッド、イルフレッド、ヘレン、イリアナを順に見たあと、両手を力なく差しだして正直に言った。「裸でいるような気分だわ」

「あら」レディ・ワイルドウッドが優しく微笑んだ。ショーナは室内を見まわした。

「どこにあるの? わたしの——」ショーナは目当てのものを見つけると言葉を切り、部屋を横切って剣をつかんだ。

「まあ!」レディ・ワイルドウッドが駆け寄って、剣を取りあげた。「だめよ。これは必要ないわ」

いると——」

「別に使うつもりはありません」ショーナは安心させるように言った。「ただ持って

「だめ」レディ・ワイルドウッドはきっぱりと言うと、ショーナにベッドのほうを向かせた。「そこに入って待っていなさい。すべてうまくいくわ。大丈夫」

ショーナはベッドに近づいていった。ちらりと振り向くと、レディ・ワイルドウッドはついてきておらず、イリアナのほうへ歩いていた。そこでショーナは方向転換し、収納箱に置いてあった短剣をさっとつかんでから、急いでベッドへ向かった。だがあいにく、ベッドの頭部にあるクッションの下に短剣を滑りこませたところを、レディ・ワイルドウッドに見つかってしまった。

「ショーナ！」レディ・ワイルドウッドが駆け寄ってきて身を乗りだし、短剣も取りあげた。「だめ！」

「でも、ただ手元に置いておきたいだけなんです。そのほうが安心するんです」ショーナは抗議した。

レディ・ワイルドウッドはため息をつき、ベッドの端に腰かけた。「ねえ、わからないことだらけで、不安なのはわかるけれど、身を守る必要なんてないのよ」ショーナの手をなだめるようにさすった。「大丈夫、すべてうまくいくから。ブレイクが優

しくしてくれるわ」

「そうでしょうか、レディ・ワイルドウッド」イルフレッドがいぶかしげに言った。「夕食の席で、ブレイクはものすごく不機嫌でした。彼がセント・シミアンでわたしたちを見つけてから起こった出来事をギャビンから聞いたダンカンが、それを詳しく語ったせいで」顔をしかめる。「みんなに笑いものにされて、不満そうでした。だから、せめて短剣だけは返したほうがいいかもしれません」

「イルフレッド、余計なことを言わないで」レディ・ワイルドウッドが苦々しい表情で額をさすった。「殿方たちは何をしているのかしら。イリアナ、ふたりを連れて様子を見てきて」

「わかったわ、お母様」

「ありがとう」イリアナがイルフレッドとヘレンをうながして出ていくと、レディ・ワイルドウッドは作り笑いを浮かべて言った。「ブレイクが笑いものにされて気を悪くしたのはたしかだけれど、誰に聞いても彼は公平な人だから、あなたに当たることはないでしょう。ダンカンが彼をからかったのは、あなたのせいじゃないもの」

「でも、わたしがあんなことをしなければ、ブレイクがダンカンにからかわれることもなかったでしょう」

「そうだけれど――」突然、扉が開き、イリアナが顔をのぞかせて告げた。

「殿方たちがいらっしゃったわ」

レディ・ワイルドウッドがさっと立ちあがった。ショーナの手を安心させるようにさする。「大丈夫よ」そうささやくと、短剣を持って急いで部屋を出た。

ショーナの部屋の外に女たちが立っていた。ブレイクは彼女たちの視線を無視しようと努めながら近づいていった。ヘレンとイリアナは少し心配そうで、唇にこわばった笑みを張りつけている。イルフレッドは恐ろしいまなざしで、警告するようににらんでいた。ショーナを虐待したら許さないと、目で伝えようとしているのだろう。はっきり伝わった。

見張りをしている女たちの前まで来たところで、突然扉が開いて、レディ・ワイルドウッドがそっと出てきた。

「まあ！」レディ・ワイルドウッドはわざとらしい笑い声をあげたあと、曖昧に手を振った。「いらっしゃったわね。あっ！」その手に短剣を持っていたことに気づくと、あわてて背後に隠した。「ショーナが待っているわ」

ブレイクはレディ・ワイルドウッドの腕から、イリアナが持っている剣に視線を移したあと、かすかに眉根を寄せた。あの剣は――。

「おお、来たか！」アンガス・ダンバーがブレイクの背中を叩いて、含み笑いをした。

「あの子から武器を取りあげたから、もう問題ないはずだ」

ブレイクは信じられず、目を見開いた。武器を取りあげる必要があったのか？ やれやれ。ばかげている。ぼくをベッドに誘いこむために、女たちはありとあらゆる手を使うというのに、ぼくの花嫁は武装したというのか？

「さあ、行け」アンガスがブレイクを扉のほうへ押した。「わしらはしばらく一階にいる。何か困ったことがあったら、叫ぶといい」

一同が歩き始めた。レディ・ワイルドウッドは少しためらったあと、ブレイクに近づいて耳打ちした。「優しくしてくれるわよね？ 夕食の席でのことは、ショーナのせいではないし、あの子は強くて恐れを知らないように見えるかもしれないけれど、初夜は誰でも緊張するものよ」

ブレイクがあっけに取られていると、レディ・ワイルドウッドはショーナの短剣と思しきもので彼の肋骨《ろっこつ》をそっと突いたあと、鋭くささやいた。「優しくすると約束して」

「約束します」ブレイクはあわてて言った。

「よかった」レディ・ワイルドウッドはいくらかほっとした様子で微笑み、髪を撫でつけた。「おやすみなさい、閣下」

ほかの人々のあとについて廊下を悠然と歩くレディ・ワイルドウッドの背中を、ブレイクは驚きの目で見つめた。ワイルドウッド卿が彼女に惹かれた理由が、その美貌だけではないことがよくわかった。レディ・ワイルドウッドはショーナのことをほとんど知らないのに、子を守る雌オオカミのようにふるまっている。たぐいまれな女性だ。とはいえ、ショーナがそうさせているのかもしれない。レディ・ワイルドウッドはショーナを認めて、そのような反応をしたのだ。当然だ。ショーナもたぐいまれな女性であると、ブレイクもすでに認めていた。

ブレイクは廊下に誰もいなくなるまで待ってから、扉のほうを向いた。

ショーナは扉を見つめた。父の笑い声とかすかな人声が聞こえたあと、廊下が静まり返ってから数分が経つのに、扉は開かない。ブレイクは結婚を完成させる気がなくなったの？　やっぱり契約を取り消そうと考えたのかもしれない。そうなったとして、ショーナは安堵するべきかどうかわからなかった。みっともないことかもしれないけれど、この先の数分間を経験せずにすむ。少なくともショーナは、数分の行為だと考えていた。そういったことに詳しいわけではないが、行為にふける男女に出くわした際に見たところや、レディ・ワルドウッドから聞いた話によると、数分で終わるはずだ。

それはよい点だと、ショーナは自分に言い聞かせた。長くはかからない。歯を抜いてもらうために鍛冶屋へ行くようなものだ。顔に一撃を食らって奥歯が割れたときに行ったことがある。あれよりひどいということはないだろう。

思い返してみると、あれは最悪の経験だった。鍛冶屋は作業を始める前に、大きなグラス一杯分のウシュクベーハをショーナに飲ませた。命の水、イングランド人が呼ぶところのウイスキーだ。痛みを麻痺《まひ》させるそうだが、あのときはあまり役に立たなかった気がする。

今夜、ショーナは夕食の席で一滴も飲まなかった。飲んでおけばよかった。考えが足りなかった。

「あーあ」ショーナはベッドの上に腰かけたままそわそわした。これで望みはなくなった。お酒を飲むにせよなんにせよ、もう時間がない。いやなことはなるべく早くすませるというのがショーナのモットーだ。だから……これもさっさと終わらせるようにしよう。夫が部屋に来ればの話だけれど。

そう思って、ショーナは目をしばたたいた。夫？　なんてこと。結婚したのだ。わたしには夫がいる。わたしは妻。何も変わった感じはしないのに。結婚している気がしない――それがどういう感じにせよ。

突然、ようやく扉が開き、とりとめもない思考が途切れた。夫が部屋に入ってくる。

花嫁はベッドに腰かけていた。部屋に入った瞬間、ブレイクはショーナの姿が見えた。それから、戸口で立ちどまった。出会ってから短いあいだに、彼女には驚かされっぱなしだった。最初に見たときの記憶は鮮明だ。ズボンとチュニックを着ていたのだ。ズボン姿の女性を、ブレイクは初めて見た。そして、好きになった。ロングドレスは美しいが、下半身を隠してしまう。ズボンも肌を覆い隠すとはいえ、体の曲線があらわになる。ズボン姿で動きまわる彼女を見るのが、ブレイクは好きだった。裸で戦う姿はさらに彼の目を楽しませた。だが、今日の午後の結婚式には、ドレス姿で現れた――引きずられてきたと言ったほうがふさわしい。いつもは無造作に束ねてある髪がおろされ、顔の印象がやわらかくなっていた。そのドレス姿にも驚かされ、ブレイクは息をのんだ。

いまもまた驚かされている。つやつやになるまでブラシをかけられた髪が、さらりと垂れさがっていた。透けるほど薄い白の化粧着を着ていて、胸の先端がうっすら見える。きれいだ。なまめかしくて、そそられる。もちろん、それは前からわかっていた。驚いたのは、ショーナが——彼のアマゾン、勇敢で威勢がよく、強く美しい戦う花嫁が……怯えているように見えることだ。

ショーナは青白い顔でベッドに腰かけ、目を見開き、膝の上で両手を握りしめていた。子どものように怯えている。ブレイクは扉をそっと閉めたあと、無意識のうちに、飼い慣らしたい暴れ馬に近づいていくときのごとく、なだめるように両手をあげていた。だが、近づきはしなかった。声もかけなかった。かけるべき言葉が見つからない。なんて言えばいい？〝怖がる必要はない、大丈夫だから。ただそっちへ行って性交するだけだよ〟とでも言うのか？

これは予想外だった。何を予想していたかはわからないが。ショーナは戦士だから、戦いになるかもしれないとうすうす思っていた。その可能性は捨てきれない。怯えた動物はしばしば、追いつめられると反撃する。彼女から武器を取りあげてくれたことに、ブレイクは感謝した。彼女と格闘することをこれまでは楽しんでいたが——股間を蹴られたときを除いて——性器を切り落とされる恐れがあるというのでは、初夜には少々刺激が強すぎる。

「ねえ、何をぐずぐずしているの？　さっさとすませて眠りましょう」

つっけんどんに要求され、ブレイクは驚いて目をしばたたいた。ショーナは一瞬のうちに様子が変わっていた。恐怖の表情は消え去り、覚悟を決めた厳しい顔つきをしている。とはいえ、あいかわらず青ざめ、手を握りしめているから、虚勢を張っているだけに違いない。

ブレイクは無理やり肩の力を抜くと――こっちが緊張していたら、ショーナの緊張をほぐすことはできない――室内を見まわしてこの先の進め方を思案しながら奥へ進んだ。彼女がすてきに表現したとおり、〝さっさとすませる〟つもりはない。花嫁を傷つけるつもりもないが、初めてのときはやむを得ないだろう。しかし、女性を誘惑するのには慣れているとはいえ、処女は――。

「ベッドはこっちよ」

皮肉っぽい声が聞こえ、ブレイクはさっと振り向いてショーナを軽くにらんだ。

「さあさあ、早くすませてしまいましょう」ショーナがシーツをはねのけると、化粧着の全貌があらわになった。

「ショーナ」ブレイクは穏やかに言った。「ぼくはそんなの――少し酒を飲むかい？」

ショーナがさらに緊張を募らせたのを見て、あわてて尋ねた。

ショーナが大きな安堵のため息をついた。「ええ。たくさん飲みたいわ。部屋にさがるまで思いつかなかったの。うっかりしていたわ」

ショーナはしゃべりながら立ちあがり、ブレイクの横を通り過ぎて扉へ向かった。ブレイクは彼女のにおいを吸いこんだ。風呂に入っただけでなく、おしろいもつけていて、花の甘い香りがした。妙なことに、彼は少しがっかりした。これまで口説いた女性はみな、似たような香りを漂わせていた。おしろいや香水の甘いにおい。ショーナは違った。いつもの彼女は、新鮮な空気や森のにおい、そして彼女自身の麝香《じゃこう》のような香りがする。そのほうがブレイクは好きだったが、口に出すつもりはなかった。

そして、閉めたばかりの扉をショーナが開け、廊下に向かって酒を持ってくるよう怒鳴る姿を見て、にやりとした。

ショーナは扉を叩きつけるように閉め、深呼吸をしたあと、振り返ってブレイクを見た。にやにやしながら彼女を見つめている。ショーナは自分の姿を見おろして、顔をしかめた。こんな女らしい優美な代物を着たのは初めてで、違和感を覚えていた。「レディ・ワイルドウッドがこれを見つけだしてきて、無理やり着せたのよ」腕組みをして胸を隠したくなるのをこらえた。どうしてそんな衝動に駆られるのかわからない。湖岸で襲撃された日に、裸を見られているのに。でも、今夜は違う気がした。違うふうに感じていた。ショーナはいつもは自信たっぷりで、迷いがなかった。とはいえ、いつもは自分の行動を理解している。いまはわからないことがあって、それが気に入らなかった。

しかめっ面で炉端へとずんずん歩いていき、椅子に身を沈めると、ブレイクの出方をうかがった。彼は一瞬立ち尽くしたあと、部屋の真ん中に置きっぱなしの浴槽に目を留め、片手を入れて温度を確かめた。まだ熱いだろう。ショーナが入ったときはやけどするほど熱く、あれからそれほど時間は経っていない。

ブレイクは温度に満足したらしく、服を脱ぎ始めた。ショーナは椅子の上に脚を折って座り、見入った。ちっとも恥ずかしくなかった。ブレイクが騒ぎたてたら恥ずかしかっただろうけれど、彼はショーナを無視して風呂に入る準備を続けた。最初にプレードを外したとき、鼻にしわを寄せたのを見て、ショーナは笑みをこらえた。

スコットランド人は氏族特有のプレードを身につけるという噂話をブレイクは信じていると、ダンカンがひどく面白がって教えてくれた。ブレイクは金色の上等の上着とズボンを、アンガスのプレードと交換したのだ。その噂話は真実ではないため、みんな大笑いした。どの氏族にも味方と敵の両方がいる。自らの所属を明らかにするものを身につけて旅をするのは愚か者だけだ。殺されてしまうかもしれない。平和が訪れない限り、そんなことはできない。目下のところ、ダンバー氏族が全員同じ模様のプレードを身につけているのは、ケイレン・カミンが作ったからだ。彼はいつも、同じ模様のものを大量に作り、その布を使い果たすと、また別の模様で大量に作る。しかし、だからといって、それが氏族のプレードというわけではない。

このことを、いつかブレイクに話さなければならないだろう。こういったことに疎くてばかにされやすい夫なんていらない。

だが、ブレイクが次にチュニックを脱ぐと、ショーナはその問題をすっかり忘れた。思わず大きなため息をつきそうになった。彼は本当にたくましくて、目の保養になる。脚のあいだにぶらさがっているものは別だけれど。その奇怪なものは見ないようにした。これから経験する痛みや、レディ・ワイルドウッドが言っていた血について考えてしまわないように。いまはまだ考えたくないから、腕や胸に意識を集中させ、腰から下に視線が行かないようにした。本当にすてきな胸。触れてみたいというおかしな欲望に駆られた。あの広い胸を両手で撫でまわして——。

ノックの音が聞こえ、ショーナははっと椅子から立ちあがると、扉を開けに行った。ショーナが頼んだ酒を運んできた召使いだった。けれどもそれは、ウイスキーではなくワインだった。ショーナはいらだって眉根を寄せた。「わたしが頼んだのはウシュクベーハよ、ジャンナ。どうして――」

「あいにく切らしておりまして」ジャンナが申し訳なさそうに言った。「グリーンウェルドを撃退するために、レディ・イリアナがすべてお使いになってしまわれたのです。ウイスキーの樽《たる》を壁から投石器の上に落としたあと、火矢を放って燃やしたのですよ」

「まあ」ショーナは眉をあげた。「巧妙な戦略ね」

「はい。お見事でした」ジャンナはにっこりした。「ほかにご用はございませんか？」

「大丈夫よ。ありがとう」ショーナは微笑み、扉を閉めた。振り返ると、ブレイクが浴槽に入るところだった。その臀部を彼女はうっとりと見つめ、これまで見たなかで最高のお尻だと、改めて思った。あとで触れるかもしれない。見た目と同じくらいかたいのかどうか確かめたかった。

「一杯もらえるかな？」

ブレイクの声にはっとし、歩きだした。ジョッキとワインののったトレイを収納箱の上に置くと、ふたり分注いで浴槽のところへ持っていった。

彼の胸を間近で見たときは、そのすばらしさに思わず口笛を吹きそうになった。少なくとも、ショーナは見た目のいい夫――この先何年も目を楽しませてくれる夫を手に入れたのだ。

「ありがとう」ブレイクがジョッキを受け取った。「背中を洗ってくれないか?」

ショーナは躊躇した。反射的に、自分の背中くらい自分で洗ってと言いそうになる。自分は召使いではないのだ。でもそのあとで、これは隆々とした筋肉に余すところなく触れるチャンスだと気づき、浴槽の後部にまわってひざまずいた。自分のジョッキを床に置き、体を洗うために用意された布切れを受け取ると、石鹼をこすりつけた。そのとき、それがレディ・ワイルドウッドがショーナのために持ってきてくれた花の石鹼だと気づいて、おかしくて手を止めた。ブレイクは夏の庭のような香りを漂わせることになるだろう。そして、肩をすくめると、さらに石鹼をこすりつけた。石鹼はこれしかない。それに、父のブレードのにおいがするよりずっといい。

石鹼を置き、背中を眺めたあと、ワインを一気にあおってから作業に取りかかった。彼の背中はかたいのにやわらかかった。肌を布で撫でつけ、それを繰り返したあと、布を放りだし、石鹼の泡を塗った両手でうっとりとマッサージし始めた。

「ああ、気持ちいいな」

ショーナはびっくりした。彼の存在を忘れていた。いいえ、正確に言うと、忘れていたわけではないけれど——。

「胸も洗ってくれるか？」ショーナは体をこわばらせ、後頭部をじっと見つめた。胸？　あの広い胸を撫でると思っただけで、指がうずうずする。背中をそらしてジョッキをつかんだが、からだったので、肩越しに手を伸ばして、彼のジョッキを奪い取った。

「おい！」ブレイクは振り向いたものの、ショーナがワインを飲み干すのを見て笑い声をあげた。「喉が渇いているのか？」訳知り顔でからかうように言った彼を、ショーナはにらんだ。

「一度歯を抜いたことがあるの」ショーナはからになったジョッキを置くと、胸に手が届くよう前へ移動した。

「そうなんだ」ブレイクはとまどっていた。「なんの関係がある？」

ショーナは湯に浮かんでいた布切れを手に取って、石鹸をこすりつけた。「痛くて不快だったけれど、その前にウイスキーをひと瓶飲んでいなければ、もっとひどかったかもしれない」

「初夜を抜歯にたとえるのか？」ブレイクはむっとしていた。

「何が起こるか、レディ・ワイルドウッドが説明してくれたのよ」

ブレイクが黙りこみ、ショーナは石鹸を置くと、布切れで胸をこすり始めた。彼の視線を感じた。何か言いたそうにしていると思ったら、案の定、ブレイクが口を開いた。「ショーナ、別に必ずしも――これは花の香りか？」

ブレイクがショーナの手をつかんで引き寄せ、布切れのにおいを嗅いだ。ショーナは笑いそうになった。

「やれやれ、これじゃあ女みたいになってしまう」

ショーナは今度こそ笑った。ブレイクは心底ショックを受けている様子だった。

「もうとっくになってるわ」からかうように言ったあと、手を引いて洗い続けようとしたら、腕をつかまれた。

「やめろ、もういい」

「いいじゃない。すてきなにおいだと思うわ」ショーナは自由なほうの手で布切れを持って、ふたたび胸をこすり始めた。

「魔女め」ブレイクが今度はその手をつかんだ。

「あらそう？」ショーナは笑い飛ばした。ブレイクは最初に押さえた手を放してもう一方の手をつかんだので、ショーナは自由になった手に布切れを持ち替えた。ブレイクがその手もつかもうとしたので、ショーナは笑いながら布切れを彼の手の届かないところに遠ざけた。

「それをよこせ、ショーナ」ブレイクはショーナの手を放すと、身を乗りだして両腕を彼女にまわし、布切れを取りあげようとした。隙あり。ショーナは床に置いた石鹸を手に取り、彼の胸にすりつけた。

ブレイクは怒った声を出し、布切れをあきらめて石鹸をつかんだ。ショーナはすかさず花の香りがする泡だらけの布切れで、彼の腕や胸や、手の届く限りの場所をこすった。だが、ブレイクに手首をつかまれ、奇妙な戦いが始まった。ブレイクは彼女の両手首をつかみ、ショーナは布切れも石鹸も奪われないよう両腕をあげたままにした。揉みあっているうちにショーナは前のめりになり、浴槽の側面に腹部を押しつけた。胸と胸がときおり触れあう。ブレイクはショーナの両手を頭上にあげさせようとした。片手で両手首をつかんだあと、ふたつの武器を取りあげるつもりなのだ。ショーナは果敢に抵抗したが、あいにく彼のほうが力が強かった。負けそうだとわかって、わずかに体を引き、奪われる前に自分から布切れを放した。

こうすれば、石鹸は手放さずにすむかもしれないと思った。ブレイクは手を離して布切れを拾いあげるだろうと予想したのだ。ところが、布切れが落ちた場所を見おろした瞬間、ふたりとも硬直した。布切れはテントのごとく水面から突きでていた。何かにかぶさったのだ。彼の脚のあいだから突きでたものに。

ショーナは眉をあげた。楽しんでいたのは自分だけではなかったようだが、どうして取っ組み合いでブレイクが興奮するのかわからない。それとも、わたしのせい？ 自問しながら顔をあげると、彼の視線がショーナの胸元に向けられているのに気づき、それをたどった。化粧着がずぶ濡れになって透けていて、胸に張りついている。先端が彼のものと同じくらいかたくなっているのが、はっきり見て取れた。

とても興味深い。予想だにしなかった。ショーナは本気にしろ遊びにしろ、戦っているときに興奮したことはない。

ためらいがちに視線をあげると、突然ブレイクが身を乗りだしてきて唇を奪った。ショーナは反射的に体を引こうとしたが、彼は片手を背中にまわし、もう一方の手で後頭部をつかんだ。

ショーナはそのような横柄なふるまいには慣れていなかった。支配するのはたいてい彼女のほうだった。体をこわばらせ、小さく息をのんだ瞬間に舌が滑りこんできて、はっとした。これまで、ショーナはキスをしたことがなかった。小さいときに男の子にされたことはあるが、ショーナはその子を押し倒し、叩きのめしてやった。でもそれも、頬への軽いキスだった。ほかの人がキスをしているところを偶然見かけたことはあるけれど、いつも目をそらした。その行為に舌が使われるなどとは思ってもみなかった。

好奇心が勝ち、ショーナは抵抗せずにじっとしていた。キスというものは面白い行為だ。彼の舌がショーナの舌を這い、まるで虫歯を探すかのように口のなかをまさぐっている。気持ちが悪いはずなのに、その味や感触はとてもすてきだった。彼の唇や舌の動きや、押しつけられる胸の感触に、ショーナは背中をそらしたいという奇妙な欲望を感じた。

ブレイクが手を滑らせ、胸を包みこんだ。ショーナはうめき声をもらし、とうとう背中をそらした。ブレイクが彼女の髪をつかんで頭を倒し、喉にキスをする。ショーナはふたたびうめくと、胸をつかんだ大きな手に自分の手を重ねて、しっかりと押しつけた。もっとこうしていてほしい。

ブレイクはかすれた含み笑いをもらし、要求に従う代わりに、胸から手を離した。ショーナが眉根を寄せた次の瞬間、ブレイクは彼女の腰をつかんで引きあげ、膝の上におろして横向きに座らせた。ショーナは少女のように悲鳴をあげたり、暴れたりはしなかった。その代わりに、彼の頭をつかんで引き寄せた。ブレイクはすぐにキスをしてくれた。そして、ショーナが彼の手をつかんで自ら胸に押しつける前に、ふたたび胸を包みこみ、そっと揉んだあと、かたくなった先端を親指と人差し指でつまんで転がした。

ショーナは満足の吐息をもらした。とても気持ちがいい。彼が唇を頬から耳に滑らせる。耳や喉にキスをされたあと、舌で鎖骨のくぼみをなぞられ、ショーナは無意識のうちに体をくねらせていた。

突然、胸の先端を愛撫《あいぶ》していた指が唇に代わった。ショーナははっとしたあと、うめき声をもらしながらふたたび彼の頭をつかんで引き寄せ、ありとあらゆる感覚が体内を駆けめぐるのを感じた。

こんなに気持ちのいいものだったなんて。どうして誰も教えてくれなかったの？あいだを隔てる濡れた化粧着を脱いだらもっとよくなるかもしれないと考えたけれど、何分不慣れなことなので、黙っていた。それに、ブレイクの口とさまよう手に気を取られた。片手はしっかりと背中にまわされ、ヒップや腿の外側を撫でまわしていたもう一方の手が、内腿に滑りこもうとしている。

ショーナは自分の腿がそんなに敏感な場所だとは知らなかった。骨を覆っていただけの肌が、タコのできた指に触れられて突然、生き生きと目覚めた。気づいたら脚を広げてその指を迎え入れていた。脚のあいだをそっとかすめられると、彼の肩に唇を押しつけ、夢中で吸ったり、嚙んだりした。すっかり混乱し、わけがわからなくなる。

体内の緊張が高まり、もうやめてと言いたくなった。でも、とても気持ちがよくて、やめてほしくない。実際、自分が何を望んでいるのかわからなかった。

けれども、ブレイクにはわかっているようだ。ショーナは生まれて初めて主導権を放棄せざるを得ず、彼に身を任せた。不意に、彼が手を止め、唇を離した。

ショーナも無意識のうちに噛んでいた肩から唇を離すと、まばたきしながら目を開け、彼をにらんだ。「どうしたの？」

ブレイクが含み笑いをした。ショーナを抱えて立ちあがろうとする。ショーナは彼の首に腕をまわし、息をのんだ。ショーナは大柄で筋肉質だ。彼女を軽々と抱きあげられる男性はそう多くはないだろう。ブレイクには簡単なことのようだったが、浴槽から出てベッドまで運ばれるあいだ、彼女はしがみついていた。

ブレイクはショーナをベッドにおろし、手早く化粧着を脱がせると、そっと押し倒した。

ショーナは体を起こし、彼の場所を空けるためにうしろにさがろうとしたが、ブレイクが足首をつかんで引きとめ、彼女の隣にあがった。

「動くな」そう命じられ、ショーナは顔をしかめた。犬に命令するような口調だった。わたしは犬じゃない。

「夫だからというだけで、威張り散らせると思わないでね」きっぱりと言った。「父に従うのもあまり得意じゃないのに、威張り散らす傲慢なイングランド人に——きゃあ！」突然、脚を広げられ、少し前に彼の指が愛撫していた場所に唇を押し当てられ、驚いて起きあがろうとした。だが、ブレイクが——顔もあげずに——片手を彼女の胸に当てて押し戻した。

ショーナは衝撃のあまりふたたび起きあがろうとしたが、体は矛盾した反応を示し、気づいたら腰を突きあげていた。腰を突きあげながら体を起こすのは難しい。それに、起きあがりたいという衝動は急速に消えていった。それよりも、何かをつかんで握りしめたかった。彼の臀部が思い浮かんだものの、手が届かない。体のほかの場所にも届かないので、代わりに脇にあったクッションをつかんで指を食いこませた。悦びのあまり死んでしまうのではないかと思うほど、気持ちがいい。

しばらく何も考えられなくなった。息を切らしながら、あらゆるみだらな声をあげているのには気づいているけれど、抑えられない。彼がもたらす興奮に意識が完全に集中していた。彼の唇や舌に魔法をかけられ、身もだえし、筋肉がはちきれそうなくらい引きしまっていく。あるとき、それ以上耐えられなくなって、脚を閉じてやめさせようとしたが、ブレイクは両腕を使ってさらに押し広げると、彼女がむせび泣くようにうめくまで攻めたてた。

彼が正確に何をしているのかも、その理由も、自分がどうすべきかもわからない。これほど自制心を失ったことも、無力感を覚えたことも、苦しいほどの悦びを味わったこともなかった。腰を突きあげ、首を左右に振りながら、自らのうめき声を聞いていると、体のなかに何かが入ってくるのを感じた。それが何かはわからない。レディ・ワイルドウッドから教わった交わるときの位置に、ブレイクはいないからだ。でも、なんであろうとかまわなかった。それがもたらす、さらなる緊張と悦びがすべてだ。その愛撫に没頭し、ついに緊張から解き放たれるのを感じた。全身を震わせ、叫び声をあげながら、シーツを引き裂かんばかりに握りしめた。

ブレイクが体を起こし、覆いかぶさってくるのにぼんやり気づいた。無意識のうちに腕をまわしたと同時に、唇を奪われた。そして、彼がなかに入ってきた瞬間、弓のごとく体をそらして硬直し、驚きの悲鳴をもらした。

12

ブレイクは、じっと動かないように努めた。ショーナの悦びがさめやらないうちに、すばやく突き破ったほうが痛みが少ないと思ったのだ。しかし、彼女がもらした叫び声を聞いて、それは間違いだったかもしれないと考えた。あたたかく濡れた秘所に包みこまれ、体は動きたがっている。だが、ブレイクは理性に従おうとした。難題だ。彼女はとてもきつく、締めつけてきて、とにかく――。

「大丈夫かい？」ブレイクは息を切らしながら尋ねた。

ショーナが彼を見上げた。勇敢にも、その質問に驚いている様子だった。「ええ。どうして？」

「悲鳴をもらしたから」そっけない口調で答えた。

「ああ」ショーナが肩をすくめた。「驚いたのよ。レディ・ワイルドウッドから話を聞いて、痛みを覚悟していたから」

ブレイクは緊張した。「痛くなかったということか?」

ショーナがふたたび肩をすくめる。「ちょっとは痛かったけど。たいしたことないわ」

その言葉を信じられず、ブレイクは目をすがめた。「もう痛くないのか?」

ショーナは眉をあげ、もぞもぞしたあと、首を横に振った。「痛くないわ」

「よかった」ブレイクはあえぎながら言い、少し腰を引いたあと、ふたたび突き入れて彼女をあえがせた。そこでどうにか動きを止めて尋ねた。「今度はどう?」

「どうって何が?」ショーナはブレイクの背中にしがみつき、ふたたび身動きしながらささやいた。

「痛い? 続けても大丈夫か?」怒った声を出すつもりはなかったが、我慢の限界だった。彼女は実に冷静なのに、自分は——。

「痛くないわ。ちょっと変な感じがするだけ」

「変って?」ブレイクは眉根を寄せた。「どういう意味だ?」

ショーナが肩をすくめる。「変は変よ。何もかも変な感じがするの」そう言ったあと、思い出したようにきいた。「続けるって? まだあるの?」

ブレイクは目を閉じて耐えた。「ああ、妻よ。まだあるんだ」

「レディ・ワイルドウッドはそんなこと言っていなかったわ」ショーナがつぶやき、肩をすくめたあと、腰を動かして脚をさらに広げた。「でも、それを言うなら、ほかにも言い忘れたことがたくさんあったみたい」

「ショーナ……」ブレイクは歯を食いしばって言った。

「何?」

「これ以上我慢できない。頼むから続けてもいいと言ってくれ」

「何を我慢しているの?」ショーナは尋ねたが、彼の表情を見て会話をする気分ではないことを読み取ったのだろう、あわてて言った。「いいわよ。続けて」

ブレイクは安堵のため息をつくと、ふたたび腰を動かした。


はじめ、ショーナはじっとしていた。ブレイクが処女膜を破る前にしたことのせいで、脚の筋肉や全身がまだ震えていた。実際、最初の何往復かは、この出したり入れたりする行為の魅力がさっぱりわからなかった。そのあと、彼がわずかに体位と動くリズムを変えると、ショーナは理解し始めた。ふたたび興奮してきて、体が締めつけられる感じがする。キスがしたくて、彼の髪に指を絡めて引き寄せた。彼はその無言の要求に応じて唇を合わせると、腰の動きに合わせて舌を動かした。

ショーナは積極的にキスに応え、舌を絡めた。片手で頭を押さえたまま、もう一方の手の指を肩甲骨の下の肉に食いこませて励ます。たとえようのない経験だった。人生にこれほどすばらしいものが存在するなんて知らなかった。みんながうめき声をあげるのは、痛みのせいではないと理解できた。なんてこと。馬に乗って森を駆け抜けるよりも気持ちがいい。夏の暑い日に、裸になって冷たい湖で泳ぐよりも。これには……戦いでさえかなわない。

そのあとは、まったく何も考えられなくなった。めくるめく快感にのみこまれ、叫び声をあげる。やがて、ブレイクも大声をあげたあと、ショーナの上にくずおれた。ふたりとも震え、息を弾ませていた。次の瞬間、彼は低いうめき声をもらして寝返りを打ち、ショーナの隣にあおむけになった。そして、背中の下に腕を滑りこませ、抱き寄せた。

ショーナは抗議しなかった。ブレイクが主人風を吹かせるのが、なぜかとてもいとしく思える。しばらくそうしていたあと、頭をあげ、彼の顔を見てきいた。「もう一度できる?」

ブレイクはまばたきしながら目を開けたあと、びっくりした顔でショーナを見た。それから、笑い声をもらし、彼女の頭を肩に押し戻した。「一分後なら。回復する時間をくれ」

ショーナは朝日とともに目を覚ました。いつもその時間に起きているが、ごろごろする目を開け、窓から差しこむ光に顔をしかめた。疲れきっている理由を思い出したのは、隣からいびきが聞こえてきたときだった。

わたしのベッドに男の人がいる。ブレイク・シャーウェル。わたしの夫。隣でうつぶせに寝ていて、彼女のほうに顔を向けている。美しい寝顔を見つめると、胸がきゅんとした。その金色の髪に指を通したかった。いやな夢を見ているかのようにしわの寄った額を撫でつけたい。そして、まっすぐな鼻を撫でおろし、たくさんの悦びを与えてくれた唇をかすめたかった。

それから、どうしてもお尻をつかんでみたい。

ショーナは笑みを浮かべた。初めて見たときから、ブレイクの臀部に魅了された。真ん丸でかわいらしい。それがやわらかいのかかたいのか、知りたくてたまらなかった。彼の体のほかの部分は石のようにかたい。唇は別だけれど——キスをするときはやわらかくなる。臀部もかたいのか、それともやはり、クッションになっているのかしら？

男性の臀部に夢中になっていることを、誰かに知られたら恥ずかしい。でも、誰にも知られていないのだし、ブレイクはもう夫なのだし、触ってくれと言わんばかりにお尻を突きだして寝ているのだから——。

ショーナは体を起こすと、ブレイクの下半身を覆っているシーツをそっと引いて、ふたつの丸い山をあらわにした。さっと顔を見て、眠っているのを確認する。彼が目を覚まさなかったことにほっとし、少し身を乗りだすと、おずおずと手を伸ばして、手前の山に人差し指でそっと触れた。肌がわずかにへこんだ。かたくない。笑みを浮かべながら、手のひらを置いてそっと握った。

ブレイクがむにゃむにゃ言い、寝返りを打ってあおむけになった。それで今度は、夫の裸体の前面が見えた。驚いたことに、眠っているのに、脚のあいだにあるものは起きていた。国王の旗のごとくそそりたっている。とてつもなく大きいけれど、ショーナはもう怖くなかった。それを受け入れられることを、彼がひと晩じゅう何度も証明してくれたのだ。あのあとすぐ、彼は回復した。二度目もすばらしかった。そして、ショーナは笑みを浮かべたまま眠りに落ちたが、数時間後、ゆったりとした愛撫と情熱的なキスで、ふたたび目を覚ましたのだ。

ブレイクの顔をちらりと見た。起きたらまた悦ばせてくれるかしら？　屹立《きつりつ》したものが期待をあおる。横になって眠ったふりをして、わざと音をたてて起こしたら……。

不意に、ブレイクが鼻を鳴らしたので、ショーナは笑い声をあげそうになった。ふたたび下腹部に目をやる。最初に起こされたあと、ふたりで生ぬるい風呂に入った。二度目に目を覚ましたときは、口で愛撫される官能的な夢を見ている最中で、目を開けると、実際に彼が脚のあいだにかがみこんでその行為をしていた。

ショーナはそれほど疎いわけではないけれど、男が女にあんなことをするなんて知らなかった。召使いのメアリーがひざまずいて似たようなことを男の訪問客にするのを、一度見かけたことがある。召使いが全員大広間で眠るような城に住んでいると、避けられないことだ。あのときはうろたえた。何を目にしているのか見当もつかなかったのだが、男が子を産む牛のごとくうめいていた理由がいまわかった。そして、ブレイクに同じことをして起こしたら面白いかもしれないと、ふと思いついた。ショーナにとってもあれほど楽しいものだったから、彼はそうして起こされても腹を立てないだろうし、また彼女を悦ばせようという気になるかもしれない。

問題は、やり方をよく知らないことだ。なんとなくはわかるけれど……。

だがショーナは、知らないことに挑戦するのをためらうような人間ではなく、今回も例外ではなかった。ブレイクににじり寄り、どうやって始めるか少し考えたあと、手を伸ばして、人差し指で根元から先端までそっと撫でた。彼の表情をちらりとうかがったが、あまり変化はなかった。むにゃむにゃ言って首をまわしただけだ。ショーナは唇を引き結び、今度は手のひらで包みこんでさすった。ブレイクは小さなうめき声をもらし、顔をそむけた。

ショーナはかがみこみ、少しためらったあと、根元から先端までそっとキスをした。ブレイクがうめき、かすかに身じろぎしたのがわかったが、目を覚ましてはいないようだ。よかった。これが正しいやり方だとは思えない。メアリーは全部口に入れて、頭を上下に動かしていた。

ショーナもやってみることにした。口に含んでゆっくりと滑らす。ブレイクが反応を示した。大声でうめき、彼女の髪をつかんで体をこわばらせた。でもまだ、起きてはいないようだ。ショーナは何度か頭を上下させたものの、大きすぎて根元までくわえる前に先端が喉の奥に当たり、えずきそうになった。いらいらし、根元を握って口と一緒に手を動かした。

「ショーナ」しばらく経って、ブレイクがうなるように言ったあと、彼女の髪をそっと引っ張って顔をあげさせた。

ショーナは彼を見た。「やり方が間違っている?」

「いや、とても上手だよ」ブレイクが歯を食いしばって言った。

「よかった」ショーナが愛撫を再開すると、ブレイクはうめき声をもらした。さらにしばらく経って、ふたたび彼女の髪を引っ張った。ショーナはため息をついて顔をあげると、彼を見つめた。「何？　ほかにもやるべきことがあるの？」

「ないけど――」

「それなら、これ以上邪魔しないで」ショーナは命じ、ふたたび頭をさげた。

試しに速度や力の強さを変えてみながら、愛撫に集中した。だが、ブレイクは目を覚ましたあとはすっかり静かになってしまい、悦んでいるのかどうか判別できなかった。でも、彼のものはさらにかたく、大きくなったような気がする――信じられないけれど。足を見てみると、つま先が丸まっていた。これはよい兆しかもしれない。そして、彼がショーナに触れ始めた。

ヒップを撫でられたあと、脚のあいだに手が伸びてきた。ショーナははっとし、口を動かすリズムが乱れた。集中しようとしてもブレイクの手に気を取られて、思わず悪態をつくと、体を起こして彼をにらんだ。

「やめて。いまはわたしがあなたを悦ばせているんだから」怒って言った。

ブレイクはゆっくりと微笑んだ。そして、ショーナの腕をつかんで引き寄せた。

「ちょっと！」ショーナは彼の胸を押して起きあがろうとした。「わたしが――」ブレイクは唇を奪い、舌を入れて黙らせた。これにはかなわない。ショーナは抵抗するのをやめた。少しだけなら。そう自分に言い聞かせ、彼の胸を撫であげ、指を髪に差し入れた。

ブレイクはとてもキスが上手だ。比べる相手もいないのに、ショーナはそう思った。でもきっと、性技の達人に違いない。噂によると、充分に経験を積んできたのだから。ショーナはそれをありがたく思った。いま自分は、その恩恵を受けているのだ。

唇が離れると、ショーナは抗議のうめき声をあげたが、顔にキスされて吐息をもらした。飼い主に撫でられる猫のように、手に顔をすりつける。髪を引っ張られ、耳に舌が入ってきた。

ショーナはあえぎ、体を震わせた。その体を支えていた手は、彼女が抵抗するのをやめると背中や腕を撫でまわしていたが、いまはヒップをつかんで下腹部に押しつけている。ショーナは首をまわしてふたたび唇を重ね、すれあう感触に自然と脚を開いていた。しばらく経ってもう我慢できなくなり、彼の不意をついて起きあがった。

ブレイクにまたがり、股をすりつけた。それでいくらか不満はやわらいだけれど、まだ物足りなかった。昨夜のように、体の内側で感じたい。ショーナは彼のものをつかんで導き、体を沈めた。満たされると、吐息をもらし、身をくねらせながら、半分閉じた目で彼を見つめた。

ブレイクは唇に笑みを浮かべると、突然体を起こし、ヒップの下をつかんで持ちあげた。

「ああ!」さらなる快感にショーナはあえぎ、彼の背中に脚を巻きつけた。ブレイクが彼女を押し倒して突き入る。ショーナはうめき声をもらし、腕をまわして肩に指を食いこませた。背中をつかんだあとようやくお尻にたどりつき、揉みながら、ともにのぼりつめていった。

ブレイクが迎えに来ないせいで手に入れられないものがこれだと知っていたら、彼を追いかけて捕まえ、引きずってきてでも結婚したかもしれない。

ブレイクが無駄にした時間について、あとでたっぷり話をしよう、とショーナは思った。一方、彼はショーナをないがしろにしているあいだにうまくなったのであって、彼女が追いかけていたらその恩恵は受けられなかったであろうことにも気づいていた。すべてにふさわしい時があり、ふたりにとってはこれでよかったのかもしれない。こういうことができる夫がいるという事実を、ただ楽しむことにした。下手な男性が相手だとつまらないのだろう。父がいまいましいシャーウェルの息子を婚約者に選んだことは、ショーナにとって最高の贈り物だった。でも、そのことは胸に秘めておこう。父をうぬぼれさせることはない。

ショーナの注意が散漫になっているのに気づいたのか、ブレイクが彼女の頭をつかんで唇を重ね、舌を入れて腰の動きに合わせて動かした。ショーナは何も考えられなくなり、ついにふたりで絶頂を迎えた。

扉をノックする音がして、ショーナはまばたきしながら目を開けた。隣を見ると、ベッドにブレイクの姿はなかった。片腕をついて起きあがり、室内を見まわしたものの、やはりいない。ショーナはまたうとうとしていたようだが、ブレイクは眠らなかったのだろう。あるいは、先に目が覚めて部屋を出たのかもしれない。

ふたたびノックされ、怒った声で言った。「どうぞ」

すぐに扉が開き、満面に笑みを浮かべたジャンナが入ってきた。「おはようございます、奥様」

「おはよう」ショーナは反射的に応じたあと、用件を尋ねようとしたが、ジャンナのあとから数人の召使いがぞろぞろ現れたのを見て、口を閉じた。半分が浴槽の水をすくって窓から捨てるために使うからのバケツを持っていて、残りの半分は湯の入ったバケツを次々と持ってきた。

「お風呂は頼んでいないわよ」ジョーナは言った。

「ブレイク卿に仰せつかりました」ジャンナがそう答えたあと、召使いが新しいシーツを持ってきたのを見てつけ加えた。「ベッドを整えるようにとも言われました」

ジョーナは室内を見まわした。彼女は素っ裸で、下敷きになっていた上側のシーツに覆われているだけだった。見苦しくないようにと、ブレイクがそれを引っ張りあげてかけてくれたようだ。残りのシーツや毛皮やクッションは、床に散らばっていた。下側のシーツすらなくなっている。

古代ローマのトーガのごとくシーツを体に巻きつけると、ベッドからよろよろとおりて、毛皮やクッションをベッドの上に放り投げながら、下側のシーツを探した。イリアナとダンカンが結婚したときのように、じきに父とロルフと司教が、ジョーナが処女だったことを示すシーツについた血の染みを確認しに来るだろう。それなのに、シーツがどこにも見当たらない。

「下側のシーツがなくなってる」ジョーナは心配になった。

「はい。お父上やほかの方々が奥様の邪魔をなさらないように、先ほどブレイク卿が持っていかれました」

ショーナは顔をしかめた。彼女の純潔をみんなに証明するため、大広間の上の手すりに吊《つる》されたのだろう。少なくとも、イリアナとダンカンの初夜のときはそうだった。そう思うと身もだえしたくなったが、ぶつぶつ言うだけにして、湯を張り終えた浴槽に近づいていった。

別に風呂に入りたいとは思っていなかった。家畜のようなにおいを放ちたくないので、イリアナに入浴の利点を教わる前の兄と違って、風呂を拒んだことはなかった。だが、二日間で四、五回も入るのは、度を越しているように思える。ところが、立ちあがって動いた瞬間に、脚のあいだがべとついているのに気づいて、俄然入りたくなった。昨夜のような熱い夜がこれからも続くのなら、数えきれないほど入浴することになるだろう。

風呂の支度を思いつくなんて、夫は気がきく。ショーナは微笑んだ。昨夜の彼は、察しのよさを発揮した。夫婦の営みを楽しめる女性と楽しめない女性がいると、レディ・ワイルドウッドは言っていた。嫌悪する女性もいるが、好きになれない女性はたいてい夫が自己中心的で、手間をかけて妻を悦ばせようとしないのだと。そして、ブレイク・シャーウェルの噂からすると、ショーナがそういう問題を抱えることはないだろうとつけ加えた。そのとおりだった。ブレイクはとても思いやりがあった。それどころか昨夜は、さらには今朝も、彼よりも自分のほうが快楽を得たと、ショーナは確信していた。

「入浴のお手伝いをいたしましょうか、奥様？」ジャンナにきかれ、召使いたちが仕事を終え、ぞろぞろと部屋から出ていくのに気づいた。

「いいえ――」

「わたしたちが手伝うわ」イルフレッドがヘレンを連れて部屋に入ってきた。

「そうしてもらうわ」ショーナはシーツを床に落として、浴槽に足を踏み入れた。

「ありがとう、ジャンナ」

「失礼します、奥様」ジャンナが出ていき、扉を閉めた。イルフレッドとヘレンが浴槽に近づいてきて、花の香りがする石鹸を体にこすりつけるショーナを無言で見守った。

「それで？」イルフレッドが沈黙を破った。

ショーナは顔をあげていとこを見た。「それでって？」

イルフレッドがいらだたしげに舌打ちする。「どうだったの？　どんな感じだった？」

ショーナは笑みを浮かべた。どうだったって？　最高よ。

イルフレッドはショーナの表情を読み取って、にっこりした。「よかったのね?」

ショーナは笑った。「信じられないでしょう」

「その乱れた髪を見たら、信じるかもしれないわ」イルフレッドがおかしそうに言ったので、ショーナは後頭部に手をやり、くしゃくしゃになっているのを知って顔をしかめた。一瞬とまどったあと、ベッドの上で頭を激しく振り動かしたのを思い出した。

「手伝うわ」ヘレンが浴槽の脇にひざまずいた。「髪を洗ってあげる。頭をうしろに傾けて」

ショーナが言われたとおりにすると、ヘレンはバケツを持って浴槽の湯をすくい、ショーナの顔にかからないようにしながら髪にかけた。そして、すっかり濡らしたあと、昨夜の残りのハーブ酢を使い、指でもつれをとかしながら洗い始めた。

「ベールが濡れてる」イルフレッドが注意し、ヘレンがいらだたしげに舌打ちするのを聞いて、ショーナはかすかに微笑んだ。目を開けて首を曲げると、ヘレンがベールを外していて、束ねた赤い髪が見えた。

「嫌いなのよ」ヘレンがベールを脇に置いて不平を言った。「暑いしうっとうしいし。あとでまたつけるわ」

ショーナは無言で微笑むと、ふたたび目を閉じて頭を傾けた。ヘレンが洗髪を続け、しばらく沈黙が流れたあと、イルフレッドが口を開いた。「ゆうべのことを詳しく話してはくれないの？」

イルフレッドは期待している様子だったが、ショーナは黙っていた。昨夜の出来事は言葉では言い表せない。ブレイクが何をしたか話すことはできても、ふたりは実際に体験するまで理解できないだろう。

イルフレッドがいらだたしげにため息をついた。「じゃあ、次の計画を考えましょう」

ショーナはブレイクのことを考えて、そっと微笑んだ。彼はいまどこにいて、次は何を――。

「ヘレンの問題についてよ」ショーナの考えを読み取ったらしく、イルフレッドが冷やかに言った。

ショーナは自分を恥じた。ヘレンの問題をすっかり忘れていた。なんてこと！　ヘレンの命が、おそらく彼女の父親までもが脅かされていることを忘れるなんて。

「ショーナ？」ショーナが黙りこんでいるので、イルフレッドが声をかけた。

「ええ」ショーナは眠っていないことを示すために目を開けた。「考えていたのよ」

「何か思いついた？」ヘレンが意気込んで尋ねた。

ショーナは首を横に振ろうとしたところで、ハーブ酢をさらにかけられて動きを止めた。「どうしたらいいかわからないけれど、昨日、父に相談したほうがいいかもしれないと思ったの」

「あなたのお父様に？」ヘレンが自信なさそうにきき返した。

「ええ」ショーナはまばたきしながら目を開け、ヘレンを見つめた。「父ならちゃんとした護衛をつけることも、あなたのお父様と国王陛下に使者を出すこともできる。秘密の通路を使えば、イルフレッドとわたしでこっそりあなたをイングランドへ連れていって、お父様のお城に送り届けることもできたかもしれないけど……」肩をすくめた。「父に護衛をつけてもらうほうが安全よ」

「そうね」ヘレンはしぶしぶ認めた。「でも、あなたのお父様の護衛が襲われたらどうする？」

ショーナは唇を引き結んだ。「使者を送って、あなたはダンバーに残ったほうが安全だと考えるかもしれないわ」

「ああ、ショーナ」ヘレンがため息をつく。「レディ・ワイルドウッドのときも、お父様はそうなさったでしょう。そのあとで、ダンバー城はグリーンウェルドに攻撃された。またそんなことになったらどうするの？」

「もっといい考えを思いつくかもしれないわ」ショーナは冷静に言った。『父はいろいろな経験をしてきたの。せめて本当のことを話して、意見を聞くべきだと思うわ。それが気に入らなければ、またこっそり逃げだして自分たちで解決すればいい」

「それはいい考えとは思えないわね」

戸口から声が聞こえてきて、三人はぱっと振り返った。レディ・ワイルドウッドが見知ったふうにヘレンを見つめていた。

「ノックもせずに邪魔をしてごめんなさいね」レディ・ワイルドウッドが扉を閉めた。「ちょうど話が聞こえてきたから」

浴槽の脇にひざまずいているヘレンを見据えたまま、近づいてきた。「レディ・ヘレン・ド・ベッテンコート。最初にあなたを見たとき、見覚えがある気がしたのだけれど、服装にだまされてしまったわ」

ショーナはヘレンをちらりと見た。ヘレンは少しためらったあとで言った。「レディ・ワイルドウッド、わたしも気づいていました。母のご友人でしたよね」

「ええ」レディ・ワイルドウッドはかすかに微笑んだあと、ショーナとイルフレッドに説明した。「ヘレンのお母様とわたしは、アン王妃と親しくしていただいていたの。宮廷でよく一緒に過ごしたのよ」

「まあ」ショーナはつぶやいたあと、ヘレンに微笑みかけた。「有力な人脈があったのね」

「違うの」ヘレンは顔を赤らめた。「たしかに母は女王陛下の友人だったけれど、ふたりとも亡くなってしまったし」

「あなたにはいまも有力な友人がいるわよ」レディ・ワイルドウッドが優しく言った。「女王陛下だけでなく、国王陛下もあなたのことを好いていらっしゃるのよ」ショーナに視線を移し、吐息をついた。「とてもいい顔をしている。夜を無事に乗り越えたようで安心したわ」

「ありがとうございます」ショーナはささやいた。

「さてと……」レディ・ワイルドウッドが火の入っていない暖炉のそばの椅子に腰かけ、期待のまなざしで三人を見つめた。「ヘレンが修道女に変装して旅をすることになった経緯を教えてくれる？　そのあとで、殿方たちにどう話したらいいか考えましょう」

ショーナは苦笑した。頼んでいるように見せかけて、これは命令だ。レディ・ワイルドウッドは自分の思いどおりにするのに慣れていて、今回もそうなった。セント・シミアン修道院の礼拝堂で出会ってから起きた出来事を、三人の女たちが交代で話すあいだ、レディ・ワイルドウッドはじっと耳を傾けていた。彼女たちはひとつも省略しなかった。誰も話すことがなくなった頃、ショーナは入浴を終えて服を着た。そして、レディ・ワイルドウッドが何か言うのを待った。

レディ・ワイルドウッドは長いあいだ口をきかず、思案に暮れていた。それから、ひとつうなずいて立ちあがった。「じゃあ、行きましょうか」

「どこへ行くんですか？」ショーナは彼女のあとを追って扉へ向かいながら尋ねた。

「わたしに任せて」レディ・ワイルドウッドはただそう答えて扉を開けたあと、立ちどまってショーナに微笑みかけると、顔にかかった黒い髪をいとおしそうに払いのけた。「母親がいなくてつらかったでしょう、ふたりとも」

レディ・ワイルドウッドはショーナとイルフレッドを見ながらそう言った。イルフレッドは反論しようと口を開いたあと、また閉じた。怒りと恨みを抱えたギルサルでは、母親代わりにはなれなかっただろう、とショーナは思った。母親がいなくてもつらくなかったと、自分が否定しない理由がわからなかった。これまでの人生に満足しているはずだった。欠けているものなどなかった。それどころか、普通の女性よりも多くの自由を味わえた。ほかの子たちが母親に抱きしめられたり、世話を焼かれたり、甘やかされたり、愛されたりするのを見て胸が痛くなったとしても、それは羨んでいるわけじゃない。

「わたしに任せてね」レディ・ワイルドウッドが言った。「大丈夫だから」

レディ・ワイルドウッドが廊下へ出た。ショーナはその背中を見送ったあと、イルフレッドとヘレンのほうを振り返った。女たちはしばらく不安そうに見つめあったあと、いっせいにレディ・ワイルドウッドのあとを追った。

13

「それで決まりだな」アンガス・ダンバーは言った。「あさっての朝に出発する。おまえとショーナはわしらと一緒にイングランドへ行き、そこで別れてシャーウェルへ向かえ」

テーブルの長椅子に座っているブレイクは、不満に思って身じろぎしたものの、反論はしなかった。ロルフと司教、レディ・ワイルドウッド、アンガス、ヘレン、国王の家来、そして、アンガスの大勢の家臣たちとともにイングランドまで旅をしたくなどないが、断る口実は見つからない。残念だ。みんなと野宿をしたら、妻と愛しあえない。

ブレイクは苦笑した。驚いたことに、いまのところ結婚生活をおおいに楽しんでいる。最悪な始まりだったにもかかわらず、ブレイクとショーナはうまくいっている。ただちに結婚式を行うと言われたとき、ショーナが城から逃げだそうとしなかったのがいまでも信じられないものの、彼がそれを心配していたことは一目瞭然だったらしく、レディ・ワイルドウッドが近づいてきて、大丈夫だと請けあった。ショーナに対して何を言ったのかは知らないが、効を奏したようで、彼女は式のあいだおとなしくしていた。そして、夜は……。

ショーナは鋼のごとく強情にもなれる一方、驚くほど繊細な一面も持っていた。それどころか、相反する魅力の塊だった。さらにベッドのなかでは、これまで出会ったどの女性にも負けないくらい奔放で、結婚も恐れていたほど悪いものではないかもしれないという希望が生まれた。それどころか、楽しんでいるのだ。

だがあいにく、いくら奔放な花嫁でも、父親がすぐそばでいびきをかいているときに事に及ぶのはためらうだろう。

「おまえたちと別れたあと、わしらはさらに南下して宮廷へ向かう」アンガスが満足げに締めくくった。

「途中からあなたは、シスター・ヘレンを送り届けるために別行動を取る」司教が念を押すと、アンガスは顔をしかめた。ショーナの代わりにヘレンを送り届けるという名目で、レディ・ワイルドウッドとできる限り長く一緒にいようとしているのだ。アンガスがレディ・ワイルドウッドに愛情を抱いているのは、誰の目にも明らかだった。

「ああ」アンガスが不満げに言う。「とにかく、マーガレット――レディ・マーガレットが」急いで訂正した。「シスター・ヘレンを連れてくるのを待とう。正確な場所がわからないことには――」不意に言葉を切り、ブレイクの肩越しににっこり笑いかけた。「ああ、来たか。ありがとう、レディ・マーガレット。さて、シスター・ヘレン、イングランドへ行く計画を立てているのだ。きみの家がある場所を教えてくれ」

ブレイクは振り返った。レディ・ワイルドウッドとヘレンのほかに、ショーナとイルフレッドもいた。ズボン姿の妻を見て、ブレイクは思わず口元をほころばせた。今日はまた別のズボンをはいている。何年も着古したらしく色あせていて、旅のあいだにはいていたものより体にぴったりと合っている。ウエストから下にかけての曲線がくっきり浮かびあがっていて、ブレイクは彼女を二階へ連れ戻したい衝動に駆られた。

イングランドに到着し、ほかの人々と別れるまで、長い旅になるだろう。

「実は、閣下」レディ・ワイルドウッドの声を聞いて、ブレイクはわれに返った。「彼女はベッテンコートのレディ・ヘレンなの。無事に送り届けるのは、思ったより大変かもしれないわ」

ブレイクはレディ・ワイルドウッドの言葉が一瞬、理解できなかった。混乱して修道女に目をやったとき——二度目に見たときに初めて、彼女の様子が違うことに気づいた。もはやベールをつけておらず、長い赤毛をショーナと同じように束ねている。

「レディ・ヘレン？」ロルフがおもむろに尋ねた。

「レディ・ヘレン・キャメロン。旧姓ベッテンコートよ」レディ・ワイルドウッドは長椅子のアンガスの隣に腰かけ、ヘレンがみんなの目をくらますに至った経緯を説明した。

ショーナが隣に座ったとき、ブレイクは満足感を覚えた。レディ・ワイルドウッドの話を興味深く聞きながらロルフを盗み見て、その顔をよぎる表情に腹の内でにやりとした。ヘレンが修道女でなかったことではなく、そうだと思いこまされたことにいらだっているようだ。キャメロンの意図に激怒し、彼女の身を守ろうと決意している。

あのふたりはすぐに結婚するのではないかと、ブレイクは思った。旅のあいだずっと、ロルフは彼女を守ろうとしていたし、常に目で追っていた。修道女に惚《ほ》れた男を、ブレイクは哀れんでいたが、いまや状況が変わったので、ロルフがこう言ったときも驚かなかった。「それなら、ぼくが彼女を無事に送り届けます。ベッテンコートは陛下のご友人です。陛下もそう望まれるでしょう」

「ちょっと待て」レディ・ワイルドウッドと一緒にいる口実を失いたくないのだろう、

アンガスが険しい顔で話に割りこんだ。「彼女を無事に送り届けると最初に約束したのはわしの娘だ。さっきも言ったように、わしが責任を引き受ける。わしの義務だ」

「殿方たち」レディ・ワイルドウッドが穏やかに口を挟み、一同を黙らせた。「ヘレンの正体に気を取られて、大事なことをお忘れではありませんか？」

「なんだ？」アンガスが眉根を寄せた。

「二階でショーナが話してくれたとおり、キャメロンの心配をしなくてはならないわ。ヘレンが無事に帰宅して、お父様にすべてを話すことを望まないでしょうから。その結果、キャメロンは断頭台に頭をのせることになるでしょう。必死で阻止しようとするはず。森であなたたちを襲った男たちがここまでつけてきたでしょうから、いつキャメロンの大軍が押し寄せてきてもおかしくないわ」その言葉を一同が充分に理解するのを待ってから続ける。「それから、ヘレンのお父様のことも考えなければならないわ。もしヘレンの女中が自力ではるばる南イングランドまでたどりついたとして、何があったか話していれば、お父様の身にも危険が及ぶかもしれない」

「そのとおりです」ロルフが心配して言う。「すぐに使者を送りましょう。女中がたどりつけなかった場合も、それで事態を知らせることができる。いずれにせよ、われわれが到着するまでベッテンコートにとどまって、キャメロンを近づけないように伝

「われわれとは？」アンガスが険しい顔で尋ねた。

「ぼくとヘレンです。現状では、大勢で行動してもキャメロンの注意を引くだけです。ぼくとヘレンだけでひそかに出発したほうがいいでしょう。彼女に少年の格好をさせるとかして、ベッテンコートへ向かいます」

「われわれがセント・シミアン修道院へ出発する前に、レディ・ワイルドウッドがこえます」

アンガスは眉根を寄せた。ロルフがヘレンとふたりきりで行くのなら、レディ・ワイルドウッドと一緒にいる口実がなくなる。一方、大勢で出かけたら、レディ・ワイルドウッドと司教を危険にさらすことになる。キャメロンの全軍に立ち向かえるよう、ダンカンがショーナを追いかけたときのように、大多数の家臣を引き連れていくこともできるが、前回包囲攻撃を受けたことを考えると、ふたたび城を無防備にするのは気が進まなかった。

大広間の扉が荒々しく開けられる音が静寂を破り、一同はそちらへ視線を向けた。使者が飛びこんできて、ロルフが立ちあがって出迎えた。巻物を受け取ると、封印を破って開き、眉根を寄せながら読んだ。

こにいらっしゃることを知らせるために国王のもとへ送った使者は、無事に到着しました。きわめて重要な事柄について話しあうため、至急レディ・ワイルドウッドを宮廷にお連れするよう陛下に命じられました」

「〝きわめて重要な事柄〟とはなんだ?」アンガスがいぶかしげに尋ねた。

「それに、どうして急ぐのかしら?」レディ・ワイルドウッドがきいた。

「グリーンウェルドが死亡したことはすでにご存じのはずです」ロルフが言う。「噂はあっという間に伝わりますから」

「それがどうしたの?」レディ・ワイルドウッドが聞きとがめた。

「グリーンウェルドが死亡したことによって、あなたはワイルドウッドと近隣のグリーンウェルド両方の未亡人となった」司教が静かに言った。

「そうです」ロルフがいらだたしげに髪をかきあげた。「そして、イリアナが唯一の相続人であり、そのうえ結婚してここダンバーに落ち着いたので、陛下はあなたが再婚なさることを望んでいらっしゃるでしょう。ふたり以上相続人がいて、それぞれの資産を受け継ぐことができる相手と」

レディ・ワイルドウッドはショックを受け、アンガスに視線を向けた。アンガスは一瞬あっけに取られ、彼女を見つめ返したあと、立ちあがって怒鳴った。『とんでもない！　わしがマーガレットと結婚する。いますぐに。司教殿、聖書を持ってきてくれ」

「お待ちください」ロルフが抗議する。「レディ・ワイルドウッドの意思に反して結婚することはできません」

「意思に反していないわ」レディ・ワイルドウッドが穏やかに言った。「アンガスと結婚します」

「しかし、認めるわけにはいきません。陛下は――」

「結婚に反対なさったわけではない」ブレイクは面白がってさえぎった。ふたりはお似合いだ。義父が以前と変わったのは、レディ・ワイルドウッドの影響ではないかと、ブレイクは思った。ふたりが愛しあっているのは明らかで、レディ・ワイルドウッドがアンガスを温和な人間に変えているのだ。アンガスはブレイクに、シャーウェル伯爵との長年の不和を解決するつもりだと言いさえしたのだ。

「ああ、しかし――」ロルフが反論しようとしたので、ブレイクはふたたびさえぎった。

「陛下は、レディ・ワイルドウッドを宮廷にお連れするようにと命令なさっただけだ。再婚させる計画がおありなら、そうおっしゃったはずだ。おふたりが結婚してはならない理由は何もない。アンガス領主が家臣と国王の家来を連れ、妻と司教様を宮廷までお送りして、きみはヘレンとこっそり出発し、ベッテンコートへ急ぐ」ブレイクは意味深長に言った。「そのあと、きみたちふたりも、ヘレンのお父上と一緒に宮廷へ向かえばいい」

「それに」ブレイクは言葉を継いだ。「きみたちにとって優れた陽動作戦になる。アンガス領主たちがゆっくりと行進して出ていけば、キャメロンたちが隠れている場合それを見守り、いずれはヘレンがいないことに気づくだろう。そのあいだにきみはヘレンを連れて、ショーナの部屋の秘密の通路から抜けだせばいい」

「うまくいくかもしれない」ダンカンが初めて口を開いた。「きみが提案したとおり、ヘレンに少年の格好をさせよう。おれは馬を用意して、通路の出口で待っている。きみたちは気づかれずに出発できる」

男たちが荷馬車の後部にレディ・ワイルドウッドの旅行鞄を積みこむのを見守りながら、ショーナは驚いて首を横に振った。あの鞄に何が入っているのか、見当もつかない。けれども、レディ・ワイルドウッドはすべて宮廷で必要になるものだと言い張ったのだ。レディ・ダンバーよ。ショーナは心のなかで訂正した。昨夜、父はマーガレットと結婚した。彼女はショーナの継母になったのだ。

「一緒に旅をするのでなくてよかった」イルフレッドがつぶやき、ショーナはうなずいた。長旅は苦にならないが、いつも少人数で移動していて、旅行鞄をのせた荷馬車が同行して速度が遅れることもない。マーガレットの大量の荷物のせいで、一行はのろのろ進まざるを得ないだろう。父はイングランドの宮廷に急いで行きたいとは思っていないだろうけれど。結婚のことで国王の怒りを買うに違いないし、急いで城に戻る理由もない。すでにダンバーを実質的に支配しているのはダンカンで、父がいなくても問題ない。

「ショーナ」

振り返ると、父が近づいてきて、ショーナに微笑みかけた。

「レディ・マーガレットとわしは、宮廷から戻る途中で、おまえの様子を見にシャーウェルに寄ることにした。イングランド王とどうなったか話して聞かせよう」父は荷馬車や馬の準備をしている男たちを見まわしたあと、ショーナに視線を戻した。「おまえたちも、せめてイングランドまではわしらと一緒に旅をしたほうがいいと、いまでも思っているのだが。おまえの頑固な夫が拒むから……」肩をすくめ、家臣のひとりに向かって、荷物をひとつ残らず縛りつけるよう怒鳴った。

父が背を向けているあいだに、ショーナはひとり笑いをした。ショーナとブレイクはふたりきりで旅をするわけではない。イルフレッドとリトル・ジョージも一緒だが、結局、父たちとは別行動を取ることになったのだ。父とマーガレットの結婚式のあいだに決まったことだった。ショーナとブレイクの近くにイリアナとダンカンが立っていて、修繕した洗いたての金色の上着とズボンを身につけた義父はとても見栄えがすると、イリアナが言った。上着は矢を受けたときに穴が開いたのだが、イリアナが繕ったのだ。

それを聞いたブレイクは顔をしかめ、ぼくの上着とズボンを身につけているのだから当然だとぼやいた。その衣装に大枚をはたいたのだ。それからショーナのほうを向き、彼女がすでに知っていることを話して聞かせた。ショーナを追いかけてスコットランドじゅうを走りまわるあいだ極力面倒を避けるために、ダンバー氏族のプレードを身につけたかったから、自分の服をアンガスのプレードと交換したのだと。

イリアナは困惑し、ダンカンは噴きだした。ショーナは唇を噛み、夫を不憫《ふびん》に思って誤解を解こうとした。氏族の模様というものはないのだと説明すると、スコットランドの氏族特有の格子縞《こうしじま》模様があることを、イングランド人はみな知っているのだと反論された。ショーナはため息をつき、イングランド人がみな誤解しているのだと教えた。

納得させるのにいくらか時間がかかったが、ブレイクは誤った目くらましのためにおろしたての上着とズボンを引き渡したとようやく理解すると、腹を立てた。無理もない。父のプレードは悪臭を放っていて、父がそれを脱ぐと、ショーナはいつもほっとした。ブレイクもそのプレードから解放されて、心から安堵していた。そして、ブレイクをなだめるために、旅用の新しい上着とズボンを縫ってあげると、イリアナが申し出たのだ。

ブレイクはイングランドの服装でイングランドに帰りたいと言って、その申し出をありがたく受けた。だが、大勢の召使いを使っても、服を仕立てるのに二日かかる。そう聞いても、ブレイクは気にしない様子だった。それどころか、もう一日待たなければならないから、自分たちは出発を遅らせると告げたときは、とてもうれしそうだった。

ブレイクが父やほかの者たちと一緒にイングランドまで旅をしたがらないのは当然だ。ブレイクとショーナが結婚してから、ブレイクと父の関係ははるかによくなった。父は婿を気に入っている様子を見せさえしたが、ブレイクは蜜月期を大勢の人に邪魔されるのを望まないだろう。初夜以来、毎晩励んでいるのだから。それを思うと、ショーナも大勢で旅をしたくなかった。毎晩ブレイクの隣で寝ているのに、こらえきれないうめき声やため息でみんなを起こすのを恐れて触れられないなんて耐えられない。

「おまえの夫はどこ――ああ、そこにいたか」父がそう言ったので、振り返ると、ブレイクが近づいてくるのが見えた。ブレイクは彼の胸とショーナの背中が触れあうほど近くで立ちどまった。ショーナはその胸にもたれかかりたい衝動に駆られたが、どうにかこらえた。自分たちの関係の変化にまだ慣れない。あらがって、彼から逃げようとしていたのが、マーガレットに説き伏せられて傷ついた自尊心をしぶしぶ投げ捨て、寝室で親密さが生まれた。寝室から出たとたんに、どうふるまえばいいかわからなくなってしまう。

「気をつけて帰れよ」父が真面目な口調でブレイクに注意した。「グリーンウェルドの家臣がいることを忘れるな」

「もうぼくが狙われることはないですよね？」ブレイクが驚いて言った。「グリーンウェルドは死んだんですから」

「ああ」アンガスがうなずいた。「だが、それを家臣たちが誰かに聞いたと思うか？」

ブレイクがぽかんと見つめると、アンガスはふたたびうなずいた。

「聞いたはずがない。やつらが危険を冒してスコットランド人に話しかけることはないだろう。自ら攻撃を招くようなものだ。それに、任務に失敗したことを領地に報告しに戻ることもないはずだ。噂によると、グリーンウェルドは失敗した者の皮を生きたままはいだそうだ。任務を完了しないうちに戻る勇気はないだろう」

「そうだとしても、ダンバーまでつけてきたのだとしたら、ここにグリーンウェルドがいないことに気づいて――」

「まだここにたどりついていないのだろう。おまえより数日遅れていて、修道院にも行かなくてはならなかったのだ。ショーナが追いかけっこに興じずに、まっすぐ戻ってきていたら、途中でやつらに出くわしたに違いない。しかし、やつらはおまえの通った道をたどっていて、まだ数日遅れているのだ」

ブレイクが黙りこみ、思案した。自分の決断のせいで危険にさらされるかもしれないと気づいて、やはり父たちと一緒に出発するべきか考えているのだろう。だが、もう間に合わない。

「じゃあ、慎重にな。油断するな」アンガスが締めくくった。

ブレイクは真剣な表情でうなずいた。

アンガスは満足し、ショーナのほうを向いて顎の下を撫でた。「目を離すなよ。ブレイクが死んでしまったら、わしがシャーウェルに責められる」

ブレイクがいらだっているのに気づいて、ショーナは必死で笑いをこらえた。「わかったわ、お父様」

「よし。さて、レディ・ヘレンを探しておまえの部屋へ連れていけ。こっちはまもなく準備が整う。彼女たちが通路に入ったらすぐに知らせてくれ。その数分後にわしらも出発する。そうすれば、レディ・ヘレンたちは気づかれずにここを離れられるだろう」

ショーナはうなずき、城のなかへ戻った。ブレイクとイルフレッドもついてきた。ヘレンは大広間にいて、滞在中に受けたあたたかいもてなしに対してイリアナに礼を述べているところだった。その姿を見て、ショーナはひとり笑いした。ヘレンは赤毛の女性からイングランドの黒髪の少年に変身していた。胸を締めつけ、寸法を詰めたロルフの服を着て、髪をうしろで束ねて暖炉の煤《すす》で黒く染めたのだ。別人のようだった。

ショーナとブレイクとイルフレッドが近づいていくと、礼を言い終えたヘレンが振り向いて尋ねた。「そろそろ時間？」

「ええ」

ヘレンはうなずき、ショーナに並んで階段をあがった。

部屋にはすでにロルフとダンカンとリトル・ジョージがいた。彼らは秘密の通路の入り口をふさいでいる巨岩をせっせと取り除いているところで、すでにほとんどの岩がどかされていた。

ブレイクが手伝いに行くと、ショーナは尋ねた。「すべて片づけて、通路をふさいでしまわないの？」

「いや、通路を残すかどうかまだ決めていないんだ」ダンカンが答えた。「向こう側から開けられないようにする方法があるかもしれない。それを決めるまで、できるだけ内密にしておきたい」そこで、室内にいる人々を見まわした。「他言無用だ」

「はい」一同が返事をした。

「グリーンウェルドは死んだ」ロルフが岩を拾いながら言う。「アリスターもいなくなって、秘密を知っているのはここにいる人々だけだ」

「ギルサルも知っているわ」イルフレッドが静かに言い、一同は黙りこんだ。イルフレッドをさらに動揺させるようなことを言いたくなかったのだ。

「これでよし」最後の岩を取り除くと、ダンカンが額をぬぐいながら満足げに言った。

ショーナは少しためらったあと、前に出て頑丈そうに見える壁の石のひとつを押した。すると、壁が動いて暗い通路が現れた。

「たいまつがいるわね」イルフレッドがつぶやき、部屋を出ていった。しばらく経って、火のついたたいまつを持って戻ってくると、それをロルフに渡したあと、ショーナの横に立った。ヘレンが近づいてきて、女たちの前で立ちどまると、ショーナは恐怖に襲われた。ヘレンが感情をあらわにしたら、自分も耐えられそうになかった。すでに心配や不安、別れの悲しみに苛まれている。

「ありがとう」ヘレンがささやき、ショーナの胸に飛びこんでぎゅっと抱きしめたあと、イルフレッドにも同様にした。それから、ロルフのあとについて通路へ入っていった。

「いいか、ただ通路をたどっていけばいいんだ。出たところの草地でジェームズが馬を用意して待っている。幸運を祈る！」ダンカンは背後から呼びかけたあと、ふたたび通路を閉ざすと、ただちに岩を戻し始めた。

「何かあって戻ってきたらどうするの？」ふたりを閉めだすのがあまりにも早すぎる気がして、ショーナは眉をひそめた。

「戻ってこないさ」ダンカンがあっさりと言い、ブレイクとリトル・ジョージが作業に加わった。

ショーナはしばらく躊躇したあと、自らも手伝ったが、ふたりが戻ってきた場合のために、壁の向こうの物音に耳を澄ました。全員で当たると、作業は速やかに完了した。ダンカンは最後の岩を戻すと、立ちあがって片手を背中に当て、何度もかがめた腰を伸ばして疲れをほぐそうとした。それから、扉のほうを向いて言った。「ふたりが出発したと、父上に伝えてくる」

ショーナはほとんど聞いていなかった。ロルフとヘレンが戻ってこないかと、岩の山の前で耳をそばだてていたのだ。

「大丈夫だよ」ブレイクがショーナの背中を優しく撫でた。「中庭へ行って練習しないか？」

ショーナは少しためらったあと、ふさがれた通路からようやく目をそらした。「いいわよ」

少なくとも、気が紛れるだろう。そう思って、夫のあとについて部屋を出た。イルフレッドとリトル・ジョージも一緒に訓練場へ行き、ショーナたちと同時に練習を開始した。みんな黙って集中し、ショーナは積極的に攻め、夫を疲れさせようとした。だが、ブレイクは手加減していた。練習に誘ったのは、ヘレンを心配するショーナの気持ちを紛らすためだったのだ。思いやりのある行為だけれど、ショーナはかえって気になってしまった。ブレイクが終了を呼びかけ、飲み物を飲むためにみんなで大広間へ行ったときはほっとした。

四人はテーブルに着き、ブレイクとリトル・ジョージは小声であれこれ話していたが、ショーナは内容を把握していなかった。まったく聞いていなかったのだ。イルフレッドも黙っているところを見ると、ヘレンが心配で気が気でないのだろう。

突然、ブレイクが飲み物を置いてショーナの手をつかんだ。ショーナは驚いて彼を見た。

「行こう」ブレイクがショーナの手を引いて立ちあがらせ、二階の自分たちの部屋へ連れていった。

ブレイクが扉を閉めたとき、愛しあうために連れてこられたのだと、ショーナは思った。ところが、ブレイクはショーナをベッドに寝かせると、自分も隣に横たわって彼女を引き寄せた。

「休め」

ショーナはブレイクを見つめた。彼の独断的な性格や命令口調に慣れてきたとはいえ、やはりまだ驚いてしまう。それに感謝するときもあるし、ひそかに楽しんでさえいる。一方で、命令に従うのには慣れていないし、彼の支配権を握るためだけのやり方に不安になることもある。いまも、少し辟易《へきえき》した。実際、ショーナは疲れ果てている。この二日間、ほとんど睡眠をとっていないうえに、心配事があって運動もしたので、眠気に襲われた。だが、自尊心のためだけにでも反抗すべきだという気がした。

ブレイクの体に視線を走らせ、ベッドの上でブーツを履いた足首を交差させているのを見て、顔をしかめた。「ブーツを脱がないの？」

「疲れているんだ」ブレイクはそう答えたあと、片目を開け、口角をあげて笑った。

「妻の要求が多くて疲れきってしまったんだよ」

「わたしのせい？」ショーナは信じられない思いで叫んだ。彼だって要求が多いのに。

「ああ、疲れきってしまったんだ」ブレイクが繰り返した。

ショーナはしかめっ面でしばらくじっとしていたあと、立ちあがってベッドの反対側にまわった。ブレイクの横で立ちどまると、ブーツを脱がせ始めた。

「何をしているんだ？」ブレイクが驚いて半ば体を起こした。

「あなたが疲れきっているから」ショーナは皮肉っぽく言った。「ブーツを脱ぐのを手伝ってあげるのよ。上等なリネンを汚したら、イリアナが発作を起こすわ」

ブレイクは少しためらったあと、ふたたび寝転がって好きにやらせることにした。片方のブーツを引き抜いたとき、ショーナは偶然足の裏に触れた。すると、ブレイクはびくっと起きあがって、足を引いた。ショーナは驚いて彼の顔を見た。彼はふたたびベッドに横たわったものの、膝を曲げて足の裏をベッドに押し当て、ショーナの手から遠ざけていた。

　ショーナはもう一方のブーツに取りかかりながら考えた。そして、引き抜いた際に、今度はわざと足の裏を触った。ブレイクはふたたびびくっとし、足を引いた。

「くすぐったがり屋なのね」ショーナは驚いた。

「違う」ブレイクは否定したが、狼狽が目に表れていて、嘘だとわかった。

「違うの？」ショーナはいたずらっぽい笑みを浮かべた。

「ショーナ」ブレイクが警告するように言ったが、ショーナはベッドにあがって彼の足に手を伸ばした。彼は足を遠ざけようとしたものの、間に合わなかった。ショーナは足の裏をくすぐり始めた。ブレイクが必死にもがきながら笑いだす。ショーナはすねに腕をまわして足首をつかみ、ロブスターのはさみのごとくしがみついて、もう一方の手でくすぐり続けた。暴れ馬を馴《な》らそうとするようなものだ。ブレイクはのたうちまわっている。それでも逃れられないので、冷静にも体を起こして背後からショーナの両腕をつかんだ。それが格闘に発展し、ふたりは笑いながらベッドを転げまわったあと、どうにかブレイクが組み敷いてショーナの両腕を頭上に押さえつけた。

息を切らしながら笑みを交わす。ブレイクが唇を奪い、また別の取っ組み合いが始まった。

「シャーウェル！」

部屋の扉がぱっと開き、ショーナはまばたきしながら目を開け、起きあがった。そして、混乱したままダンカンをぽかんと見つめた。昼間で、おそらく正午近くだと気づいた。ブレイクと愛しあったあと眠りに落ち、昼まで寝てしまったのだ。そのあいだに何かあったらしい。兄がものすごい剣幕でリトル・ジョージを部屋に引きずりこみ、巨人を子犬のごとく小突きまわした。

「ダンカン！」彼らのあとからイルフレッドが部屋に飛びこんできた。顔が赤く、身なりが乱れていて、これまで見たこともないほど怒っている。「ジョージを放して！　あなたにそんな権利はないわ！」

「黙ってろ、イルフレッド」ダンカンがぴしゃりと言い、腕に置かれた彼女の手を振り払った。「おれには充分な権利がある。おまえはおれのいとこで、おれに責任がある。アリスターが死んだいまとなっては、なおさらだ」ベッドのほうを向いて怒鳴った。「おいっ、シャーウェル。起きろ！」

「起きています」ブレイクはぶつぶつ言って体を起こすと、しかめっ面でダンカンをじろじろ見た。「何事ですか？」

「何があったか教えてやる。おまえの家臣がおれのいとこに手を出した」ダンカンが険しい顔で言い、リトル・ジョージをベッドのほうへ突き飛ばした。

ブレイクは面食らった様子で、イルフレッドとリトル・ジョージ、ショーナを順に見た。イルフレッドは頬を赤らめて目をそらし、リトル・ジョージは恥じるようにうつむいた。ブレイクの視線を受けとめたのはショーナだけだが、彼と同じくらい途方に暮れていた。

「ダンカン――」ショーナはおずおずと口を開いたものの、兄の怒りの矛先を向けられただけだった。

「口を出すな、ショーナ。女の出る幕ではない」ダンカンがそう言ったあと、ブレイクに視線を戻した。「服を着て下に来い。片をつけよう」

ダンカンはさっと踵を返し、足を踏み鳴らして出ていくと、扉を叩きつけるように閉めた。

部屋に残された四人のあいだに、しばらく沈黙が流れた。それから、ブレイクが毛皮をはねのけ、脱ぎ捨てられたチュニックを拾いながら言った。「何があったか話してくれ」

「性行為《ホホマガンディ》をしているところを、ダンカンに見つかったの」イルフレッドがふてくされて言った。「それでダンカンがかんかんに怒っちゃって」

「ホホマガンディって――」ブレイクはブレードを拾おうと身をかがめたところで、ぽかんと口を開けていとこを見つめているショーナに気づいて言葉を切った。

「ショーナ？」

ショーナは口を閉じて夫を見たあと、咳払いをしてから答えた。「ふたりは……そのー……わたしたちがしていたことをしたのよ」困惑して締めくくった。

「眠っていたのか？」ブレイクがそっけなくきいた。

「いいえ、眠る前にしていたこと」

「そういうことか」ブレイクがブレードに注意を戻した。

「彼女と結婚します」ブレイクがブレードに折り目をつけて身につけ終えた頃に、リトル・ジョージが険しい顔で言った。

「それがおまえの望みか？」ブレイクが立ちあがった。

リトル・ジョージがうなずいた。

「だったら、そのようにダンカンに伝えて丸くおさめよう」ブレイクが先に立って部屋を出た。

ショーナは驚いて男たちの背中を見つめた。ふたりともイルフレッドに結婚の意思があるかどうか尋ねさえしなかった。これから始まる話し合いに女たちを参加させることを思いつきもしないようだ。

ショーナは憤慨してシーツをはねのけると、ベッドからおりて服を着始めた。「それで？」

イルフレッドがはっとしてショーナを見た。「それでって？」

「どうだった？」ショーナは口元をほころばせた。イルフレッドの緊張がほぐれて笑顔になった。

「すばらしかったわ」イルフレッドが熱っぽく言ったあと、しゅんとした。「ダンカンに見つかるまでは」

ショーナはうなずいた。「リトル・ジョージと結婚したい？」

イルフレッドが微笑んだ。「求婚されたのよ。その前に」肩をすくめる。「受け入れたわ」

「よかった」ショーナはほっとため息をついた。いとこが望んでいない結婚を止めるために戦わずにすんだ。チュニックとズボンを身につけ、髪を束ねると、扉へ向かった。「それなら、下へ行ってダンカンが何もかも台なしにしないよう見張っていましょう」

イルフレッドは小さく笑い、ショーナのあとについて部屋を出た。

14

「グリーンウェルドの家臣に気をつけろ」ダンカンがぶっきらぼうに言った。

ショーナとイルフレッドは馬に乗りながら、面白がって目配せしあった。ダンカンは朝からずっと、うるさく注意ばかりしている。

「気をつけます」ブレイクがきっぱりと言い、リトル・ジョージから手綱を受け取って馬にまたがった。「お父上にも言われました」

「ふむ」ダンカンが顔をしかめ、不満げに四人を見まわした。リトル・ジョージとイルフレッドの結婚を認め、人をやって司祭を連れ戻して結婚式を執り行わせたにもかかわらず、まだふたりに腹を立てているのだ。とはいえ、うわべだけではないかとショーナは思っていた。兄は最近ますます父に似てきた。

「念のため、何人か一緒に行かせたほうがいいかもしれない」ダンカンはそう言ったが、ブレイクは首を横に振った。

「兵士の数人くらい始末できます。大丈夫です。ぼくがショーナを守ります」

ショーナは驚いてブレイクを見た。兄がショーナの身を案じて言ったとは思えない。ショーナは自分の身は自分で守れる。それでも、ブレイクが守りたがってくれるのはうれしかった。兄を見て言った。「わたしも彼を守るわ」

ショーナの言葉に、ブレイクが目をぐるりとまわしたのを見て、ダンカンがにやりとした。「ああ、だが油断するなよ。最初のうちはできるだけ速く走れ。無事に着いたら使者をよこして知らせろ。困ったときもだ。キャメロンにも気をつけろ。イルフレッドはヘレンと背格好が似ている。ヘレンと間違えて攻撃を仕かけてくるかもしれない。あいつらはあまり賢くない。それに――」

「行ってきます、ダンカン」ショーナは笑って言うと、馬を門のほうへ向かわせた。城の階段に兄を置き去りにし、ブレイクのあとを追って中庭を横切った。

ゆっくりと堀を渡り、草地を進んだ。ブレイクはキャメロンが近くにいる場合を想定して、自分たちが少人数の団体で、ヘレンはいないことがよく見えるようにしているのだ。

だが、木立にたどりつくや、ブレイクは率先して馬を駆りたてた。ショーナもあとに続き、彼を追いかけた。ちらりと振り返ると、イルフレッドがうしろにいて、その夫であるリトル・ジョージがしんがりを務めているのが見えた。

ショーナはひとり笑いをした。イルフレッドがブレイクの筆頭家臣である大男と結婚したと思うと、妙な感じがする。彼は巨人で、イルフレッドは小柄だから、隣にいるとおかしな組み合わせだ。寝室でどうしているかなんて想像もつかなかった。

旅の一日目は何事も起こらなかった。みな警戒していた。キャメロンはイルフレッドをヘレンと間違えずとも、彼らを捕まえてヘレンの居場所をききだそうとするかもしれない。ヘレンと引き換えにするため、誰かを人質にすることもあり得る。だが、そういったことは起こらず、ブレイクを追っているグリーンウェルドの家臣たちが現れることもなかった。彼らを狙っているとしても、どちらも近づいてこなかった。

それでも、初日にブレイクが過酷なペースで進んだのは、無駄ではなかったかもしれない。危険が潜んでいる可能性のあるダンバーからできる限り離れられた。馬を止めてテントを張ったのは、深夜になってからだった。

ブレイクが選んだ場所は近くに水場がなかったが、ショーナは気にならなかった。結局、大勢で旅をしたとしても問題にはならなかったとわかった。テントを張り、食事をし、茂みで用を足した頃には疲れきっていて、ホホマガンディを楽しむことなど考えられなかった。近くに水場があったとしても、入浴する気力すらなかっただろう。

ようやくブレイクの隣で丸くなり、背中に当たる彼の胸と、体にまわされた腕の感触をぼんやりと感じながら、かたく冷たい地面の上で眠りに落ちた。

二日目ははるかに楽だった。ダンバーから遠ざかったので、ブレイクはペースを落とし、夕方には馬を止めた。美しい場所だから、そこにテントを張ると決めたのかもしれない。川辺の草地で、絵のような滝があり、すばらしい気晴らしになる。

ショーナとブレイクがテントを張るあいだに、リトル・ジョージとイルフレッドは体を洗いに川へ行った。ふたりが戻ってきた頃には、ショーナたちはテントを張り終えて待っていた。長くはかからないとふたりに言うと、ブレイクはショーナの手を取って立ちあがらせ、森のなかへ入っていった。

二日分の汚れを早く落としたくて、森に入るや、ショーナは手を離し、川に通じる道を歩きながら服を脱ぎ始めた。川岸の狭い草地に足を踏み入れ、ズボンを脱ぐと、近くの大きな石の上に脱いだ服を山積みにした。そして、その石に寄りかかって手早くブーツを脱ぎ捨てると、まだ準備のできていないブレイクを置いて川に入った。水は冷たく、ショーナは潜水して泳いで体を慣らそうとした。

滝のそばで浮上し、その下を立って歩いた。水の深さは腰までしかない。とはいえ、頭上から水が降り注いでいるので、あまり関係なかった。ショーナは微笑んで目を閉じ、上を向いてしぶきを浴びた。それから、うつむいて数分間じっとし、こわばった肩や背中に水が打ちつける感覚を楽しんだ。

何かがヒップをかすめ、驚いて目を開けると、背中にまわされたブレイクの手が見えてほっとした。彼は何も言わず、片手でショーナをしっかりと引き寄せると、もう一方の手で後頭部をつかんでキスをした。最後に触れられてから二日しか経っていないのに、永遠のように感じられ、進んで彼に身を任せ、吐息をもらした。

まるで初めてのキスのように、ブレイクは探るようなキスをした。それから、ショーナの体をまさぐり始め、水のあとをたどって肩を撫でおろしたあと、片方の乳房をつかんだ。突然、唇を離し、胸の先端を口に含んだので、ショーナは彼の首にしがみつき、うめきながら腰をすりつけた。

ブレイクがショーナをうしろ向きに歩かせ始めた。ショーナはよろめいて足場を失いそうになったが、ブレイクは彼女を支え、滝の下から出て岩にぶつかるまで歩かせ続けた。とどろく水に囲まれ、嵐に取り巻かれているかのようだ。細かい霧に覆われた状態は幻想的だった。

ショーナはかたい胸を撫でまわしたあと、片手で彼のものを握った。ブレイクはふたたび唇を重ね、両手でショーナの体をまさぐってから、脚のあいだに手を滑りこませた。ショーナはうめき声をもらし、脚を広げて迎え入れた。

ブレイクがショーナの片方の腿の下に脚を入れて持ちあげた。ショーナは自らもう一方の脚をあげ、腰に巻きつけた。彼が入ってくると、身震いしながら目を閉じ、うめき声をもらした。こうしているときが一番好きだ。キスも愛撫も興奮するし、脚のあいだに口づけられると天にものぼる心地だけれど、こうしてふたりの体がつながって、こすれあう時間が最高だった。

彼の肩にしがみつき、耳を噛んだ。ブレイクが首を曲げて唇を合わせる。やがて最後の瞬間を迎えると、唇を離して、ふたりとも大声をあげた。

「リトル・ジョージが言うには、もうイングランドだそうよ」

「ええ。昼過ぎに国境を越えたと、ブレイクも言っていたわ」ショーナは言った。旅の三日目の夜で、一行はさらにゆっくりとしたペースで進んでいた。ブレイクはシャーウェルへ行くのを急いでいないようで、ショーナもそれでよかった。旅を楽しんでいた。

川沿いで馬を止め、男たちがテントを張るあいだに、女たちが入浴することになった。ショーナはがっかりした。昨夜のように、ブレイクとふたりきりになりたかったのに。滝で過ごした時間が忘れられなかった。

ショーナもイルフレッドも早く夫のもとに戻りたくて、手早く入浴をすませた。草地に立つと、反対側の木立からブレイクとリトル・ジョージが出てくるところだった。急いだつもりだったのに、ショーナたちが体を洗うあいだに、男たちは馬の世話をし、たき火の木を集め、湾曲した川の離れた場所で入浴もすませたようだ。

「たき火でウサギを焼きましょうか」リトル・ジョージが言った。

「いいね」ブレイクが答え、倒れた丸太のそばにブーツを置くと、たき火に木をくべた。

リトル・ジョージがうなり声をもらしたあと、イルフレッドを見た。「一緒に狩るか？」

イルフレッドはにっこりして夫の手を取り、森のなかへ入っていった。そのでこぼこ具合に改めて驚きながら、ショーナはふたりの背中を見送った。それから、倒れた丸太の上に腰かけ、そばに置かれたブーツを見たあと、作業中の夫に視線を移して、かすかに微笑んだ。川に入ったあと、靴を履かなかったのだ。彼の無防備な足に目を向け、邪悪な笑みを浮かべる。夫をくすぐるのはとても楽しい。あれほど強く堂々とした男性が足をくすぐられたとたんに無力になってしまうことに驚かされる。その弱点を敵に知られていたら、とっくの昔に死んでいただろう。

「これでよし」ブレイクは作業を終えると、手を払い、ショーナの隣に腰かけた。

しばらく心地よい沈黙が流れた。そのあとブレイクが、ここからそう遠くないところに友人のアマリの家、エバーハートがあると話した。ショーナがその名前を聞くのは、これが初めてではなかった。結婚してから一週間のあいだに、ブレイクはたびたびその友人の話をした。兄弟のように仲のいい親友のようだ。

ブレイクが話してくれた、アマリに関する数々の楽しい話のなかでもショーナが気に入っているのは、国王の命令でエマリーヌ・エバーハートと結婚することになった話だ。彼女が醜い老女だから、最初の夫は寝床をともにしたくなくて自殺したのだと思い、アマリは結婚に乗り気ではなかった。だが、しぶしぶ会ってみるとブロンドの小柄な美女で、家臣たちよりも弓矢の扱いに長《た》けた有能な女性だとわかったのだ。

ブレイクは友人とその新妻について愛情を込めて語り、ショーナはいつもその話を楽しんだ。その友人たちだけでなく、彼自身についても知ることができると思ったから、話をうながしさえした。いまもそうだった。

けれども、話に引きこまれながらも、ブレイクの裸足《はだし》をちらちら見ていて、気づいたら彼に悟られずにくすぐる方法を考えていた。このままでは手が届かないが、そのために移動したら、夫はショーナの意図を見抜いて足を引くだろう。弱点を発見して以来、ショーナは毎晩寝室で、彼の足を狙った。それが一種の遊戯になっていた。ショーナが足をくすぐり、それが格闘に変化して、しまいには夫婦の営みが始まる。ショーナだけでなく、ブレイクも楽しんでいるはずだ。そうでなければ、ショーナの前であれほど頻繁に裸足をさらすようなまねはしないだろう。

ブレイクが黙りこむと、ショーナは行動を起こした。結局、たいした計画は思いつかなかった。ただ不意をついて、足に飛びかかった。案の定、ブレイクはすぐさま彼女の意図を見抜いて足を引こうとしたが、間に合わなかった。ショーナは彼のすねを地面に押さえつけ、足に手を伸ばした。

ブレイクはすぐさま笑い転げたものの、冷静にもたき火をよけながら、いつものごとくショーナの腰をつかんで転がった。ショーナは善戦したが、いかんせんブレイクのほうが力が強く、やがて組み伏せられた。ふたりとも息を切らし、笑っていた。

「ぼくの愛する妻は悪い魔女だ」ブレイクはショーナの手首をつかんで頭上で押さえつけ、体をぴったりとくっつけた。

ショーナは怒ったふりをしながら喜んでいた。くすぐったあとは、いつもひどいあだ名で呼ばれるのだが、当然だと思っていた。

「お仕置きが必要だな」ブレイクがそう言うと、ショーナは口元に笑みを浮かべた。彼の〝お仕置き〟が大好きだった。だがそのとき、何かが動く気配がして、そちらに目を向けると、森から数人の男が出てくるのが見えて、体をこわばらせた。

ショーナの体に緊張が走ったことに気づいたブレイクが、彼女の視線をたどり、ぴたりと動きを止めた。次の瞬間、ふたりはさっと剣を抜いて立ちあがると、本能的に背中を合わせて、彼らを取り囲んだ男たちと向かいあった。

総勢十二名のイングランド人。グリーンウェルドの家臣に違いないと、ショーナは思った。もしそうなら、グリーンウェルドは死んだと教えれば、なんであれ計画を中止するかもしれない。あいにく、この理論を確かめるチャンスはなかった。その前に、ふたりが剣を振りかざして襲いかかってきたのだ。背後から金属がぶつかりあう音が聞こえてきて、ブレイクも交戦状態に入ったのだとわかった。それからは、攻撃をかわすので精一杯で、ほかのことは考えられなくなった。

ショーナはブレイクの助言を思い出し、攻撃をかわすだけでなく積極的に攻めようとしたが、大人数が相手ではそれも難しかった。一度にこれだけ大勢の敵と戦うのは初めてだ。それに耐え得る技術も力もない。だが、しばらく経ったあと、敵はショーナを殺すつもりはないと気づいた。ショーナに攻撃を仕かけている三人の男たちは、彼女を忙しくさせることを目的としているように思える。やはり、グリーンウェルドの家臣なのだ。ブレイクを殺し、ショーナのことは傷つけないようにと命令されているのだろう。アリスターはショーナと結婚するつもりだったのだから。

ブレイクが相手にしている男たちは、本気で戦っているだろう。敵が殺そうとしているのは、彼なのだ。ショーナは心配のあまり集中できず、背後の戦いのほうに気を取られていた。耳を澄まし、振り向いて様子をうかがおうとしたとき、何か――大きな石か木の根につまずいた。そして、大声をあげながらうしろによろめき、ブレイクにぶつかった。

うめき声が聞こえ、ブレイクの体がこわばるのを感じた。ショーナは振り返り、ぞっとした。刺されたのか、ショーナがぶつかったせいか、彼の背中から剣先が突きでて、血が流れていた。

ショーナは純然たる怒りの雄叫びをあげ、正面の敵を無視してブレイクの前にまわると、夫の体から剣を引き抜いた男を突き刺した。

不意にときの声が返ってきて、振り向くと、馬に乗ってやってくるリトル・ジョージとイルフレッドの姿が見えた。ふたりは一同の中心に割って入った。この事態を目にして、急いで馬を取りに行ったのだろう。ショーナは彼らにキスをしたい気分だったが、ブレイクの脇をつかんで支え、馬のほうへ連れていった。

ショーナが自分たちの馬の手綱をつかむと、イルフレッドはすぐさま手綱を放し、リトル・ジョージと一緒に、剣と馬の前足のひづめを使って戦い始めた。敵が突然現れたふたりに気を取られている隙に、ショーナはブレイクを彼の馬に乗せ、そのうしろにまたがった。夫の体に腕をまわし、彼の馬と自分の馬の手綱を持つと、イルフレッドとリトル・ジョージに向かって叫んでから、馬の腹に踵を当てて駆けだした。

数分間、馬を全力で走らせた頃、ブレイクが胸にぐったりともたれかかっているのに気づいた。ショーナは片手で手綱を持ち、もう一方の手で自分の馬の手綱を引いていた。じきに両手でブレイクを支えなければならなくなるだろう。

振り返ると、イルフレッドとリトル・ジョージがすぐうしろについてきているのが見えた。一瞥しただけだが、ふたりとも怪我はしていないようだ。ほっとしてリトル・ジョージを大声で呼ぶと、彼はすぐさま隣に来た。ショーナは自分の馬の手綱を投げて渡した。

「ブレイクが怪我をしたの」手綱をしっかりとつかんだリトル・ジョージに叫んだ。

「わかってます」リトル・ジョージが叫び返し、心配そうに主人を見た。

「出血はひどい？」ショーナは自分ではわからずに尋ねた。

リトル・ジョージの険しい表情を見て、速度を緩めそうになった。ショーナの心を読み取ったかのように、リトル・ジョージが叫んだ。「やつらが追ってきています！すぐあとを！」

ショーナは悪態をついた。悪い知らせだ。「ブレイクを安全な場所へ連れていって手当てしないと！」

「エバーハートの近くだ」ブレイクがわずかに振り返って言った。それだけでもひと苦労だと、痛みにしかめた顔が物語っていた。

「なんて言ったんですか？」リトル・ジョージがひづめの音に負けないよう大声を出した。

聞こえなかったのも無理はない。ブレイクの声は弱々しくて、ショーナもかろうじて聞き取れるくらいだった。「エバーハートの近くだと言ったのよ」ショーナは叫んだ。「この方向で合ってる？　どれくらい近いの？」

「あと一時間もかからないと思います」リトル・ジョージが答えた。「この方向で合ってますよ」

ショーナは少しためらったあとでブレイクにきいた。「そこまで持ちこたえられると思う？」

ブレイクは今度はわざわざ振り向かず、軽くうなずいた。ショーナは眉根を寄せた。傷を見たかった。彼を信じていいのか、男の意地でそう言っているだけなのか判別できない。男にはそういうばかなところがある。

「ほら!」

リトル・ジョージと反対の方向を向くと、イルフレッドがブレードを引き裂いた布切れを差しだしていた。

ショーナはブレイクから一瞬手を離して受け取った。イルフレッドが言う。「出血がひどいから、止血しないと持たないわ」

ショーナはうなずいたものの、躊躇した。手綱を持ち、ブレイクを支えながら、彼の腰に布を巻きつけなければならないのだ。すると、リトル・ジョージが手綱を引き取ってくれたので、そのあいだにぎこちない手つきながらもすばやく布を巻いた。たじろぎつつもできる限りきつく縛ると、ブレイクはうめき声をあげた。彼を苦しめていることは百も承知だが、命を助けたければ止血するしかない。上着の背中をさっと見ると、失った血の量にひやりとした。腹側からも同じくらい出血しているのだと思うと、気分が悪くなった。

「もっと急いで!」ショーナは叫び、リトル・ジョージから手綱を受け取ると、馬を全力で走らせた。危険な行為だ。夜に走ること自体が危ない。暗くて障害物を見落としたり、馬がつまずいたり、足を踏み違えたりする可能性がある。だが、背負わなければならないリスクだ。彼が迎えに来るのをあれだけ長いあいだ待ったのに、こんなに早く未亡人になるなんて絶対にいやだ。

ショーナは追っ手を振りきるような過酷なペースで走ったが、ふたりも乗せている馬は、しばらくして足取りが遅くなった。リトル・ジョージとイルフレッドが合わせて速度を落としたけれど、ショーナはそれを望まなかった。ブレイクがどんどんぐったりしてきて支えなければならず、うしろを見ることはできなかったものの、イルフレッドが頻繁に振り返るので、追っ手が迫ってきているのだとわかった。追っ手の馬のひづめの音が聞こえてきたときは、もうだめだと思い始めた。そのとき、漆黒の夜を突然月明かりが照らし、一行は森から飛びだして、城を取り囲む広い草地に出た。

前方の城を見て、ショーナは安堵のあまり泣きだしそうになった。腹に踵を当てて追い込みをかけると、ありがたいことに馬は最後の力を振り絞った。

森と城壁の中間辺りで、追っ手の馬のひづめの音が遠ざかり、追跡を断念したのだとわかった。それでも、ブレイクのことが心配で、ショーナは全速力で走り続けた。

だが、エバーハートは夜間は閉鎖され、橋があげられ、門は閉ざされていた。

堀の縁でしかたなく馬を止め、森のほうを見やると、追っ手の最後のひとりが去っていくのが見えた。リトル・ジョージが城壁に向かって大声で名乗り、シャーウェルが怪我をしていると告げた。幸い、夜番はその名を知っていて、ただちに跳ね橋をおろした。しかし、ショーナには永遠のように長く感じられた。

橋がかかるや、ショーナは速歩《はやあし》で渡って中庭に入り、そのまま城の階段へ向かった。馬を止めたと同時に、ブレイクが腕のなかでずるずると滑り落ち、ショーナは必死で抱きとめた。城の扉がぱっと開き、リトル・ジョージと同じくらい大きな男性が階段を駆けおりてきた。長い黒髪が乱れていて、黒いズボンしか身につけていない。ベッドから飛び起きてきたようだ。

それにもかかわらず、彼はすっかり目覚めていて、ブレイクを抱えているショーナのもとへ駆け寄ってきた。状況をすぐさま見て取ると、片手でブレイクを支えてから命じた。「手を離せ」

ショーナはためらうことなく命令に従った。手を離すやいなや、ブレイクは鞍から滑り落ちたが、黒髪の男性が受けとめてそっと地面におろした。

ショーナは急いで馬からおり、ブレイクのそばにひざまずいた。ブレイクがゆっくり目を開ける。ショーナを見たあと、反対側にいる男性に視線を移すと、弱々しい笑みを浮かべた。

「アマリ」ささやくような小さな声なので、ショーナとアマリはブレイクの口に耳を近づけた。「家に帰る途中で寄ろうと思っていたんだ。ぼくの妻を紹介するよ」ろれつのまわらない口調に、ショーナは眉をひそめた。「ショーナ、アマリだ。アマリ、ぼくの妻だ」

ショーナはアマリと視線を交わした。彼の心配そうな表情を見て、自分も同じ顔をしているだろうと思った。

「ブレイク！」

アマリの肩越しに、小柄なブロンドの女性が階段を駆けおりてくるのが見えた。

「何があったの？」女性は大声で不安そうに尋ねたあと、ブレイクの血で染まった上着を見た。すると、質問の答えを聞く前に、城の戸口に集まっている召使いたちに向かって叫んだ。「モード！」

「はい、奥様」不器量な召使いが急いで階段をおりてきた。

「薬がいるわ！」

「かしこまりました、奥様」召使いは階段の途中で踵を返し、城に駆け戻った。

ショーナは向かいでひざまずいているアマリに視線を移した。アマリがかすかに笑った。

「妻のエマリーヌだ」

「ああ。彼女は……ええと……小柄なのにずいぶん大きな声を出せるんですね」

ショーナはそう言ったあと、ふたたび怒鳴り声が聞こえて身をすくめた。

「セバート！」

「なんでしょうか、奥様」従僕が階段をおり始めたが、エマリーヌが「包帯を！」と叫ぶと、踵を返して階段を駆けあがった。

「ブレイクが前回訪問したときに使った部屋に運ぶよう伝えろ」アマリが命じ、ブレイクを抱きあげた。

ショーナはあわてて立ちあがると、夫を運ぶアマリの横に並んで城のなかへ入った。

15

アマリがブレイクをベッドに横たえた。ショーナはすぐさま進みでてブレイクの上着とズボンを脱がせようとした。だが、アマリが先に取りかかった。自分のほうが力があるから手早くできると言うので、ブレイクが服を脱がされ、怪我をしていないほうを下にして横向きに寝かされるのを、ショーナは辛抱強く見守った。

傷口を初めて見たとき、ショーナは口を引き結んだ。炎症を起こしているぎざぎざした穴が、背中側と同様に腹側にも開いている。ひどい傷だった。

「お持ちしました、奥様」エマリーヌに命じられて薬を取ってきた召使いが、部屋に駆けこんできた。続けて、従僕が包帯を持ってくる。

エマリーヌはそれらを受け取ると、ベッドのほうを向いた。

「ウシュクベーハがいるわ」ショーナはそう言ったあと、混乱を防ぐためにイングランド語で言い直した。「ウイスキー。傷口を消毒しないと」

エマリーヌはウイスキーを取りに行かせたあと、少しためらってから薬と包帯をショーナに差しだした。

夫の手当てをするのは妻の役割だと思うが、ショーナは気が進まなかった。失敗するのが怖くて、胃がむかむかする。でも、臆病者にはなりたくないから、肩をそびやかし、作業に当たるため前に出た。

ウイスキーを振りかけて包帯を巻くだけでいい小さな傷から、夫がこうむったような重傷まで、これまで何百という傷の手当てをしてきた。できるはずだ。

ショーナはモードが持ってきた軟膏《なんこう》やいろいろな物をかき分けて、針と糸を見つけた。そして、針に糸を通そうとしたが、歯がゆくも手がひどく震えていて、無理だった。

「エマリーヌ、きみが傷口を縫ったほうがいいかもしれない」ショーナの様子を見て、アマリが言った。「ショーナは馬上で長いあいだブレイクを支えていたから、腕が疲れたんだ。休ませないと震えは止まらないだろう」

「わたしが？」エマリーヌがきき返した。

ショーナはほっとして針と糸を渡した。実際に腕が疲れているが、震えの原因はそれだけではない。ブレイクのことが心配でたまらなかった。もう手遅れで、失血死してしまうかもしれない。

ウイスキーが運ばれてくると、ショーナはそれを傷口にまんべんなくかけた。ブレイクは身じろぎひとつしなかった。目を覚ましていたら、苦痛に悲鳴をあげていただろう。ウイスキーは傷口を消毒してくれるが、だてに命の火と呼ばれているわけではない。

ウイスキーをモードに返したとき、かすかな泣き声が耳に留まり、彼女の背後に目をやった。戸口で胸の大きなブロンドの召使いがしくしく泣いている。ショーナはしばらく見つめたあと、女主人に尋ねた。「あれは誰?」

エマリーヌは振り返ってその娘を見たあと、眉をひそめて命じた。「モードだけ部屋に残って、あとは廊下で待機していなさい」

召使いたちが出ていくと、エマリーヌは縫合に取りかかった。質問の答えが返ってこないが、ショーナはいまは追求しないことにした。

エマリーヌが背中側と腹側両方の傷を縫い終えると、ショーナは軟膏を塗り、包帯を当てるのを手伝った。

「これでよし」手当てを終えるとエマリーヌが言い、ふたりは立ちあがった。

アマリとリトル・ジョージとイルフレッドがベッドに近寄った。「助かるか?」アマリがきいた。

ショーナはじりじりしながら、エマリーヌが答えるのを待った。助かる見込みは薄いような気がしたが、希望は残っている。大量に出血したので、縫合する前に死んでしまうかもしれないと思っていた。だが、ここまで生き延びたのだから、到着した時点よりも助かる可能性は若干高まったのではないだろうか。ブレイクがまだ息をしている時間が長くなればなるほど、可能性は高くなる。とはいえ、そう思って自分をごまかしているだけかもしれないので、エマリーヌの答えを聞きたかった。

「大量に出血したわ」エマリーヌが眉根を寄せ、ブレイクの青白い顔を心配そうに見おろしながら言った。「でも、熱さえ出なければ、助かるかもしれない」

ショーナは鋭く息を吐きだした。感染症のことは考えていなかった。寝ずの番をしなければならない。朝まで発熱しなければ、感染症にはかからないだろう。

「明日の朝まで待ちましょう」ショーナと同じ思考の道筋をたどったらしく、エマリーヌが言った。

アマリがぶっきらぼうにうなずいたあと、ショーナとイルフレッドとリトル・ジョージを順に見た。「食事はすませたのか?」

リトル・ジョージがかぶりを振った。「イルフレッドと夕飯用のウサギを狩って戻ると、ショーナとブレイクが包囲されて戦っていたんです」

「敵は何人いた？」アマリが尋ねた。

「十二人だと思います」

「そうよ」イルフレッドが言った。「全部で十二人いたけど、九人しか残っていない。わたしたちが戻る前にブレイクがふたり始末したみたいで、馬を取ってくるあいだに、ブレイクを刺した男をショーナが殺したから」

「はい」リトル・ジョージが同意した。「残りは九人です」

「何者だ？」

ふたたびリトル・ジョージが説明し始めたので、ショーナはあとを任せ、炉端にあった椅子を枕元まで引きずっていった。

「下へおりて食事をしながら話をしたほうがいいんじゃない？」エマリーヌがリトル・ジョージをさえぎって言った。

「そうだな」アマリがうなずいた。「行こう、リトル・ジョージ。おまえとブレイクがロルフ卿と一緒にエバーハートを出発してから起きたことを、全部話してくれ」

男たちは部屋を出ていったが、イルフレッドとエマリーヌは躊躇した。

「あなたも何か食べに行かない……ショーナ、よね？」エマリーヌがためらいがちに尋ねた。

「ええ。ショーナよ」

エマリーヌが微笑んだ。「わたしはエマリーヌよ」

「ええ、知ってる。あなたとアマリのことはブレイクから聞いているわ」ショーナはそう言ったあと、いとこを指し示した。「いとこのイルフレッドよ。リトル・ジョージと結婚したの」

エマリーヌがぽかんと口を開けてイルフレッドを見つめた。「あなたとリトル・ジョージが？」

それを見たイルフレッドが笑い声をあげ、ショーナも微笑んだ。いくらか緊張がやわらいだ。「驚きよね？」面白がって言うと、エマリーヌはようやく口を閉じて作り笑いを浮かべた。

「そんなことないわ。よかった」エマリーヌがあわてて言う。「リトル・ジョージは最近とてもつらい思いをしたから」少し間を置き、咳払いをしたあとで尋ねる。「下で食事をしない？　そのあいだ、ブレイクには召使いをつきそわせるわ」

「いいえ。食欲がないの」ショーナは夫の顔に視線を移した。その顔色を見て、心配のあまり眉根を寄せる。血液を失って蒼白《そうはく》になっている。わたしを残して死んでしまったら――。

「気が変わるかもしれないから、食事を運ばせるわ」エマリーヌがそう言ったあと、イルフレッドに尋ねた。「あなたはどうする？」

いとこがためらっているのを見て、ショーナは言った。「遠慮なんかしないで、イルフレッド。リトル・ジョージと食事をしてきて。ふたりもここにいる必要はないわ。それに、レディ・エマリーヌにいとこのロルフ卿のお話を聞かせて差しあげたら？」

「まあ、うれしいわ」エマリーヌが喜びをあらわにした。

「わかったわ」イルフレッドがしぶしぶ同意した。「でも、必要なときはいつでも呼んでね、ショーナ。走ってくるから」

ショーナはうなずいた。イルフレッドとエマリーヌが部屋から出ていった。ショーナは夫に注意を戻し、その静かな顔を長いあいだ見つめて脳裏に焼きつけた。今後五十年間、いつでも思い出せるように。その必要がないことを願った。未亡人になるにはあまりに早く、若すぎる。

ショーナは椅子に座り、顎を胸につけた状態で目を覚ました。顔をあげようとすると、首に痛みが走った。しばらく眠っていたようだ。

顔をしかめ、うなじをさすりながらゆっくりと頭を起こし、うめき声をこらえた。窓を見やると、太陽が地平線から顔を出していた。ショーナは夜明け前にタペストリーを引いて窓を発見し、感動した。新鮮な空気に当たれば、寝ずの番をする助けになるだろうと思って、窓を開けておいた。ばかげて聞こえるかもしれないが、見守るのをやめた瞬間にブレイクが熱を出すような気がしたのだ。疲れに負けてしまうまで、ほとんどひと晩じゅう起きていた。

眠っていたのは一、二時間というところだろう。いまは早朝だ。

ベッドに向き直って身を乗りだし、ブレイクの額にそっと片手を押し当てた。

「よかった」発熱して熱くなっても、死んで冷たくなってもいなかったことに喜び、つぶやいた。とても青ざめているので、ショーナが眠っているあいだに死んでいたとしてもおかしくなかった。

椅子の背にもたれたあと、もぞもぞした。まだ疲れているし、朝になってもブレイクが熱を出さず生きているのだから、きちんと睡眠をとっても問題ないだろう。この夜を生き延びたことは大きな進歩だ。

立ちあがり、長いあいだ同じ姿勢でいたせいでこわばった筋肉を伸ばしてから、ベッドの反対側にまわってブレイクの隣にそっともぐりこんだ。寝返りを打ったときにぶつからないよう、できるだけ端のほうに横たわると、ふたたび眠りに落ちた。

「この部屋に二日も閉じこもっているのよ」イルフレッドが両手を腰に当て、断固とした態度でベッドの反対側にいるショーナをにらんだ。「あなたが寝ずの番をしていても、ブレイクは眠っているのだからわからないわ。いつかはこの部屋を出ないと」

怒った声が、懇願するような口調に変化した。「せめて朝食をとりに来て」

「朝食ならいただいているわ」ショーナはブレイクの顔を眺めた。二時間前に起きてから、すでに百回は見ている。いくらか顔色がよくなったが、まだ青白く、目を覚まさない。心配だ。

「じゃあ、中庭で一緒に練習しましょう」イルフレッドがそそのかす。「少しだけ。そのあいだは召使いがブレイクにつきそってくれるわ。そうでしょう?」助けを求めてエマリーヌを見た。イルフレッドと同じくらい小柄だがはるかに肉感的なブロンドの女性は、すばやくうなずいた。

「ええ。モードか誰かが喜んで引き受けるわ」エマリーヌが言った。

ショーナはいとこの提案に心が動いた。この二日間、寝室にこもりきりだった。夫の顔を見つめて目を覚ますよう願い続ける、長く、疲れる二日間だった。眠っている時間が長引くほど心配になる。そのあいだ彼は一瞬たりとも目を覚まさず、いますぐ起きて何か食べてくれないと、このまま衰弱して死んでしまうのではないかととても不安だった。

「ブレイクがよくなり次第、シャーウェルへ向かうのよ。また襲われたらどうするの？　腕がなまったら彼を守れないわ」いたずらっぽくそう言ったイルフレッドを、ショーナはにらんだ。

「敵は見つかっていないの？」ショーナは眉根を寄せた。ここに来た翌朝、ショーナたちを襲った一団を探すためにアマリが戦士を派遣したと、エマリーヌから聞いた。それ以来、その件が話題にのぼったことはなかったが、ショーナはほとんど忘れていた。ブレイクのことしか考えられなかったのだ。

「ええ」エマリーヌが答えた。「巣穴を探すキツネよろしく姿を見られないようにしているのだろうと、アマリは言っているわ。でも、まだ近くにいるはずだとも」

ショーナは顔をしかめ、突然立ちあがった。「そうね。練習しましょう」出発するときは、最高の状態でなければならない。ブレイクが回復したとたんにまた怪我をするなどということにならないように。回復すればの話だけれど。もし回復しなければ……ろくでなしどもを自分で見つけだして、グリーンウェルドのもとへ送ってやろう。

「モード！」エマリーヌが叫び、三人の女たちは期待してブレイクの顔を見たが、彼女の大声をもってしても彼はぴくりとも動かなかった。

これは正常な睡眠ではないことを思い知らされ、ショーナは口を引き結んだ。すでにわかっていたことだ。スープを食べさせるために何度か起こそうとしたが、無理だった。

モードは廊下で待機していたらしく、すぐさま扉を開けて部屋に入ってきた。

「レディ・ショーナが外の空気を吸ってくるあいだ、ブレイク卿につきそっていて」エマリーヌが指示した。

モードはうなずくと、ショーナのそばに来た。ショーナは少しためらってから、ぎくしゃくと立ちあがった。この数日間、ほとんど座っていたせいで、全身がこわばっている。脇にどいてモードを椅子に座らせたあとで言った。「目を覚ましたら呼んでね」

「かしこまりました、マイ・レディ」モードが答えた。

「何か少しでも変化があったときも」ショーナはつけ加えた。

「かしこまりました」

ショーナがさらに言葉を継ごうとすると、イルフレッドが腕をつかんで、扉に向かって引きずっていった。「ちょっと外に出るだけよ。大丈夫だから」

「そうよ」エマリーヌも部屋を出て扉を閉めてから、ふたりのあとを追った。「少し中庭を散歩して、イルフレッドと練習したあと、急いで昼食をとって、またすぐに戻ればいいわ」

ショーナは階段をおりて大広間へ向かうあいだ、きょろきょろと周囲を見まわした。ここに到着したときは、それどころではなくて周りを見る余裕がなかったのだ。召使いが大勢いる秩序だった城を、じっくり観察した。「どうして召使いたちは全員黒い服を着ているの？」

「ああ」エマリーヌが顔を赤らめた。「喪中だったから。いまもそうだけど、そうすべきだけど――」言葉を切り、首を横に振った。「夫を亡くしたばかりなの」

ショーナは眉をあげた。「ご主人はアマリでしょう？」

「ええ。でも、前も結婚していて、夫が亡くなったから、国王陛下がアマリとの縁談をまとめてくださったの。わたしを守るため――」エマリーヌは顔をしかめ、ふたたび言葉を切った。「長い話なの」

「知ってるわ」ショーナはブレイクが話してくれたことを思い出し、かすかに微笑んだ。「ブレイクから聞いたから。うっかりしていたわ」

「まあ」エマリーヌはにっこりしたあと、詫びるように言った。「あまり面白い話ではないわよね」

ショーナは鼻を鳴らした。「とても面白い話だと思ったわよ」殺人、大急ぎで契りを結んだこと、誘拐、大脱走——本当に愉快な話だった。

エマリーヌは赤面したあと、テーブルを見やって小さくため息をついた。「あらまあ、レディ・アーデスがいるわ」

ショーナは好奇心に駆られてエマリーヌをちらりと見た。その女性に会えて喜んでいるようには聞こえなかった。

「ものすごくいやな女よ」イルフレッドがショーナにだけ聞こえるようにつぶやいた。

ショーナが片方の眉をつりあげると、イルフレッドはゆっくりとうなずいた。

レディ・アーデスはいったい何をしていとこを怒らせたのか、あとで聞かせてもらおう。ショーナはひとまずその話を打ちきり、イルフレッドと訓練場へ向かった。

長いあいだ意識不明の夫と部屋に閉じこもったあとで、外の空気を吸って運動するのは気分がよかった。だから、ショーナは思っていたより長い時間を訓練場で過ごした。城に戻ったとき、エマリーヌに食事をとっていくよう引きとめられると、それほど時間はかからないし、召使いの手間を省くことにもなると自分に言い聞かせて、誘いに応じた。病人でもないのに、食事や飲み物を運んでもらうため、エバーハートの召使いたちに階段を何往復もさせていたなんて、思いやりのない客だ。

まだ昼食には早い時間で、大広間には人がいなかったが、イルフレッドとエマリーヌがつきあってくれた。食事をすませ、静かに会話をしていると、レディ・アーデスが近づいてきて、席に着いた。ショーナはイルフレッドがその女性を嫌っている理由をきくのを忘れていたものの、それはおのずとわかった。端整な顔立ちで、めりはりのある体つきをしている。高価なドレスと頭飾りを身につけ、ブロンドの髪を美しく整えた愛らしい女性だった。口を開くまでは。

「あなたたちが剣の練習をしているところを見かけたわ」レディ・アーデスが前置きなしに言った。

「そう」ショーナは穏やかに応じた。

「不思議よね……ブレイクのような洗練された男性がアマゾンと結婚するなんて」レディ・アーデスは嘲りに満ちた口調で言い、冷笑を浮かべて美しい顔を醜くゆがめながら、ショーナのズボンとチュニックを蔑むようなまなざしで見た。「ねえ、ブレイクはあなたの淑女らしからぬセンスに合わせて、剣術を前戯の代わりにしているの？」

ショーナは体をこわばらせた。エマリーヌがはっと息をのみ、イルフレッドは反射的に短剣に手を伸ばした。ショーナはイルフレッドの手に手を重ね、もう一方の手で、レディ・アーデスを叱責しようと口を開いたエマリーヌの腕をさすって制した。

「ブレイクとはときどき剣を交えるけど」ショーナは冷静に言った。「とても気のきく夫だから、彼がベッドに持ちこむ剣を鞘におさめるのはかまわないわ……何度でも」

レディ・アーデスの顔に怒りと妬みの入りまじった表情がよぎったのを見て、痛いところをついたのだとわかった。それでも、ショーナは攻撃の手を緩めることができなかった。練習中に、レディ・アーデスの夫だという人物を見かけた。意地悪顔のずんぐりした老人で、いかにも妻や召使いに暴力を振るいそうだという印象を受けた。ベッドのなかでも、ブレイクのように気遣ってはくれないだろう。

「あなたもわたしのように恵まれた夫婦生活を送っているといいんだけど」ショーナは愛想よく続けた。「わたしはとても運がいいとわかっているわ。苦虫を嚙みつぶしたような顔をした、妻を殴るような男に嫁がせなかった父に感謝しているの。そういう男と無理やり結婚させられる不運な女性もいるでしょう。そんな夫を持ったら、どんなに美しい女性も恨みを募らせて醜くなって、老けこんでしまうわ」

レディ・アーデスがまるで引っぱたかれたかのように顔をそむけた。「いやな女！」鋭く言って立ちあがり、くるりと背を向けた。

怒って歩み去るレディ・アーデスの背中を見送りながら、ショーナは罪悪感を振り払おうとした。自分は急所をついた。悪態をつく前、レディ・アーデスの顔に一瞬、苦悩がよぎったのだ。辛辣になるのも無理はない。袖口から消えかけのあざが見えた。つらい生活を強いられているに違いない。

「ごめんなさいね、ショーナ。レディ・アーデスは本当に意地が悪いの。夫のせいよ。夫が――」

「わたしもそう思うわ」ショーナはさえぎった。「あなたが謝る必要はないわ。もっと優しくしてあげればよかった」

「そんなことないわよ」エマリーヌが断言した。「それに、あなたが言ってくれたおかげで、彼女も少しは行動を改めるかもしれないわ。あの夫婦と宮廷で一緒になったのだけれど、彼女がレディをいじめて泣かせているところを何度か見たの」

ショーナは罪悪感がいくらかやわらぎ、うなずいたあと、立ちあがった。「そろそろ二階へ戻らないと」

イルフレッドが反対しなかったので、ほっとした。

ショーナが部屋に入ったとき、ブレイクはまだ眠っていた。自分がいないあいだに目を覚ますと本気で思っていたわけではないけれど、少し期待していた。モードに礼を言い、ふたたび椅子に座った。モードが自分の仕事を片づけるために出ていくと、ショーナは夫の端整な顔をただ見つめた。

洗練された男性と、レディ・アーデスは言った。ブレイクにぴったりの言葉だ。知的でハンサムで……洗練されている。彼が気取って宮廷を歩きまわる姿を容易に想像できる。礼儀作法が身についていて気品があって……ダンスも踊れるだろう。ショーナとは全然似ていない。

ショーナは小さくため息をついた。自分が参内したら、修道院にいたときと同じように失態を演じるだろう。背が高すぎて不器用だから、そこらじゅうの物を倒し、壊してブレイクに恥をかかせるはずだ。レディ・アーデスは宮廷で粗相をしたりしないに違いない。エマリーヌも。

剣術を前戯の代わりにするという愚弄も、認めたくはないがあながち的外れではない。ショーナがきっかけとして使うのはくすぐりや格闘だし、ブレイクはそれ以外の前戯をおろそかにすることは絶対にないけれど。とはいえ、ほかの女性たちは、子どもみたいに金切り声をあげ、笑いながら夫と地面を転げまわるような下品なまねはしないだろう。レディ・アーデスがそんなことをするとは思えない。あの意地の悪いブロンド女は、過去にブレイクと寝たことがあるに違いない。やけにうぬぼれていたし、なれなれしかった。ショーナたちが到着した夜、怪我をした彼を見て泣いていたブロンドの胸の大きな召使いも、ブレイクが過去に寝た女性のひとりではないかとショーナは疑っていた。エマリーヌはどうだろうか。ふたりのあいだに何かあったと思ってはいないものの、彼女の話をするときのブレイクの口調には、称賛と愛情がこもっている。

三人ともブロンドで肉感的な体つきをしていて、見た目もふるまいもとても女らしい。ショーナとは正反対だ。

ふたたびブレイクを見つめ、口をへの字に結んだ。この二日間、ここに夫とふたりきりでいるあいだに、ショーナは深く自己をかえりみた。彼が死んでしまうかもしれないと思うと、ひどく動揺した。またひとりになると思うと……ばかげた考えだ。城でひとりきりになることはないし、常にイルフレッドとダンカン、父がいた――みんなを裏切る前はアリスターも。でも、ブレイクといるのとは違う。彼と愛しあうときも夜にベッドで話をするときも、一緒に旅をしたりテントを張ったりするときでさえ、一心同体だという気がした。ふたりでひとつ。攻撃を受けたときも、背中をくっつけあって敵と向かいあい、一体となって動いた。

そういった交流、ひとつになることが、いつかは生活のほかの面にも広がっていくことを、心のどこかで期待していたのだろう。夫を愛し始めていることを自覚してさえいた。高潔でユーモアがあって、強くて思いやりのあるところが好きだ。彼にも愛してほしかった。でも、レディや妻としての心得のない、図体ばかり大きくて不器用なアマゾンを愛せるはずがない。

「なんてこと」ショーナはつぶやいた。自分が大嫌いな弱虫の女になった気がした。夫に愛してほしければ、そのために必要なことをすればいい。身長に関してはどうしようもないし、彼の好みらしい胸の大きなブロンドにもなれないが、レディらしく装い、みんなが自然と身につけているらしい技術を学ぶことならできる。やる気になればどんなことでもできる。

ショーナは元気が出てきて、そのためにはどうするのが一番いいかと思案した。服装から取りかかるのが簡単なように思える。その方面で助けてもらえないかどうか、エマリーヌにきいてみよう。彼女はアマリと結婚したあと、仕立屋に大量の生地を注文したと、ブレイクは言っていた。余り物でドレスを作れるかもしれない。それに、必要な技術をいくつか教えてもらえるだろう。エマリーヌに助けを求めるのが最も確ろう。

実だ。

ブレイクの顔を見やると、まだ昏睡《こんすい》していて、ひどく心配になった。ショーナは立ちあがって扉へ向かった。エマリーヌと話をするのに、それほど時間はかからないだろう。

突然、扉が開き、ショーナはぶつからないよううしろにさがった。

「あら、ショーナ」イルフレッドが、すぐ目の前にいとこがいたことに驚いて言った。それから、目を見開いてベッドをさっと見る。「ブレイクが――」

「変わりないわ」ショーナはあわてて言った。「ただちょっと……」計画を打ち明けるのを躊躇した。気が触れたと思われるに違いない。「どうしたの?」

「ああ」イルフレッドが少しためらったあとで言った。「アマリ卿がおっしゃってくださったのだけれど、ブレイク卿がまだ回復しないのなら――いえ、必ず回復すると信じていらっしゃるわよ」ショーナを励ますためだろう、急に話を変えた。「ブレイクはとても負けん気が強いからって。でも、回復に時間がかかっているようだから……」

「何?」ショーナはうながした。

「そのー、いまのうちにリトル・ジョージとわたしで彼の家に挨拶に行ったらどうかって」イルフレッドは思いきって言った。「ブレイクはよくなったらすぐにシャーウェルに帰りたがるだろうし、しばらくこの辺りには来られない――」

「行ってきなさいよ」ショーナがさえぎって言うと、イルフレッドは不安げに彼女を見つめた。

「いいの？」

都合がいいと思って、ショーナは深くうなずいた。どういうわけか、いとこがいないあいだに変身するほうが気が楽だった。それに、ショーナたちがここに来た最初の夜に、リトル・ジョージは最近とてもつらい思いをしたとエマリーヌが言っていたのが、妻を殺されたことだと、結婚以来、毎晩の習慣になっているブレイクとの寝室での会話で知っていた。悲劇に見舞われたばかりなのはリトル・ジョージだけではない。イルフレッドも兄と育ての母を一遍に失った。いとこに新しい家族ができるチャンスだと思うと、ショーナはうれしかった。

「本当に？」イルフレッドが言う。「わたしがいたほうがいいなら、残って――」

「いいのよ。楽しんできて。あなたがここでじっと待っていてもしかたがないわ。ブレイクが目を覚ましたら知らせるから」

「ありがとう」イルフレッドがそう言ってさっと抱きしめたので、ショーナは眉根を寄せた。

「どうしてお礼なんて言うの？　私の許可など必要ないでしょう、イルフレッド」

「いいえ、いるのよ」

わけがわからず、ショーナが首を横に振ろうとすると、イルフレッドが優しく説明した。「リトル・ジョージはブレイクの筆頭家臣よ。ブレイクに仕えているの。いまはブレイクが許可を与えることができないから、代わりにあなたの許可が必要なのよ」

そのとおりだと気づいた。全然気に入らないけれど事実だ。ショーナは眉をひそめ、気まずくて肩をすくめた。「いつ出発するの？」

「いますぐだと思う」

「そう、それなら早く行って」ショーナはイルフレッドを扉のほうへ押しやった。

「楽しんできてね」

「ええ」イルフレッドが扉の外に出た。「何かあったら使いをよこしてね」

「そうするわ。そうだ！」ショーナが大声をあげると、イルフレッドはすぐさま振り返った。

「どうしたの？」

「話があるから、時間のあるときに来てほしいと、レディ・エマリーヌに伝えてくれる?」

「わかったわ」イルフレッドが扉を閉めると、ショーナは枕元に戻って、これからしなければならないことを考えた。

16

最初に認識したのは、激しい頭痛がすることだった。ブレイクは思わずうめき声をあげそうになったが、痛みが増すだけだと思って、どうにかこらえた。次に、口のなかがねばねばしているのに気づいて、いったい何があったのだろうと考えた。これほど気分が悪いのは、偉功を立てたとき以来だ。三日間、酒と女と歌で祝ったのだ。そのあとあまりの苦しみを味わったので、酒はたしなむ程度に飲むのが一番だと確信するに至った。

昔の教訓を忘れてしまい、またしても深酒したのか？　どうしても思い出せない。最後の記憶は……。

混乱する記憶をたどった。国王の命令でショーナ・ダンバーと結婚するためにダンバー城へ行き、彼女を追いかけまわしてなんとかダンバーに連れて帰り、結婚して契りを結んだ——ひと息つき、その記憶を反芻《はんすう》することを自分に許した。結婚は恐れていたような退屈な義務ではないと、妻が思わせてくれた。慎み深く取り澄ましたほかの女性たちと違って、彼女は……楽しい。

ショーナはブレイクと遊ぶ。髪が乱れたり、ドレスが破けたり、爪が割れたりする心配などせず、取っ組みあって笑いあう。シャーウェルへ向かう途中で野宿したときは、不便な旅に文句ひとつ言わなかったし、彼が襲撃者を撃退したときも怖気づいたりせず……逃げだしてくれたほうがよかったとも思う。戦っているあいだ、ブレイクは背後で戦っている彼女のことが心配で、気が気でなかった。それが一因となって、妻がぶつかってきたときに踏ん張れず、よろめいて——。

脇腹を刺されたことを思い出し、はっとした。そのあとのことはぼんやりとしか記憶にないが、エバーハートに向かったのは覚えている。意識が途切れ途切れになっていたのだろう。

気分が悪い原因がこれでわかった。不意に、小声の悪態が耳に入り、まばたきしながら目を開け、そちらを見た。前回、エバーハートに滞在したときに泊まった部屋だとわかった。だが、枕元に座って針仕事をしている女性に見覚えはない。召使いだろうと、最初は思った。頭飾りの下から黒髪がのぞいているものの、顔は見えず、うつむいて仕事に集中していた。

やがて、彼女が着ている ドレスが召使いの服には見えないことに気づいた。飾り気はないが、上等の生地を使っている。何者だろう。妻はどこだ？　重傷を負った夫の世話を、貴婦人だろうと誰だろうと見ず知らずの他人に任せて、いったいどこへ行ったんだ？

ブレイクが身動きしたのか物音をたてたのか、その女性が突然顔をあげて、彼を見つめた。すると、はっと目を見開き、縫い物を放りだしてベッドのほうへ身を乗りだした。「目を覚ましたのね！」

ブレイクは驚いて彼女を見つめた。頭飾りとベールに縁取られた顔を見分けるのが一瞬遅れたが、声ですぐにわかった。なんてことだ！　枕元にいる黒髪の見知らぬ人物は、妻だった。ドレスを着て、裁縫をしている！　ブレイクは口を開いて閉じたあと、また開いたものの、何も言うことが思いつかなかった。言葉を失っていた。

「しゃべれないの？」ショーナが言う。「無理しないで。きっと喉が渇いているのよ。何日も食べたり飲んだりしていないから。スープを持ってくるわ。あなたが目を覚ましたときのために、ずっと用意しておいたの。起きていてね。すぐに戻ってくるから」

青いドレスの裾を揺らめかせながら急いで出ていく妻を、ブレイクは見送った。

いったい何があったのだろう。その後数日間、たびたびそう思うことになる。

ショーナは扉を閉めると、急ぎ足で廊下を渡り、階段へ向かった。ブレイクが目を覚ました！　信じられない。夫がようやく目覚めた。なんの前触れもなく。ショーナが顔をあげると、彼の目が開いていたのだ。

「レディ・ショーナ、どうしたの？」エマリーヌはあわてててやってくるショーナを見て、階段の上で立ちどまった。「ブレイクが目を覚ましたの？」

「ええ」

「よかった！」エマリーヌはほっとしたあと、期待に満ちた笑みを浮かべた。「それで、どうだった？　なんて言ってた？　新しいドレスは気に入ってもらえた!?」

ショーナは目をしばたたいた。この二日間、変身に取り組んだことをすっかり忘れていた。エマリーヌはとても熱心に協力してくれた。早速召使いにドレス作りに取りかからせ、早く仕上がるようシンプルなデザインにした。ショーナは数時間前に完成したばかりのその青いドレスを着て、エマリーヌが髪を整え、そろいの藍色の頭飾りとベールをつけてくれた。

着心地は悪いが、そのうち慣れるだろう。剣がないのも心許《こころもと》ないけれど、それは身につけるべきではないとエマリーヌに言われたのだ。

エマリーヌがしてくれたことはそれだけではなかった。召使いを指揮する方法や大きな家の管理の一部始終、裁縫など、女性の仕事について教えてくれた。ブレイクが目を覚ましたとき、ショーナは裁縫の練習をしていたのだ。

「ショーナ？ 気に入ってもらえなかったの？」

「わからないわ」ショーナは言った。「ブレイクはしゃべれないの。ずっと水分をとっていなくて、喉が渇いているせいだと思うわ」

「ああ、そうよね」エマリーヌは踵を返し、階段をおり始めた。「あなたはブレイクのそばにいて。わたしがスープを持っていくわ」

「ありがとう」ショーナは急いで引き返したものの、寝室の扉の前で立ちどまった。

「走ったり、大股で歩いたりしてはいけない」自分に言い聞かせる。「レディのように歩くの」エマリーヌから何度も言われたことだった。

ひとつうなずいてから、扉を開けてなかに入った。無理やり小股で歩くのは骨が折れるが、ブレイクには上品な妻がふさわしい。上品な妻は男のように闊歩《かっぽ》したりしない。

〝穏やかな笑みを絶やさないようにして〟殿方は一日じゅう大変な苦労をしているの

だから、妻の笑顔に癒されるのよ〟

エマリーヌの声が頭のなかでこだまし、ショーナは自分なりの癒しの笑みを顔に張りつけて、ベッドのほうを見た。ブレイクがふたたび死んだように眠ることなく、起きていたのでほっとした。

「レディ・エマリーヌがスープを持ってきてくれるわ」エマリーヌのように、優しく話そうとした――つまり、怒鳴っていないときのエマリーヌのように。

不自然に優しい声を聞いて、ブレイクは妻をじっと見つめた。もちろん、きれいだ。ドレスの色は似合っている。だが、引きしまった体の曲線を浮かびあがらせるズボン姿が恋しかった。頭飾りとベールもよく似合うが、髪をうしろで結んだときも同じくらいすてきだし、それ以上に、夜寝るときにおろしている姿が大好きだ。

たしかに美しいけれど、ぼくのショーナには見えない。それに、剣はどこにやったんだ？ 目を覚ましてから二日間ずっと、その疑問を胸に秘めていた。ようやく口をきいたとき、喉が痛むことに気づいた。もとに戻るまで二日かかった。しかし、しゃべらなかったのはそのせいではない。それを口実にしただけだ。

ブレイクが話さなかったのは、言葉が見つからなかったからだ。どのみち、ほかの人たちがひっきりなしにしゃべっていた。ショーナはエバーハートまでの道中や到着したときのこと、エマリーヌが傷口を縫ってくれたことを話した。アマリは襲撃者を捜索したことやエバーハートの日常の出来事について、エマリーヌは前回のブレイクの訪問後にエバーハートで起きたことについて教えてくれた。

だが、ショーナに何があったかについては、誰も説明してくれなかった。彼女に見られる変化は、服装に限らなかった。ふるまい全般が以前とは違っていた。ダンバーにいたときのように中庭で毎日剣の練習をすることはなくなった。ほとんど一日じゅうブレイクの枕元に座って、何やら縫い物をしている。たいていひどいしかめっ面をしているが、彼のほうを見るときは必ず作り笑いを浮かべる。小股でぎくしゃくと歩いてきて、ささやくように話すので、ブレイクは耳をそばだてなければならなかった

……そして、ほとんどしゃべらなくなった。

ショーナを腕に抱きながら昔話をしたあと、彼女が少しずつ打ち明ける話に耳を傾けた夜を懐かしく思い出した。ほとんどブレイクがしゃべり、ほんのときたま彼女から話を引きだすことができた。だが、彼女はもう全然しゃべらない。このうえなく恐ろしい不自然な笑みを浮かべるだけで、ブレイクは妻に何があったのだろうといぶかしむばかりだった。

三日目の朝、ようやくその疑問を口にした。アマリが部屋に来て、ショーナはエマリーヌと話をするために下へおりていった。アマリは、襲撃者はまだ見つからないが、捜索を続けると話し、ブレイクはうなずいた。そして、その話題について、これ以上黙っていることができずに尋ねた。「ぼくの妻に何があったんだ?」

声は若干しわがれているものの、もう喉は痛まなかった。うんざりすることに、この二日間、ほとんどスープしか口にしていない。だが、それで喉の痛みがやわらぎ、今朝は固形物も食べさせてもらえた。

「何があったって――」アマリはとまどった様子だった。「どういう意味だ?」

ブレイクはもぞもぞ身じろぎした。アマリはここに来る前のショーナを知らないから、変化に気づかないのかもしれない。あいにく、彼女をよく知るイルフレッドとリトル・ジョージはここにはいない。リトル・ジョージの家族を訪ねているのだと聞いた。

「ぼくの妻は襲われたときに頭を怪我したのか?」ブレイクは尋ねた。

「いや」

ブレイクは眉根を寄せた。「ここに来てから頭を打たなかったか? ぼくが意識を失っているあいだに」

「いや」アマリは困惑していた。

「そうか。じゃあ、おまえはいったい妻に何をしたんだ」

アマリはぽかんとした。「ぼくは——何も。なんだって——？」

「ドレスを着ているんだ」ブレイクは言った。「ドレスだぞ、アマリ。それに、裁縫をしている——とにかく、しようとしている。なんてことだ！ ぼくが意識を失っているあいだに何があったんだ？」

「その——ここに来る前はドレスを着ていなかったのか？」

「ああ」ブレイクは断言した。「ここに到着したときは着ていなかっただろ？」

「ああ、でもそれは、旅のためだろうと思ったし——」

「ぼくたちはドレスが詰まっていそうな旅行鞄を荷馬車で運んできたか？」

「いや」アマリははっと気づいた。

「そうだろう？」ブレイクはうなずいた。「セント・シミアン修道院の礼拝堂で出会ってから、結婚式の日以外に彼女がドレスを着たところは見たことがなかった。ここに来るまでは。ショーナはドレスを着ないんだ。裁縫もしない。気取った歩き方はしないで、大股で歩く。それに、剣はどこにやったんだ？」

「さあ」アマリが室内を見まわして剣を探した。「どういうものだ？」

「だから、剣だよ、アマリ」ブレイクは皮肉っぽく言った。「特注品で、男物よりわずかに短くて軽いが、そのほかは普通の剣とそっくり同じだ」

アマリは肩をすくめた。「おまえたちが到着した夜には気づかなかった。あわただしかったし、おまえのことが心配で。それに、彼女とはほとんど会っていないんだ。ずっとこの部屋にいて、おまえの世話をしているから」

「それなら、リトル・ジョージと出発する前、イルフレッドは常にここにいたわけじゃないだろ――」

「ああ!」アマリが叫んだ。「イルフレッドの剣なら見たぞ。よくできていて、彼女の体格にぴったりだった」ブレイクをしげしげと見つめる。「ショーナは似たような剣を持っているのか?」

「似たような剣を持っているだけでなく、いつもはイルフレッドのようにズボンをはいていて、イルフレッドのように力強く歩き――ふたりはそっくりなんだ。イルフレッドが小柄のブロンドで、ショーナはすらりとしていて、美しい濡れ羽色の髪の持ち主だという点を除けば」

「なるほど」アマリがゆっくりとうなずいたあと、首を横に振った。「ショーナのそういう姿は見たことがない。さっきも言ったように、到着した夜はおまえのことが心配であまり気に留めていなかったし、そのあと彼女はほとんどこの部屋にいたから。しかし、興味深い女性のようだな」

「そうなんだ。というか、ここに来る前はそうだった。ぼくがこのベッドで目覚めて以来、彼女は……」ブレイクはため息をついた。ショーナは女の子になってしまった。エマリーヌのように。「エマリーヌだ！」

「なんだって？」ベッドから体を起こしたブレイクに、アマリが驚いてきき返した。

「エマリーヌだ」ブレイクは険しい顔で繰り返した。「おまえの妻の影響に違いない。エマリーヌがショーナを女の子に変えてしまったんだ」

アマリが眉をあげた。「結婚したときは女の子じゃなかったのか？」

「いや――ぼくの言いたいことはわかるだろ。彼女は女性だが、強くて面白いんだ」

「エマリーヌだって強くて面白い」アマリがにらんだ。

「ああ、でも、ショーナは――ドレスをどこで手に入れたんだ？」ブレイクは急に話題を変えた。

アマリが眉根を寄せる。「エマリーヌが召使いに言って作らせたんだと思う」そう答えたあと、しぶしぶつけ加えた。「それから、おまえが目を覚ます前の二日間、ショーナとこの部屋にいたと思う」

「やっぱり！」ブレイクはシーツをはねのけ、ベッドの端に腰かけた。

「どうした？」

「着替える。ぼくの服はどこにある？」

「ここだ」アマリが枕元の椅子にかかっていた白いチュニックをブレイクに放って渡した。「上着とズボンもこの部屋のどこかにあるはずだ。しかし、まだ寝ていたほうがいいと思うぞ」

「起きないと」ブレイクはチュニックを受け取って頭からかぶった。「エマリーヌが妻を完全にだめにしてしまう前に、ふたりを引き離さなければ」

「なんだと？」アマリが目を細めてにらんだ。「ぼくの妻はおまえの妻をだめになんかしていない。助けているだけだ」

「ショーナは助けなど必要としていない。あのままで完璧だった。あのままでよかったんだ！」ブレイクはチュニックを着たあとで、袖の長さが違うことに気づいた。一方は肘と手首のあいだまでしかなく、もう一方は指先より長い。おまけに縁かがりが未完成で、糸から針がぶらさがっていた。

「ほら！」アマリが針を指さした。「それはおまえの妻がやったんだろ？　きちんとした教育が必要だな。ぼくのエマリーヌがわざわざ時間を取ってやったことに、おまえは感謝すべきだ」

ブレイクは旧友をにらみつけたあと、衰弱して震えている脚で立ちあがると、人差し指を突きつけて怒鳴った。「針仕事は召使いがする。ぼくの妻はあのままで完璧なんだ」

「ブレイク」

戸口のほうで声がし、そちらを見やると、ショーナとエマリーヌが彼らを見つめていた。ブレイクは一瞬うろたえ、どのくらい前から話を聞かれていたのだろうと焦ったが、妻が震える笑みを浮かべているところを見ると、いま来たばかりだろう。

「起きたらだめよ」ショーナが近づいてきて、ブレイクが着ているチュニックを見てぴたりと足を止めた。そして、直さなければというようなことをつぶやいたあと、ブレイクとアマリのあいだに割って入り、夫をベッドへうながした。ブレイクはおとなしく従った。いまにもくずおれそうだった。

「体力をつけないと。大きな怪我を負ったのだから」

「そうだな」アマリが冷やかな声で言う。「早く治せば早く家に帰れる」

「待ちきれないな」ブレイクは怒鳴るように返した。しばしにらみあったあと、アマリが背を向け、足を踏み鳴らして出ていった。

ショーナは困惑し、エマリーヌと視線を交わしたものの、目の前の問題に注意を戻して、ブレイクをベッドに寝かせた。

「どうしてふたりがあんなに怒っているのかわかった?」ショーナは尋ねた。エマリーヌと城の玄関の階段の上に立ち、かたくなにお互いを無視している夫たちを見おろしている。

ブレイクは険しい表情で、背筋を伸ばして馬に乗っていて、アマリのほうを見ようともしない。階段の下で腕組みをして立っているアマリもしかめっ面で、ずっと目をそむけていた。〝ぼくの妻はあのままで完璧なんだ〟とブレイクが怒鳴ったときから、ふたりはひと言も口をきいていなかった。

ブレイクのその褒め言葉を聞いたとき、ショーナはうれしさのあまり、アマリが嫌味を言うまで、ふたりがにらみあっていることに気づかなかった。ブレイクも嫌味で返し、それで何かあったのだとわかった。

だがそのときは、ここまで深刻だとは知らなかった。ブレイクはこの四日間、ショーナを彼の病室から出そうとしなかった。アマリと何を話していたのかききだそうとしても、教えてくれなかった。

それでも、ショーナはどうにかエマリーヌと何度か短い会話をし、アマリもブレイクと同じくらい怒っていて、やはりその理由を言おうとしないことがわかった。妻たちは何があったのか突きとめようと誓ったのだが、エマリーヌも誓いを守れなかったらしく、首を横に振った。

「いいえ。とにかく、かたくなにブレイクと話そうとしないの」

「そう」ショーナはため息をついた。今日、ショーナとブレイクはシャーウェルに向かって出発する。六日間で充分回復したからもう帰ると、ブレイクが言い張ったのだ。エマリーヌとショーナは、まだ衰弱しているし、リトル・ジョージとイルフレッドも戻ってきていないのだから、せめてあと二、三日休んだらどうかと引きとめた。だが、ブレイクは決心を変えなかった。アマリも、ブレイクが暇をやった戦士たちがほとんど帰ってきたから、シャーウェルまで護送させ、そのうちのひとりをリトル・ジョージのもとへ送ってブレイクが帰宅することを知らせ、向こうで落ちあえばいいと言って、出発を勧めた。

「ショーナ！」ブレイクがしかめっ面で叫んだ。「早く挨拶をすませろ。家まで半日かかるんだ」

ショーナはエマリーヌのほうを向いた。抱擁しようかとも思ったが、感情表現が苦手なので、ただ微笑んで言った。「いろいろありがとう」

「どういたしまして、ショーナ」エマリーヌがショーナの腕をさすり、一緒に階段をおりた。「仲違いの原因がわかったら……」

「できるだけのことはしてみるわ」ショーナは約束した。

　エマリーヌは微笑んでうなずき、ショーナをさっと抱きしめたあと、うしろにさがった。ショーナは自分の馬に乗るのも、ひと苦労だった。またがるのに慣れているので、横乗りは難しい。その様子をブレイクは顔をしかめて見守り、アマリを責めるようににらんだあと、馬を門のほうへ向かわせた。

　ショーナにとっては長い道のりだった。横乗りが苦痛なだけでなく、ブレイクがむっつりと押し黙っているせいだ。ショーナもしゃべらなかった。あと少しで旅が終わる。まもなくブレイクの父親と顔を合わせるのだと思うと、急に緊張してきた。気に入られなかったらどうしよう。スカートの裾を持ちあげるのを忘れて、うつぶせに転んでしまうかもしれない。伯爵が父だけでなくショーナのことも憎んでいたら、どうすればいいの？

　ショーナはずっとそんなことばかり考えて苦しんでいたので、到着したときはほっとしたくらいだった。悪い結果になるとしても、少なくとも終わるのだから。

ブレイクは家臣たちに厩舎へ向かうよう命じたが、ショーナのことはそのまま玄関へ連れていった。

ショーナはおずおずと玄関を見上げた。扉が開き、細身の年配の男性が現れた。血色の悪さと弱々しい見た目から、療養中のシャーウェル伯爵だろうと見当がついた。ショーナが対面に備えて勇気を奮い起こしたとき、あとから父が出てきて、伯爵の腕を取って支えながら一緒に階段をおり始めた。マーガレット——レディ・ダンバーとリトル・ジョージ、イルフレッド、司教がそれに続いた。

ショーナは緊張がほぐれていくのを感じた。もうそれほど孤独も、不安も感じない。それに、頭のなかを駆けめぐる疑問に気を取られていた。父と伯爵はいがみあっているようには見えない。なんであれ問題は解決したのだろう。宮廷までの旅の話や、マーガレットと父の再婚に対するイングランド王の反応についても聞きたかった。

イルフレッドがリトル・ジョージの家族をどう思ったかも知りたい。彼らがいとこをあたたかく迎え入れてくれたことを願っていた。

ブレイクは馬からおり、妻に手を貸そうとしたが、その前にショーナは滑りおりていとこと新しい継母に駆け寄った。イルフレッドとマーガレットも歩みの遅い男たちを置いて急いだ。女たちが抱きあい、ショーナの手を握りしめたあと、振り返って伯爵に紹介する様子を、ブレイクは見守った。ショーナは礼儀正しく挨拶し、アンガスに向かってうなずいたあと、離れているあいだにあったことをしゃべりまくる女たちに引っ張っていかれた。

彼女たちが城に入り、扉が閉まると、ブレイクはため息をついた。みんな普通の女性に見えた。イルフレッドでさえいまはドレスを着ている。彼の魅力的な花嫁はどこかへ行ってしまった。この四日間、エマリーヌから遠ざければ、もとの妻に戻るだろうと期待していたのだが、あいにくそうはならなかった。それどころか、ショーナは夫の前でレディらしくふるまおうといっそう努力した。彼が目を覚ましてから二日間はときどき悪態もついていたのだが、それすらめったになくなった。

ふたたびため息をつき、階段の下に立っている四人の男たちを見やった。全員女たちを見送っていたものの、表情はそれぞれ異なる。伯爵は興味津々で、リトル・ジョージは困惑し、司教は慈悲深い笑みを浮かべ、アンガス・ダンバーはぞっとしている。ブレイクも目覚めたあと似たような気持ちになったので、アンガスに同情した。

ブレイクは父に近づいていった。

「父上」両腕を軽くつかんで抱擁したあと、父が痩せてしまったのに気づいて眉根を寄せた。体調が悪いというのはダンバー行きを避けるための単なる口実ではなかったのだ。本当に病を患い、見た目からするとまだ完全には治っていないようだ。

「かわいい子だな」シャーウェル伯爵が言った。

「はい」ブレイクはズボン姿を見せたかったと言いたくなる気持ちをこらえた。「彼女は――」

「いったいあの子に何をしたのだ？」

振り返ると、アンガスが激怒してにらみつけていた。自分のせいではないこと、それも望んでもいないことで責められ、ブレイクはいらだってにらみ返した。「ぼくは何もしていません。怪我をして意識を失って、目が覚めたらああなっていたんです」

苦々しげに顔をしかめる。「エマリーヌの影響だと思います」

「エマリーヌ？　レディ・エバーハートか？」司教が驚いて尋ねた。

「はい」

「いや」アンガスはブレイクが明らかに不満そうなのを見て取り、首を横に振った。「これまでだって周りにレディはいたが、あの子があんなふうに変わることはなかった。何か別の理由があるに違いない」

「エマリーヌが召使いたちにあのドレスを――ほかにも何枚も作らせたと、アマリが認めました」ショーナは三枚のドレスを持ってエバーハートを発《た》ち、ほかのは完成したら送られてくることになっていた。「それに、ぼくが目を覚ます前、エマリーヌとずいぶん長く一緒に過ごしていたそうです」ブレイクは表情を険しくしてつけ加えた。「でも、ぼくがそう言うと、アマリは気を悪くしました。ショーナがアマリの妻に似てきたことにぼくが動揺したのを、侮辱ととらえたんです」

「本当か?」アンガスが熱心に尋ねた。

「はい。危うく殴り合いの喧嘩《けんか》になるところでした」ブレイクは顔をしかめた。「それ以来、ひと言も口をきかないで別れました」

「ふむ。二十年前のわしらも似たような口論をしたな」アンガスが伯爵に言った。

「ああ」伯爵がうなずく。「そして、これだけ長引かせてしまった。同じ間違いをするな、ブレイク。なるべく早く和解しろ。怒りを募らせるな。アマリは妻を愛している。おまえが妻を愛しているように。だから、妻が侮辱されたと思うとむきになってしまうんだ」

「ぼくは――」ブレイクは妻を愛してなどいないと否定しかけたあと、黙りこんで父を見つめた。ショーナのことが好きだし、尊敬している。はじめから。結婚後は、一緒に過ごすのを心から楽しんでもいた。肌を合わせるだけでなく、ただ話したり、遊んだり、格闘したり、くすぐったりするのも楽しいし、彼女は利発で機知に富んでいて……。

なんてことだ。ブレイクは左右の袖の長さが違うチュニックを着ていた。ショーナが一生懸命直してくれたのだが、まだいびつで、それなのに着ている——いつもならそんな服は絶対に着ないのに。彼女に恋したのだ。あるいは、父が言ったように、すでに愛しているのかもしれない。彼女を取り戻したかった。

「旅の前はどんな娘だったのか、誰か説明してくれないか」伯爵が言う。「わたしには何が問題なのか全然わからない」

「だろうな」アンガスがぶつぶつ言う。「だがそれは、あの子と初めて会ったからだ。本当は生前のエリザベスとそっくりなんだ。ドレスを着ないでズボンをはく。馬にはまたがって乗る。あの子が横乗りでやってくるのを見たときは、引っくり返りそうになった」

「母とですか？」ブレイクは驚いてきき返した。

「おまえはあまり覚えとらんだろうな」アンガスが言った。「おまえの母君はショーナやイルフレッドとよく似ていた。戦士だったのだ。美しく、強かった」

伯爵がうなずいた。「ああ。美しく、強く、なおかつどこまでも女らしかった」

「ぼくのショーナみたいだ」ブレイクはつぶやいた。「というか、以前のショーナはそうだった」アンガスを見て言った。「彼女を取り戻したいんです」

司教が咳払いをしてから尋ねた。「突然変わった理由を本人にきいてみたか？」

「いいえ。彼女の気持ちを傷つけたくなかったので」

「彼女が変わったのは正確にはいつだ？」伯爵がきいた。

ブレイクは肩をすくめた。「ぼくが怪我をしたあと目を覚ましたときには、ドレスを着ていました」

「おまえが意識を失っているあいだのいつかだな」アンガスがつぶやいた。

「おれとイルフレッドがエバーハートを発つまでは、いつものレディ・ショーナでした」リトル・ジョージが助け船を出した。

「ということは、ぼくが目を覚ます前の二日のあいだだ」ブレイクはうなずいた。

「ショーナはエマリーヌとずっと一緒にいたと、アマリが言っていたときだ」

アンガスが首を横に振った。「それは考えられん。さっきも言ったように、長年のあいだに大勢のレディたちがダンバーを訪れた。わしの頼みで、イリアナはショーナをレディに変身させようとしたが、ショーナは変わらなかった。なにか別の理由があるはずだ」

全員黙って考えこんだ。リトル・ジョージが沈黙を破った。「レディ・アーデスと何か関係があるかもしれません」

ブレイクははっとした。「レディ・アーデス？」

「はい。レディ・アーデスが侮辱しようとしたものの、レディ・ショーナが鼻を折ってやったと、イルフレッドから聞きました」リトル・ジョージはそう説明したあと、肩をすくめた。「けれど、彼女が言ったことが、影響を与えたのかもしれません」

「なんて言ったんだ？」ブレイクは尋ねた。

「ふたりが剣の練習をしているところを目撃して、ブレイク卿がアマゾンと結婚したのは不思議だとか、レディ・ショーナに合わせて剣術を前戯の代わりにしているとかなんとか言ったそうです」

「なんて女だ」アンガスが嫌悪感をあらわにした。

「ああ」伯爵は同意したあと、考えながら言った。「アーデス……結婚前におまえがつきあっていた女性か？　功績が認められた年のクリスマスにおまえが帰ってきたときに、彼女もここにいたな。家族と一緒で、嫁入りする前に立ち寄ったんだ。あのとき、彼女とのあいだに何かあっただろ」

「はい」ブレイクはもう少しでうめき声をあげそうになった。レディ・アーデスは毒舌家だ。「たちの悪い女です。

アンガスはふたたび首を横に振った。「これまで大勢のレディに悪意を向けられてきたが、ショーナはいつも相手の鼻を折ってやり、動じなかった。それなのに、今回だけ影響を受けたというのか?」

「ブレイク卿を愛しているからかもしれません」リトル・ジョージが言った。ブレイクはぱっと家臣を見た。「ブレイク卿が怪我をしたときのレディ・ショーナの反応を見ればわかります。彼女は枕元を離れようとせず、寝ずの番をしていました。意志の力で生かそうとするかのように。愛しているんですよ」

「だから変わったというのか?」伯爵が尋ねた。

リトル・ジョージは肩をすくめた。「アマリ卿は新婚当時、レディ・エマリーヌを喜ばせようとブレイク卿のまねをしていました。レディ・ショーナもレディ・エマリーヌのまねをすれば、ブレイク卿が喜ぶと思っているのかもしれません」

「なるほど」アンガスがうなずいた。「そうかもしれんな。というより、そうとしか説明がつかない」

「そういうことなら」伯爵がブレイクの腕を取り、階段のほうを向かせた。「ショーナと話をして、問題を解決するだけだ。ありのままの彼女を愛しているのだから、変わる必要はないと伝えればいい。万事うまくいくだろう」

ブレイクは父を支えて階段をあがりながら、妻になんと言うべきか考えた。玄関にたどりついたときには、心は決まっていた。何を言うべきかわかっていた。あとは、話をする機会を見つけるだけだ。

だがそれは、案外難しかった。父が病に倒れたことを聞きつけた親戚が大勢城に押し寄せたらしい。おじやおば、いとこたち、さらに司教、ダンバー卿とその新妻までいる。当面、ブレイクには自分の部屋さえなかった。ショーナと一緒に大広間で格下の客や召使いたちと一緒に寝るしかなかった。

「お裁縫がずいぶん上達したわね、ショーナ。でも、イルフレッドと剣の練習をしなくていいの？」マーガレットが優しく尋ねた。

ショーナは作り笑いを浮かべた。「いいえ。ここでレディたちと縫い物をしているほうが楽しいです」嘘だ。女たちとだらだらと裁縫をするのにうんざりしていて、いまにも叫びだしそうだった。あいにく、スカートで剣の練習はできない。しょっちゅうつまずいて転ぶはめになるだろう。

「ショーナ」マーガレットが穏やかに言う。「お父様があなたのことをとても心配していらっしゃるの。あなたが幸せそうに見えないとおっしゃっているわ」

ショーナは縫い物を見つめ、顔をしかめた。父の言うとおり不幸だった。けれども、レディらしくふるまうのをやめることを考えるたびに、ブレイクの言葉――〝ぼくの妻はあのままで完璧なんだ〟――を思い出して、彼の望みどおりの女性になろうという決意を新たにした。彼があぁ言ったのは、レディらしくふるまうようになったショーナと二日間接したあとのことで、変化を喜んでいるのは明らかだ。これで、愛してくれるようになるかもしれないという希望が生まれた。

「ショーナ」

突然ブレイクがすぐそばに現れ、ショーナははっとしたあと、彼のために作り笑いを浮かべた。「何、あなた？」

「おいで」ブレイクはショーナの腕をつかんで立ちあがらせると、大広間から連れだした。

「何かあったの？」ショーナは彼の決意に満ちた表情を注意深く眺めながらきいた。

「いや、ちょっと話がしたいだけだ。シャーウェルに到着してからずっと、その機会をうかがっていたんだが、一度もふたりきりになれなくて、訪問客もしばらく帰りそうにないから……」ブレイクが肩をすくめた。「ふたりで話ができる場所を探すことにしたんだ」

城の外に出ると、鞍をつけた馬が待機していて、ショーナは眉根を寄せた。「どこへ行くの？」

「ふたりきりになれる秘密の場所だ」

「お城の外にあるの？」ショーナはわかりきったことをきいた。城内にあるのなら、馬に乗る必要はないだろう。「大丈夫なの？　グリーンウェルドの家臣にまた襲われるかもしれないわ」

「それはまずないだろう。グリーンウェルドは死んだと知って、もう退いたに違いない」ブレイクはまったく心配していない様子だったので、ショーナはその話題を打ちきり、横乗りで馬に乗ることに集中し、彼に導かれて中庭を出た。

秘密の場所はキンポウゲが咲き乱れる狭い峡谷だった。一面の黄色の美しい野草を見て、ショーナは微笑みながら馬から滑りおり、ブレイクの腕に抱きとめられた。

ブレイクがショーナを地面におろした。無理をさせたくはなかったけれど、シャーウェルに到着してから数日のあいだにずいぶん体力を回復したようだ。血色もよく、もう中庭で家臣たちと訓練を再開しているのを、ショーナは知っていた。

「いいところだろ？」ブレイクが鞍に吊していたブランケットと小さな袋を取りながらきいた。

「ええ」ブレイクに手を引かれ、草地の真ん中へ移動した。ブレイクはそこで手を離すと、ブランケットを広げてから、ショーナに座るよう合図した。そして、彼女の隣に腰をおろすと、袋を開けてチーズやパン、果物、ワインの入った革袋を取りだした。食事をすませたあとで話をするつもりなのだ。そう思うと、ショーナは緊張してきた。大広間で声をかけられたとき、彼は意を決した様子だった……。

「話があるのよね」ショーナはうながした。

ブレイクは視線をあげ、ショーナが不安そうな顔をしているのに気づいた。初夜のときと同じだ。何かいやなことが待ち受けていて、早くすませてしまいたいと思っているような表情だ。ブレイクは一瞬ためらったあとでうなずき、食料とワインを脇に置いた。大事なことを先にすませたほうがいい。

どう切りだそうか少し考えてから尋ねた。「ショーナ、どうしてズボンをはくのをやめたんだ？」

ショーナは驚いた様子だった。口を開き、いったん閉じてからきき返す。「ドレスのほうが好きでしょう？」

「本音を聞きたいか？」

ショーナがうなずいた。

「裸のほうが好きだ」ブレイクは続けて言った。「裸の次に好きなのが、体の曲線があらわになるぴったりした古いズボンをはいた姿だ」

「いや」ブレイクはきっぱりと言った。「裸のほうが好きだ」

ショーナが目を見開いたあと、笑みを浮かべた。ブレイクは続けて言った。「裸の次に好きなのが、体の曲線があらわになるぴったりした古いズボンをはいた姿だ」

率直な発言に、ショーナがくすくす笑った。

「それに、きみが幸せなほうがいい」ブレイクは言葉を継いだ。「一日じゅう顔に笑みを張りつけているつもりかもしれないが、むしろしかめっ面に見えるぞ。きみは幸せじゃないんだ。きみに幸せでいてほしい」

「幸せよ」ショーナはそう言ったが、嘘が下手だ。

ブレイクは彼女の手を取った。「ショーナ――」

「あなたも幸せでしょう。こういうわたしを完璧だと思うと、アマリに言ってたじゃない。だから、ふたりとも幸せね」ショーナが肩をすくめた。

ブレイクは途方に暮れた。何を言っているのかさっぱりわからない――〝ぼくの妻はあのままで完璧なんだ〟。ふとその言葉が頭のなかでよみがえり、目を閉じた。あれはアマリとの口論の最後に言ったことだ。そのあと、ショーナに声をかけられた。ショーナはそれより前の話を聞いていなかったし、すでに二日間ドレスを着て一生懸命レディのまねをしていたから、その姿をブレイクは完璧だと思っていると勘違いしたのだ。

「ショーナ、あれはぼくが目を覚ます前のきみが完璧だったという意味だよ。出会ったときのきみが。そのばかげたベールやスカートに隠れたありのままのきみが」

ショーナが信じられないとばかりに眉をあげた。「本当に？」

「ああ」

「でも、あなたにスコットランドじゅうを追いかけまわさせたのよ、ブレイク。下腹部を蹴ったり——」

「まあ、別にそのことを言ったわけじゃないが、楽しい旅になったよ」ブレイクは打ち明けた。「ショーナ、ぼくは結婚式と、襲われて怪我をしたあいだのきみが好きだと言ったんだ。その前も、強く聡明《そうめい》で剣術が巧みなきみに敬服していた。でも、結婚して、きみが逃げるのをやめてから、ぼくたちはとてもうまくいっていた。ベッドのなかでも。抱きあいながら話をしたり、取っ組みあったり、くすぐったり……」肩をすくめた。「そういうのが懐かしいんだ。笑いあって、楽しかった。きみはぼくと一緒にいてくつろいでいた。それもよかった」

片手を伸ばしてショーナのベールを引き外し、唇にそっとキスをしたあと、ささやいた。「好きだ。きみが恋しい」

「わたし――なんてこと！」ショーナが突然叫んだ。

ブレイクが驚いて体を引くと同時に、ショーナが彼を押しのけて、ベルトから短剣を抜いた。次の瞬間、ブレイクはショーナが見たものに気づいた。グリーンウェルドの家臣たちはあきらめていなかったようだ。いままさに、峡谷に押し寄せてくる。

「なんてことだ！」ブレイクはぱっと立ちあがった。

17

男たちに取り囲まれ、ショーナは無意識のうちにブレイクに背を向けていた。剣を持っていないことが悔やまれてならない。あいにく、ドレスを着るようになってから、身につけていなかった。短剣で戦うしかない。心許ないが、ブレイクが戦うあいだ、背後を守るくらいならできる。それに、敵はショーナを傷つける意図はないだろう。ブレイクを殺すよう命じられているのだ。ショーナが背後を守れば、ブレイクは九人の男を殺すだけでいい。

〝とんでもないわ！〟そう思ったとき、笑い声が耳に留まり、草地の反対側に目をやると、父とマーガレットが馬に乗ってやってくるのが見えた。その場の状況を把握したとたん、笑い声はぴたりとやんだが、ふたりが反応を示す前に、別の方向からリトル・ジョージが馬で草地に入ってきた。彼の前にイルフレッドが横乗りし、首にキスを浴びせている。だが突然、夫が悪態をついて手綱を引くと、イルフレッドはぱっと振り向き、同様に体をこわばらせた。

アンガスとイルフレッドが同時に馬からおりた。ふたりが突進し、リトル・ジョージがすぐあとに続いたが、乱闘が始まる前に、マーガレットが叫んだ。「グリーンウェルドは死んだわ！」

アンガスとイルフレッド、リトル・ジョージが足取りを緩めた。彼らの存在に気づき、脅威に直面したグリーンウェルドの家臣たちはためらいを見せた。ブレイクとショーナ、そしてゆっくりと近づいてくる三人に集中するか、堂々と馬に乗っている女性に注意を向けるか、決めかねている様子だった。

「グリーンウェルドは死んだわ！」マーガレットがきっぱりと繰り返した。「ダンバー城に侵入しようとして通路に閉じこめられ、降伏せずに戦って死んだの」その言葉が充分に伝わるのを待ってから続けた。「彼が死亡したことにより、あの領地の支配者はこのわたしです。あなたたちはわたしに忠誠を尽くす義務があります」

アンガスとイルフレッド、リトル・ジョージは草地の真ん中にたどりついたが、攻撃の構えをしながら待った。

「あなたたちがショーナとブレイクを攻撃したのは、グリーンウェルドの命令に従っただけだと承知しています」マーガレットが言葉を継ぐ。「いますぐ武器をおろして立ち去るのなら、罰は与えません」

男たちがためらい、探るように顔を見合わせると、マーガレットは待ちきれず、鋭い口調で言った。「あなたたちはすでに仲間を三人失った。わたしに仕えるより、この場で死にたいの?」

グリーンウェルドの家臣たちはようやく武器をおろしたものの、途方に暮れた様子で立ち尽くした。

「領地に戻ってほかの家臣たちと合流していいわよ。わたしに忠実によく仕えるのなら、この件については忘れます」

家臣たちはなおもしばし躊躇したものの、やがていっせいに森のなかへ姿を消した。ブレイクはそのあとをついていき、リトル・ジョージとアンガスもそれに続いた。しばらく経って、三人は落ち着いた様子で戻ってきた。

「馬は近くに止めてあった。帰っていった」

ショーナはほっとした。

「やれやれ」アンガスがつぶやき、ショーナの足元をちらりと見た。

つられて見おろすと、パンの端を踏んでいた。それ以外は無事だった。

「なぜここへ来たの?」ショーナはパンから足を離し、短剣をしまいながら尋ねた。

アンガスは肩をすくめた。「昔、おまえの母親と訪問したときにこの場所を見つけた。今日それを思い出して、レディ・マーガレットを案内しようと思ったのだ」

ショーナはゆっくりとうなずいたあと、イルフレッドとリトル・ジョージに視線を移した。「あなたたちは？　どうしてここへ？」

「イルフレッドとふたりきりになれる時間が欲しいと話したら、番兵がこの場所を教えてくれたんです」リトル・ジョージが答えた。

ショーナはブレイクに向かって眉をつりあげた。「秘密の場所だと言ってたけど、もれていたみたいね、閣下」

ブレイクは顔をしかめ、ほかのふた組の夫婦のほうを向いた。「グリーンウェルドの家臣たちを追い払ってくださったことには感謝しますが、この場所を譲ってもらえませんか？」

「そんなつれないことを言うな」アンガスは剣を鞘におさめると、ブランケットに近づいた。「何を持ってきたんだ？　ワインにイチゴにチーズ――」

「ショーナが突然ドレスを着て、剣を持たなくなったことについて話しあっていたんです」ブレイクは意味深長に言った。

面白いことに、アンガスはそれ以上何も言わなかった。うなずいて背を向けると、馬へと向かいながらイルフレッドとリトル・ジョージに呼びかけた。「おまえたちも行くぞ。戯れたいのなら別の場所を探せ。娘夫婦には解決しなければならない問題があるのだ」

イルフレッドはすぐさま従った。リトル・ジョージの手を取って自分たちの馬のほうへ引っ張っていく。イルフレッドの表情に、ショーナは安堵を見て取った。もとの自分に戻れば、いとこは喜ぶだろう。イルフレッドは婚家からドレス姿で戻ってきたとはいえ、一時的な変化にすぎなかった。夫の家族と会うために伝統的な服を着たようだが、シャーウェルに落ち着くとまたズボンをはくようになった。ショーナもそうすることを待っているし、剣の練習相手が戻ってきたら喜ぶだろう。

ふた組の夫婦は挨拶もせず、現れたときと同様にすばやく草地を立ち去った。ショーナは夫をちらりと見たが、彼はしばらく立ち尽くして、遠ざかっていくひづめの音に耳を澄ましていた。ふたたびふたりきりになれたことを確信すると、肩の力を抜き、まだ剣を持っていることに気づいて、ブランケットのそばの地面、手の届くところに置いた。

「さて」ブレイクがショーナのほうを向いた。「邪魔が入る前に言ったように――」

彼女の正面に移動し、両手でそっと顔を挟んだ。「ショーナ、ありのままのきみが好きだ。変わらなくていい。愛想笑いや裁縫をする妻はいらない。一生いびつなチュニックを着るつもりはないから」

「わたしにお裁縫とかをしてほしくないの？」ショーナはびっくりした表情を浮かべた。「普通の妻は夫のためにそういうことをしているし――」

「ほかの人たちは関係ない」ブレイクがさえぎった。「勝手にやらせておけばいい。ぼくにはそういったことを全部任せられる召使いがいるんだ。きみはぼくの妻だ。召使いじゃない」

「でも、それなら、わたしは何をすればいいの？」

「きみらしくしていればいい。強くて威勢がよくて、猫のようにしなやかで、率直で頭の回転が速くて美しい――」ショーナの目に涙が浮かんでいるのを見て、ブレイクは言葉を切った。「泣いているのか？」驚いて尋ねた。

「いいえ」ショーナは涙をぬぐいながらも否定したあと、力なく言った。「あなたにお世辞を言われた。これまで一度も言ってくれなかったから、わたしは……」

ブレイクは苦笑いし、ショーナの涙を拭いた。女性にはそうする男なのに、たしかに何も言わなかった。ため息をつき、首を横に振った。「これはお世辞じゃない。きみには本当のことしか言わないと誓うよ」

ショーナが眉をあげた。「お世辞は本当のことじゃないの？」

「ああ。ぼくが言うときは。目的を達成するための、計算ずくの大げさな甘言だ。なんていうか、無理やり考えだすというか、生みださなければならないことも多い。でも、きみが相手だと、自然に言葉が出てくるんだ。本当のことだから。きみを心から尊敬し、愛しているから、きみのスカートの――これからはズボンの下にもぐりこむ策を練っている暇はない」

ショーナが長いあいだ無言で見つめるばかりなので、ブレイクは心配になってきいた。「どうした？」

「愛していると言ったわね」

ブレイクは目をしばたたいた。そう言った。たしかに言ったが、そのつもりはなかった。だが、もう口にしてしまったし、ショーナに笑い飛ばされなかったから、認めよう。「ああ」

「わたしも愛してるわ」ブレイクは口元がほころぶのを感じたものの、その続きを聞いて笑みは消えた。「でも、それがいやなの」

「どういう意味だ？」

「痛いから。ここが」ショーナが自分の胸を指し示した。「それに、怖いのよ、ブレイク。それがいやなの。これまでは、怖いものなんて何もなかった。でも、あなたを失うかもしれない、あなたが離れていくかもしれないと思うと、わたしは……」

「それが愛するということなんだよ、ショーナ」ブレイクは優しく言った。「何かを失うのが怖いのは、それを大切に思っているからだ。ぼくたちは愛しあっている。それを忘れずに、それに従って行動するよう努力すればいいだけだ」人差し指で彼女の頬を撫でる。「きみを愛してる。何も心配しなくていい。ぼくの前では気を張る必要はないし、弱い部分を見せたっていいんだ。それに、変わる必要もない。ありのままのきみに満足しているんだから」

ショーナは涙が込みあげ、恥ずかしくて顔をそむけた。だが、ブレイクは顎をつかんで目を合わせた。「ぼくと一緒にいるときの自分を怖がらないで。もし怖くなったり、心が傷ついたりしたら、ぼくに話して。きみが幸せになるために、ふたりで全力を尽くそう」

〝きみが幸せになるために、ふたりで全力を尽くそう〟

頭のなかでその言葉がこだまし、彼をじっと見つめた。ふたりで。わたしが幸せになるために力を合わせる。夫婦として。夫と妻として。チームとして。ふたりは一心同体で、互いのすることが互いに影響するのだ。自分の居場所を見つけたのだと、ショーナは気づいた。これまでずっと自分の居場所を探していて、そこに溶けこむために、周囲の人々の愛情を得ようと努力していた気がする。でも、ブレイクはありのままのわたしが好きだと言っている。弱い面も強い面も。彼のために変わる必要はないと。

「ショーナ?」ブレイクが心配そうに尋ねた。「大丈夫かい?」

大丈夫かですって? 思わず笑いそうになった。もちろん。喜びがあふれだしそうだった。ショーナはにっこりし、彼の胸に飛びこんできつく抱きしめてから、唇にすばやくキスをした。「ええ、あなた。もちろん大丈夫よ」もう一度、今度はそっと唇を重ねたあと、真剣に言った。「その言葉をそっくり返すわ。誰かに傷つけられたり、怖くなったり、何かしたいことがあったりしたら、わたしに言ってね。あなたが幸せになるために、ふたりで全力を尽くしましょう」

ブレイクが笑みを浮かべ、ショーナを抱き寄せると、片手で頭のうしろをつかんでそっと揺らした。しばらくして、体を引いて言った。「したいことがある」

「もう?」ショーナは驚いて叫んだあと、うなずいた。「何?」

「ふたりとも立てなくなるまで愛しあいたい」

ショーナは目をしばたたいた。「えっ?」

「ふたりとも立てなくなるまで愛しあいたい」

「まあ」ショーナは唇を噛んで笑いをこらえたあと、片足を彼の足首に引っかけてブランケットに押し倒した。片脚を広げて彼にまたがる。「ふたりで力を合わせればなんとかできると思うわ」

「そうかい？」ブレイクが面白がってきき返し、ショーナの長い髪を指に巻きつけて引き寄せた。

「ええ」ショーナは微笑んだ。「あなた」

「なんだい？」ブレイクは彼女の唇を見つめながらきいた。

「結局、これが好きになりそうよ」

ブレイクは驚いて彼女の目を見た。それから、ゆっくりと微笑み、真剣に言った。

「ぼくもだよ、いとしい人」そして、ようやく唇を重ねた。

訳者あとがき

〈約束の花嫁シリーズ〉第三弾をお届けします。今回のヒーローは、一作目で親友アマリとエマリーヌの新婚生活を陰で支えた色男ブレイク、ヒロインは二作目のヒーロー、ダンカンの妹で、婚約者と花嫁修業を拒絶していた男勝りのショーナです。二作目のエピローグから時間を少し巻き戻して、ショーナが結婚を回避するために家出し、セント・シミアン修道院に逃げこんだところから物語は始まります。

ショーナの父親であるダンバー領主と、ブレイクの父親シャーウェル伯爵はかつては親友同士で、二十年前に娘と息子を婚約させましたが、その直後に仲違いし、お互いを憎むようになりました。そのうえ、ブレイクには結婚願望がなく、いつまで経っても契約を履行しなかったため、ショーナが適齢期をとっくに過ぎた二十四歳のとき、とうとう国王に命じられて彼女を迎えに行くことになります。

けれども、誇り高き女性であるショーナは、そんな屈辱を甘んじて受けるつもりはありませんでした。しかも相手は憎きイングランド人、いまわしきシャーウェルです。姉妹のように仲のよいいとこのイルフレッドを連れて、修道院に逃げこみます。ブレイクはしぶしぶあとを追い、そこから愉快で危険な長い追いかけっこが始まるのです。

幼い頃に母親と死に別れ、父と兄の手で育てられたショーナは、ズボン姿で剣を振りまわすことができなくなるような結婚などしたくないと公言していましたが、本当は婚約者が迎えに来ないことで傷ついていました。感情表現が苦手だけれど、家族思いの優しい女の子です。美貌と甘い言葉で大勢のレディたちをとりこにしてきたブレイクは、これまで出会った女性とはまったくタイプの違う、率直で威勢がよく強いのに、実は誰よりも女性らしいショーナにどんどん惹かれていくのです。

一作目の『夢見るキスのむこうに』と二作目の『めくるめくキスに溺れて』の登場人物たちが勢ぞろいし、とてもにぎやかです。ブレイクとショーナのほかに新たなカップルが三組も誕生し、幸せな気分になれること請け合いです。もちろん、本書から読んでも楽しめるように書かれていますが、一、二作目とあわせてお読みいただくと笑いが倍増しますので、ぜひお手に取っていただけますと幸いです。

現時点で〈約束の花嫁シリーズ〉は本書が最後の作品になっていますが、二〇一九年一月には本国アメリカで〈新ハイランドシリーズ〉の七作目が出版されました。今後もリンゼイ・サンズからますます目が離せません。

最後に、本書を翻訳する機会を与えてくださり、訳出に当たって数々のアドバイスをくださった方々に、この場を借りて心よりお礼申し上げます。

二〇一九年三月

ザ・ミステリ・コレクション

誓《ちか》いのキスを待《ま》ちわびて

著者　リンゼイ・サンズ

訳者　水《みず》野《の》涼《りょう》子《こ》

発行所　株式会社 二見書房
東京都千代田区神田三崎町2-18-11
電話 03(3515)2311［営業］
03(3515)2313［編集］
振替 00170-4-2639

印刷　株式会社 堀内印刷所
製本　株式会社 村上製本所

落丁・乱丁本はお取り替えいたします。
定価は、カバーに表示してあります。

ISBN978-4-576-19056-3
https://www.futami.co.jp/

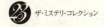

夢見るキスのむこうに
リンゼイ・サンズ
西尾まゆ子［訳］
〔約束の花嫁シリーズ〕

伯母の住む町に来たサリーと彼女を追ってきたFBIのクインラン。町で起こった殺人事件をサビッチらと捜査するうちに…。美しく整然とした町に隠された秘密とは？

めくるめくキスに溺れて
リンゼイ・サンズ
西尾まゆ子［訳］
〔約束の花嫁シリーズ〕

母を救うため、スコットランドに嫁いだイリアナ。〝こぎれい〟とは言いがたい夫に驚愕するが、機転を利かせた彼女がとった方法とは…？ホットでキュートな第二弾

ハイランドで眠る夜は
リンゼイ・サンズ
上條ひろみ［訳］
〔ハイランドシリーズ〕

両親を亡くした令嬢イヴリンドは、意地悪な継母によって〝ドノカイの悪魔〟と恐れられる領主のもとに嫁がされることに…。全米大ヒットのハイランドシリーズ第一弾！

その城へ続く道で
リンゼイ・サンズ
喜須海理子［訳］
〔ハイランドシリーズ〕

スコットランド領主の娘メリーは、不甲斐ない父と兄に代わり城を切り盛りしていたが、ある日、許婚が遠征から帰還したと知らされ、急遽彼のもとへ向かうことに…

ハイランドの騎士に導かれて
リンゼイ・サンズ
上條ひろみ［訳］
〔ハイランドシリーズ〕

赤毛と頬のあざが災いして、何度も縁談を断られてきたアヴリル。そんなとき、兄が重傷のスコットランド戦士を連れて異国から帰還し、彼の介抱をすることになって…？

約束のキスを花嫁に
リンゼイ・サンズ
上條ひろみ［訳］
〔新ハイランドシリーズ〕

幼い頃に修道院に預けられたイングランド領主の娘アナベル。ある日、母に姉の代役でスコットランド領主と結婚しろと命じられ…。愛とユーモアたっぷりの新シリーズ開幕！

愛のささやきで眠らせて
リンゼイ・サンズ
上條ひろみ［訳］
〔新ハイランドシリーズ〕

領主の長男キャムは盗賊に襲われた少年ジョーンを助けて共に旅をしていたが、ある日、水浴びする姿を見てジョーンが男装した乙女であることに気づいてしまい⁉

口づけは情事のあとで
リンゼイ・サンズ
上條ひろみ［訳］
〔新ハイランドシリーズ〕

夫を失ったばかりのいとこフェネラを見舞ったサイは、しばらくマクダネル城に滞在することに決めるが、湖で出会った領主グリアと情熱的に愛を交わしてしまい……!?

恋は宵闇にまぎれて
リンゼイ・サンズ
上條ひろみ［訳］
〔新ハイランドシリーズ〕

ギャンブル狂の兄に身売りされそうになったミュアライン。ドゥーガルという男と偽装結婚して逃げようとするが、結婚が本物に変わるころ、新たな危険が…シリーズ第四弾

二人の秘密は夜にとけて
リンゼイ・サンズ
相野みちる［訳］
〔新ハイランドシリーズ〕

妹サイに頼まれ、親友エディスの様子を見にいったブキャナン兄弟は、領主らの死は毒を盛られたと確信し犯人探しにとりかかる。その中でエディスとニルスが惹かれ合い…

微笑みはいつもそばに
リンゼイ・サンズ
武藤崇恵［訳］
〔マディソン姉妹シリーズ〕

不幸な結婚生活を送っていたクリスティアナ。そんな折、夫の伯爵が書斎で謎の死を遂げる。とある事情で彼の死を隠すが、その晩の舞踏会に死んだはずの伯爵が現れて…!?

いたずらなキスのあとで
リンゼイ・サンズ
武藤崇恵［訳］
〔マディソン姉妹シリーズ〕

父の借金返済のため婿探しをするシュゼット。ダニエルという理想の男性に出会うも彼には秘密が！『微笑みはいつもそばに』に続くマディソン姉妹シリーズ第二弾！

心ときめくたびに
リンゼイ・サンズ
武藤崇恵［訳］
〔マディソン姉妹シリーズ〕

マディソン家の三女リサは幼なじみのロバートにひそかな恋心を抱いていたが、彼には妹扱いされるばかり。そんな彼女がある事件に巻き込まれ、監禁されてしまい…!?

誘惑のキスはひそやかに
リンゼイ・サンズ
田辺千幸［訳］

国王の命で、乱暴者と噂の領主ヘザと結婚することになったヘレン。床入りを避けようと、あらゆる抵抗を試みるが……。大人気作家のクスッと笑えるホットなラブコメ！

今宵の誘惑は気まぐれに
リンゼイ・サンズ
田辺千幸［訳］

伯爵の称号と莫大な財産を継ぐために村娘ウィラと結婚したヒュー。次第に愛も芽生えるが、なぜかウィラの命が狙われ……。キュートでホットなヒストリカル・ロマンス！

奪われたキスのつづきを
リンゼイ・サンズ
田辺千幸［訳］

両親の土地を相続するには、結婚し子供を作らなければならないと知ったヴァロリー。男の格好で海賊船に乗る彼女は男性を全く知らず……ホットでキュートなヒストリカル

甘やかな夢のなかで
リンゼイ・サンズ
田辺千幸［訳］

名付け親であるイングランド国王から結婚を命じられたミューリーは、窮屈な宮廷から抜け出すために夫探しに乗りだすが…!? ホットでキュートなヒストリカル・ラブ

待ちきれなくて
リンゼイ・サンズ
上條ひろみ［訳］

唯一の肉親の兄を亡くした令嬢マギーは、残された屋敷を維持するべく秘密の仕事――刺激的な記事が売りの覆面作家――をはじめるが、取材中何者かに攫われて!?

いつもふたりきりで
リンゼイ・サンズ
上條ひろみ［訳］

美人なのにド近眼のメガネっ嬢と戦争で顔に深い傷痕を残した伯爵。トラウマを抱えたふたりの、熱い恋の行方は――？ とびきりキュートな抱腹絶倒ラブロマンス！

銀の瞳に恋をして
リンゼイ・サンズ
田辺千幸［訳］［アルジェノ&ローグハンターシリーズ］

誰も素顔を知らない人気作家ルークと編集者ケイト。出会いは最悪&意のままにならない相手なのになぜだか惹かれあってしまうふたり。ユーモア溢れるシリーズ第一弾

永遠の夜をあなたに
リンゼイ・サンズ
藤井喜美枝［訳］［アルジェノ&ローグハンターシリーズ］

検視官レイチェルは遺体安置所に押し入ってきた暴漢から〝遺体〟の男をかばって致命傷を負ってしまう。意識を取り戻した彼女は衝撃の事実を知り…!? シリーズ第二弾

二見文庫 ロマンス・コレクション

秘密のキスをかさねて
リンゼイ・サンズ
田辺千幸［訳］〔アルジェノ&ローグハンターシリーズ〕
いとこの結婚式のため、ニューヨークへやって来たテリー。ひょんなことからいとこの結婚相手の実家に滞在することになるが、不思議な魅力を持つ青年バスチャンと恋におち…

密やかな愛へのいざない
セレステ・ブラッドリー
久賀美緒［訳］
キャリーは元諜報員のレンと結婚するが、心身ともに傷を持つ彼は決して心を開かず…。2013年ロマンティック・タイムズ誌、官能ヒストリカル大賞受賞作

月夜は伯爵とキスをして
ジョアンナ・リンジー
小林さゆり［訳］
ブルックの兄に決闘を挑んで三度失敗したドミニク。両家の和解のため、皇太子にブルックとの結婚を命じられる。ブルックはドミニクを自分に夢中にさせようと努力し……

戯れの恋は今夜だけ
ジョアンナ・リンジー
辻早苗［訳］
自分が小国ルビニアの王女であることを知らされたアラナは、父王が余命わずかと聞きルビニアに向かう。宮殿の門前でハンサムな近衛兵隊長に自分の正体を耳打ちするが…

純白のドレスを脱ぐとき
トレイシー・アン・ウォレン
久野郁子［訳］〔プリンセス・シリーズ〕
意にそまぬ結婚を控えた若き王女と、そうとは知らずに恋におちた伯爵。求めあいながらすれ違うふたりの恋の結末は!? RITA賞作家が贈るときめき三部作開幕!

薔薇のティアラをはずして
トレイシー・アン・ウォレン
久野郁子［訳］〔プリンセス・シリーズ〕
小国の王女マーセデスは、馬車でロンドンに向かう道中何者かに襲撃される。命からがら村はずれの宿屋に辿り着くが、彼女が本物の王女だとは誰も信じてくれず…!?

真紅のシルクに口づけを
トレイシー・アン・ウォレン
久野郁子［訳］〔プリンセス・シリーズ〕
結婚を諦め、恋愛を楽しもうと決めた王女アリアドネ。恋の手ほどきを申し出たのは幼なじみのプリンスで……王女たちの恋を描く〈プリンセス・シリーズ〉最終話!

二見文庫 ロマンス・コレクション

真珠の涙がかわくとき
トレイシー・アン・ウォレン
久野郁子［訳］［キャベンディッシュ・スクエアシリーズ］

元夫の企てで悪女と噂されて社交界を追われ、友も財産も失ったタリア。若き貴族レオに求愛され、戸惑いながらも心を開くが…?　ヒストリカル新シリーズ第一弾！

ゆるぎなき愛に溺れる夜
トレイシー・アン・ウォレン
相野みちる［訳］［キャベンディッシュ・スクエアシリーズ］

クライボーン公爵の末の妹・あのエズメが出会ったお相手は、なんと名うての放蕩者子爵で……。心配するがゆえに兄たちが起こすさまざまな騒動にふたりは――

最後の夜に身をまかせて
トレイシー・アン・ウォレン
相野みちる［訳］［キャベンディッシュ・スクエアシリーズ］

弁護士の弟の代わりに男装で法廷に出て勝訴してしまったロザムンド。負けた側の弁護士、バイロン家のローレンスはこの新進気鋭の弁護士がどうしても気になって…

胸の鼓動が溶けあう夜に
アマンダ・クイック
安藤由紀子［訳］

新進スターの周囲で次々と起こる女性の不審死に隠された秘密。古き良き時代のハリウッドで繰り広げられる事件、網のように張り巡らされた謎に挑む男女の運命は？

くちびるを初めて重ねた夜に
アマンダ・クイック
安藤由紀子［訳］

ハリウッドから映画スターや監督らが休暇に訪れる町・バーニング・コーヴ。ここを舞台に起こる不思議な事件に巻き込まれた二人は、互いの過去に寄り添いながら……

ふたりで探す愛のかたち
キャンディス・キャンプ
辻　早苗［訳］

結婚式直後、離れたままだったイギリスの伯爵とアメリカの富豪の娘。10年ぶりに再会した二人は以前と異なり惹かれあっていくが。超人気作家の傑作ヒストリカル

戯れのときを伯爵と
アナ・ブラッドリー
出雲さち［訳］

伯爵の館へ向かう途中、男女の営みを目撃したデリア。その男性が当の伯爵で…。2015年ロマンティック・タイムズ誌ファースト・ヒストリカル・ロマンス賞受賞作！